CM.

MW01610711

LES CLOCHES DE L'ENFER

Du même auteur
Chez le même éditeur

Les Portes, 2010.

Le Livre des choses perdues, 2009. Grand Prix de l'Imaginaire Étonnants Voyageurs, Prix Imaginales et Grand Prix Littéraire du Web.

JOHN CONNOLLY

LES CLOCHES DE L'ENFER

traduit de l'anglais (Irlande)
par Pierre Brévignon

l'Archipel

Ce livre a été publié sous le titre
Hell's Bells
par Hodder & Stoughton, Londres, 2011.

www.editionsarchipel.com

Si vous souhaitez recevoir notre catalogue
et être tenu au courant de nos publications,
envoyez vos nom et adresse, en citant ce livre,
aux Éditions de l'Archipel,
34, rue des Bourdonnais 75001 Paris.
Et, pour le Canada, à Édipresse
Inc., 945, avenue Beaumont,
Montréal, Québec, H3N 1W3.

ISBN 978-2-8098-0874-2

1

OÙ L'ON SE RETROUVE EN ENFER — MAIS ON N'Y FAIT
QUE PASSER, DONC PAS DE PANIQUE

L'endroit connu sous le nom d'Enfer, mais aussi
d'Empire des Ténèbres, de Royaume du Feu[1] et
d'autres appellations indiquant que ce n'est pas la destination idéale pour passer l'Éternité, ni même d'ailleurs
de courtes vacances, était en effervescence. Son souverain, son funeste roi, était indisposé, et quand je dis
«indisposé», je devrais dire aussi fou qu'un troupeau
de lièvres de mars.

Cet être à l'origine de tout Mal, tapi depuis la nuit
des temps dans les recoins les plus sombres de l'Enfer,
répondait lui aussi à plusieurs noms, mais ses disciples
l'appelaient le Mal Suprême. Il poursuivait plusieurs
rêves : le rêve d'éteindre toutes les étoiles de l'univers
comme autant de flammes de bougies entre ses doigts ;
le rêve d'anéantir la beauté ; le rêve d'un grand silence
noir, glacial et éternel.

Mais son plus grand rêve, c'était la destruction de
l'humanité. Il avait commencé par essayer de corrompre chaque être humain, l'un après l'autre, mais

---

1. À ne pas confondre avec la Terre de Feu, à l'extrême sud de
la Patagonie argentine. Le genre d'erreur qui peut vous amener
à vendre votre âme non pas au diable mais à Florent Pagny...

avait fini par se lasser : l'entreprise se révélait interminable, souvent frustrante et beaucoup d'hommes continuaient de le défier avec leur dignité et leur bienveillance. Sans pour autant renoncer complètement à son projet, il avait donc décrété que la destruction totale de la Terre était plus simple. Et il avait imaginé un plan qui, à l'époque, lui avait semblé excellent. Pour le Mal Suprême et ses disciples, il n'y avait aucun risque de le voir échouer. Absolument aucun. Pas l'ombre d'un risque. Il ne faisait rigoureusement aucun doute que ce plan était infaillible.

Naturellement, l'échec avait été spectaculaire.

Et maintenant, pour ceux d'entre vous qui ne sont pas totalement au courant de notre histoire, une petite mise à jour s'impose[1]. La dernière fois que nous nous sommes vus, le Mal Suprême, aidé par le démon Ba'al, tentait de canaliser la puissance du Grand Collisionneur de Hadrons afin d'ouvrir les portes de l'Enfer pour entrer en force dans notre monde. Le Grand Collisionneur de Hadrons était un gigantesque accélérateur de particules situé en Suisse qui avait pour fonction de recréer les moments qui ont fait suite à la naissance de l'univers, qu'on appelle le Big Bang. Autrement dit, il agissait sur des forces très primitives, et enfouie parmi

---

1. Mais, entre nous, qu'est-ce qui vous prend d'attaquer le deuxième tome de cette histoire avant d'avoir lu le premier ? Franchement ? Vous enfilez vos chaussures avant vos chaussettes ou votre pantalon avant votre slip, aussi ? Résultat, les autres lecteurs doivent prendre leur mal en patience en sifflotant ou en faisant semblant d'inspecter leurs ongles pendant que je m'occupe de vous. Vous devez être du genre à arriver au cinéma en plein milieu du film, à renverser le pop-corn de vos voisins tout en marchant sur leurs orteils avant de leur glisser à l'oreille : «J'ai raté quelque chose ?» C'est à cause de gens comme vous que l'insécurité progresse !

ces forces se trouvait la graine du Mal. Elle avait provoqué un dysfonctionnement du collisionneur, produisant une fissure entre les mondes. Le Mal Suprême s'était jeté sur l'occasion.

Ba'al, son disciple le plus fervent, avait traversé un portail reliant l'Enfer à la Terre et, après avoir tué une certaine Mme Abernathy résidant à Biddlecombe, en Angleterre, il avait pris son apparence. Au tout dernier moment, alors que le Mal Suprême et ses légions s'apprêtaient à conquérir la Terre, le plan de Mme Abernathy avait été mis en échec par un petit garçon nommé Samuel Johnson, son teckel Boswell et Nouillh, le Fléau des Cinq Démons, un démon stupide quoique bien intentionné. Le Mal Suprême avait tenu Mme Abernathy pour responsable de sa déroute et, en conséquence, refusait désormais tout contact avec elle – ce qui était aussi humiliant pour elle qu'inquiétant pour son avenir.

Vous y êtes, c'est bon ? Parfait.

Le Mal Suprême ne comprenait toujours pas pourquoi son plan avait échoué et il s'en moquait. L'espace d'un instant, il avait aperçu un trou entre deux dimensions, une possibilité de s'échapper de l'Enfer, puis ce portail s'était refermé tandis qu'il s'apprêtait à quitter à jamais ce royaume effrayant. Tous ses espoirs sanglants, tous ses sombres rêves avaient été réduits à néant. Avoir été si près de triompher l'avait rendu fou.

Entendons-nous bien : fou, il l'était déjà. Plus fou qu'une escadrille de fous de Bassan, plus fou que tous les Napoléon hébergés dans les asiles psychiatriques. Seulement, là, il avait atteint un nouveau degré de folie, tout à fait différent, et des pans entiers de l'Enfer résonnaient de ses gémissements depuis que le portail s'était évaporé. Terrible bruit que ce cri de colère et de consternation, interminable et immuable. Même quand on vivait en Enfer, c'était très désagréable : le cri partait de l'antre du Mal Suprême, dans les profondeurs de la montagne du Désespoir, et son écho se répercutait dans un labyrinthe de tunnels et de donjons, jusque dans les tripes des dragons qui passaient par là, avant d'atteindre le seuil de son repaire et de se perdre dans le paysage terrifiant qui s'étendait au-delà.

L'entrée de ce repaire était des plus impressionnantes : une porte finement sculptée de visages effroyables aux expressions changeantes et de créatures dont les corps difformes s'entremêlaient, donnant l'impression que la porte elle-même était en vie. En cet instant précis, deux démons la gardaient. Comme le veut la grande tradition des duos, ils étaient totalement dissemblables. L'un était grand et mince et, à voir ses traits, on eût pu croire qu'un enfant colérique et légèrement obèse était longtemps resté suspendu à son menton, étirant le visage du garde en une expression funèbre. L'autre était plus petit et plus gros. Un peu comme si, pour rendre service à son collègue, il avait avalé l'enfant colérique et légèrement obèse.

Tromblon, le plus mince des deux, gardait l'entrée du repaire depuis si longtemps qu'il avait presque oublié contre quoi il était censé la garder – d'autant que l'être le plus atroce jamais imaginé habitait déjà la montagne. Cela faisait plusieurs siècles qu'il restait avachi sur sa lance, piquant de temps à autre un petit somme ou se grattant là où les démons bien élevés ne se grattent jamais en public, et, jusqu'à un passé récent, il n'avait pas l'impression que beaucoup d'individus s'étaient risqués à franchir cette porte en dehors de ceux qui y étaient déjà autorisés. Oh, naturellement, deux ou trois démons avaient bien essayé de s'échapper de la montagne, en général pour éviter d'être pulvérisés à la suite d'une gaffe de leur part, ou bien à la suite d'un pari, mais à part ça l'ambiance était depuis toujours plutôt tranquille – autant qu'elle pouvait l'être en Enfer. Son collègue, Tronchard, débutait dans le métier. Tromblon lui jetait des coups d'œil soupçonneux par-dessous son casque. Le nouveau n'était pas assez avachi sur sa lance à son goût, et Tromblon s'étonnait qu'il ne lui eût pas encore proposé de sécher la garde pour aller boire un thé ou s'offrir une petite sieste. Au lieu de quoi Tronchard se tenait bien droit, le regard vibrant d'une lueur inquiétante – le genre de lueur que l'on trouve chez quelqu'un qui aime *vraiment* son travail et, pire encore, a bien l'intention de l'accomplir d'une façon irréprochable. Tromblon, pour sa part, n'avait pas encore trouvé de travail assez plaisant pour avoir envie d'y exceller. Il avait même fini par se dire qu'un tel travail n'existait pas, ce qui lui convenait tout aussi bien. Jusqu'à preuve du contraire, il considérait le tra-vail comme une chose qu'on vous oblige à faire alors qu'on préférerait ne rien faire du tout.

Tronchard lança un regard inquiet à son collègue:

— Pourquoi tu m'observes comme ça?

— Tu n'es pas avachi, répondit Tromblon.

— Pardon?

— J'ai dit: tu n'es pas avachi. Du coup, à côté de toi, de quoi j'ai l'air? D'un type négligé. D'un type qui se moque de son travail.

— Mais, euh… tu te moques *vraiment* de ton travail, répondit Tronchard qui avait compris au premier coup d'œil que Tromblon aurait aussi bien pu s'appeler «Je-m'en-foutiste».

— Possible, mais je n'ai pas forcément envie que tout le monde le sache. Avec ton air enthousiaste, tu vas finir par me faire virer. Je n'aime peut-être pas mon métier, mais il y en a de bien pires.

— Ne m'en parle pas…

Une inflexion dans la voix de Tronchard laissait deviner qu'il avait expérimenté les pires aspects de l'Enfer et qu'en comparaison tout le reste était une promenade de santé.

— Ah bon? hasarda Tromblon, intrigué malgré lui. Qu'est-ce que tu faisais, avant?

Tronchard soupira.

— Tu te souviens du jour où le seigneur Kobal a perdu sa bague préférée?

Tromblon s'en souvenait. Dans la grande famille des démons, le seigneur Kobal[1] était loin d'être le pire. Par exemple, quand il vous enfonçait des aiguilles acérées sous les ongles ou s'amusait à compter le nombre d'araignées qu'il pouvait vous fourrer dans la bouche, il prenait toujours soin de servir du café et des biscuits secs aux démons qui assistaient à la scène et ne manquait jamais de vous dire qu'il était navré d'en être réduit à ces extrémités (ce qui ne l'empêchait pas d'essayer d'introduire une autre araignée entre vos lèvres). Kobal avait perdu sa bague à tête de mort préférée dans une des canalisations d'égout de l'Enfer et elle n'avait pas été retrouvée. À la

---

1. Kobal est le démon des humoristes, en particulier des *très mauvais* humoristes. On lui doit aussi les blagues qu'on se fait au réveillon de Noël. Du genre : « Tu t'es fait une tache… pistache ! » Vous voyez le niveau ? Comment ? Oui, je sais bien qu'il n'y avait pas de tache… Non, je ne lancerai pas de serpentins. Je sais, c'est Noël mais je m'en fiche. Comme je me fiche du cadeau que vous avez reçu. Vraiment. Bon, d'accord, si vous y tenez… Ah oui, une paire de jumelles ? Pour aller voir ailleurs si j'y suis, peut-être ? (Tenez, *ça* c'est drôle. Non ? Ah, je croyais…) Bref : Noël, c'est la fête préférée de Kobal.

suite de cet incident, une loi avait été votée selon laquelle tous les légumes pourris de l'Enfer, les vieux restes de nourriture, les membres non identifiés et toutes sortes de déjections démoniaques devaient être triés à la main avant d'être rejetés dans la mer Répugnante, au cas où quelque chose de valeur puisse s'y trouver.

— Eh bien, tu sais, reprit Tronchard, cette corvée du tri, là...

— Tu veux dire, se mettre à quatre pattes pour fouiller avec ses griffes dans un tas de caca?

— Ouais.

— En plongeant le nez dedans pour être sûr qu'on n'oublie rien?

— Ouais.

— Et sans pouvoir se laver les mains, ce qui oblige à manger son sandwich à la pause déjeuner en le tenant par les bords, en espérant qu'on ne le laissera pas tomber?

— Ouais.

— Mais comme on a les mains qui puent, le sandwich pue aussi?

— Ouais.

— Horrible, conclut Tromblon en frémissant. Horrible. Rien que d'y penser... Le pire boulot de tout l'Enfer. Bref, continue...

— C'était *mon* boulot.

— Non?

— Si. Pendant des années et des années. Quand je vais aux toilettes, j'ai encore le réflexe de plonger la main dans la cuvette...

— Tout s'explique... Je trouvais que tu avais une odeur bizarre, même pour un démon.

— Ce n'est pas ma faute. J'ai tout essayé : l'eau, le savon, le détergent... Ça ne veut pas partir.

— Dommage pour toi – et pour tous ceux qui t'approchent, je dois dire… Bon, du coup j'imagine que te retrouver ici, c'est une belle promotion, non ?

— Oh, oui ! répondit Tronchard avec ferveur.

— Tu dois avoir un ami quelque part…

Tromblon lui donna un coup de coude. Tronchard laissa échapper un petit rire.

— Peut-être, oui.

— Oh, oui ! Avec un traitement de faveur pareil, tu dois être le petit chouchou de Satan !

— Il ne sait même pas que j'existe, se défendit Tronchard. C'était le plus beau jour de ma vie quand j'ai pu enfin quitter tout ça…

Tronchard affichait un immense sourire. Tromblon sourit lui aussi. À cet instant, une large fente s'ouvrit au-dessus de leur tête et, comme à toutes les heures, les égouts de l'Enfer recommencèrent à se vider, inondant les deux gardes d'ignobles immondices qui se déversèrent jusqu'au pied de la montagne dans de gigantesques fosses nauséabondes. Une fois les derniers déchets évacués, la fente se referma et un petit démon chaussé de bottes en caoutchouc apparut en contrebas. Une pince à linge sur le nez, il descendit dans les fosses et entreprit de fouiller la dernière livraison…

— C'était moi, avant, commenta Tronchard tout en retirant avec précaution un morceau de légume moisi coincé sur son oreille.

— Sacré veinard, dit Tromblon.

Ils observèrent le petit démon pendant un moment.

— Ils sont sympas, quand même, de penser à nous fournir un casque, dit Tronchard.

— L'un des avantages du poste, répondit Tromblon. Sans le casque, ce ne serait pas aussi agréable.

— Je voulais te demander… Qu'est-ce qui est arrivé au type qui était là avant moi ?

Tromblon n'eut pas le temps de répondre. Une longue route sinistre sinuait entre les fosses pour se perdre au loin dans la plaine désolée. Elle était restée déserte depuis le jour où Tronchard avait pris ses nouvelles fonctions, mais ce n'était plus le cas. Une silhouette approchait. À mesure qu'elle avançait, Tronchard reconnut une femme, ou quelque chose qui l'imitait assez bien. Elle était vêtue d'une robe blanche ornée de motifs floraux rouges et portait un chapeau de paille à ruban. Les talons de ses chaussures blanches produisaient en frappant les pavés un *clac-clac-clac* caractéristique et elle tenait au bras gauche un sac blanc à fermoirs dorés. Son visage affichait une expression déterminée, le genre d'expression qui aurait fait réfléchir à deux fois un démon plus intelligent que Tronchard. Mais, comme Tromblon l'avait vite compris, Tronchard était un enthousiaste, et les enthousiastes réfléchissent rarement à deux fois.

La femme était assez près désormais pour que Tronchard remarque son apparence dépenaillée. La robe paraissait cousue main avec des ourlets inégaux, les chaussures étaient de vulgaires bottes noires peintes en blanc dont les talons avaient été taillés en pointe. Le sac consistait en un assemblage d'os sur lequel était jeté un pan de peau − avec taches de rousseur et poils − et, à y regarder de plus près, les fermoirs étaient des dents en or.

Pourtant, aucun de ces éléments, déjà très bizarres, n'était le plus étrange dans l'aspect général de la femme. Cet honneur revenait au fait que la seule chose encore plus mal rafistolée que sa robe était la femme elle-même. La peau de son visage, de ses bras et de ses jambes paraissait avoir été déchiquetée puis recousue par fragments pour donner l'apparence approximative d'une créature féminine. Une orbite était plus petite que l'autre, la partie gauche de sa bouche était plus haute que la partie droite et la peau de sa cuisse gauche pendouillait comme un vieux collant. Ses cheveux blonds piqués en désordre sur son crâne évoquaient des brins de paille lâchés par un oiseau de passage. Tronchard comprit bientôt que ce qu'il regardait n'était pas tant une femme qu'un déguisement de femme, et il se demanda ce qui pouvait bien se trouver en dessous.

En attendant, il avait un boulot à accomplir. Il avança d'un pas, ne laissant pas le temps à Tromblon de l'en empêcher, et tendit sa lance d'une façon vaguement menaçante.

— Tu sais, si j'étais toi, je ne…, commença Tromblon, mais il était trop tard.

— Halte! s'écria Tronchard. Vous allez où, là?

Hélas, il n'obtint aucune réponse à cette question. Il en obtint une, en revanche, à sa question précédente – à savoir: qu'était-il arrivé au garde qu'il avait remplacé? Car il était sur le point de connaître intimement le même destin que son prédécesseur.

La femme s'arrêta et fixa du regard Tronchard.

— Oh bon sang…

Tromblon enfonça le casque sur ses yeux et tenta de se faire le plus petit possible.

— Bon sang de bon sang de bon sang…

D'effroyables tentacules dégoulinant d'un fluide visqueux surgirent du dos de la femme, lacérant le tissu de la robe. Sa bouche s'ouvrit en grand, révélant plusieurs rangées de crocs acérés et dentelés. De l'extrémité de ses doigts pâles jaillirent d'immenses ongles recourbés tels des crochets. Les tentacules saisirent Tronchard, le soulevèrent du sol puis le tirèrent très, très fort dans plusieurs directions opposées en même temps. Il y eut un glapissement de douleur, et toutes sortes de morceaux de Tronchard furent projetés en l'air. L'un d'eux atterrit sur le casque de Tromblon. Il baissa les yeux et vit la tête de Tronchard dans la poussière. Ses yeux avaient une expression incrédule.

— Tu aurais pu me prévenir! dit la tête.

Tromblon posa le pied sur la bouche de Tronchard pour qu'il se taise. Pendant ce temps, la femme s'efforçait de corriger son apparence encore plus désastreuse, rajustant ses cheveux tandis qu'elle franchissait la porte de la montagne du Désespoir sans être plus dérangée par des questions à propos de sa destination.

Tromblon tapota son casque sur son passage.

— Bonjour…

Il marqua une pause, à la recherche du mot adéquat. Les yeux sombres de la femme le transpercèrent et il sentit un froid glacial emplir son ventre, le genre de froid que l'on ressent juste avant de se faire déchiqueter puis décapiter.

— … mademoiselle.

La femme lui sourit d'un air de dire « merci de remarquer combien je suis adorable » avant de disparaître dans l'antre obscur de la montagne.

Tromblon laissa échapper un soupir de soulagement et retira son pied de la bouche de Tronchard.

— Ça m'a fait vraiment mal! dit ce dernier pendant que Tromblon s'employait à récupérer les membres éparpillés et à les empiler en espérant pouvoir reconstituer, au moins vaguement, le Tronchard qu'il avait connu.

— C'est ta faute, aussi! répondit Tromblon en croisant les bras.

Il s'aperçut alors qu'il tenait dans les mains un des bras de Tronchard et que ça risquait d'être un peu perturbant. Il se contenta donc d'agiter devant la tête de Tronchard un de ses doigts sectionnés, en un geste réprobateur.

— Il ne faut jamais poser de questions personnelles à une dame !

— Mais c'est le rôle d'un garde ! Et je ne suis pas certain que cette créature soit vraiment une *dame*.

— Chuuuuut !

Tromblon jeta un coup d'œil inquiet par-dessus son épaule, comme s'il craignait de voir la femme réapparaître pour les pulvériser en fragments si minuscules que seule une fourmi aurait pu les trouver.

— Tu sais quoi ? Je crois que tu n'as pas vraiment l'étoffe d'un garde. On a l'impression que tu es obsédé par l'idée de *garder cette entrée*…

— Mais c'est normal, non ? C'est notre rôle ! Je veux juste être un bon garde.

— Ah bon ?

Tromblon semblait sceptique.

— Tu sais ce qu'il faut à tout prix garder, dans notre métier ?

— Non. Quoi ?

— La vie.

Il enfonça le casque de Tronchard sur sa tête et retourna s'avachir contre sa lance en attendant que quelqu'un arrive et le débarrasse du monceau de membres.

— Mais au fait, demanda Tronchard, c'était qui cette, euh… femme ?

— Oh, ça…, répondit Tromblon d'un air pénétré. Eh bien, c'est une longue histoire…

2

OÙ L'ON APPREND COMBIEN IL EST DIFFICILE
DE TOMBER AMOUREUX

L e temps est vraiment une chose curieuse. Prenez le voyage dans le temps : demandez à plusieurs personnes prises au hasard si elles préféreraient voyager dans le passé ou dans l'avenir et les réponses se répartiront sans doute équitablement entre ceux qui rêvent d'assister à la construction de la Grande Pyramide ou de jouer à cache-cache avec les dinosaures et ceux qui ont envie de voir si les fusées à propulsion dorsale et autres pistolets lasers des bandes dessinées sont enfin arrivés en magasin[1].

---

1. À vrai dire, choisir de voyager dans le passé ou dans l'avenir est très révélateur de notre personnalité. L'écrivain anglais Arnold Bennett (1867-1931) a déclaré : « Les gens qui vivent dans le passé doivent à tout prix se reposer sur ceux qui vivent dans l'avenir, sans quoi le monde tournerait à l'envers. » Autrement dit, mieux vaut regarder devant soi que derrière car c'est la direction du progrès. En même temps, l'écrivain américain George Santayana (1863-1952) considérait que « ceux qui ne se souviennent pas du passé sont condamnés à le répéter ». En fin de compte, c'est une question d'équilibre : le passé est un pays qu'il est agréable de visiter de temps en temps, mais ce ne serait pas une bonne idée de s'y établir définitivement.

Malheureusement, j'ai une mauvaise nouvelle pour ceux qui voudraient voyager dans le passé. Supposons que, quand je n'écris pas des livres ou ne m'entraîne pas à jouer du basson pour la plus grande joie de mes voisins, j'aie construit dans ma cave une machine à remonter le temps et que j'offre des balades gratuites. Ceux qui veulent rencontrer Élisabeth Ire d'Angleterre pour voir si elle avait vraiment des dents en bois (en réalité, elles étaient juste tellement gâtées qu'elles avaient pris une teinte noire, et le plomb contenu dans son maquillage l'empoisonnait lentement, de sorte qu'elle devait être la plupart du temps d'une humeur massacrante) ou ont envie de vérifier si le roi Æthereld II était vraiment, comme le laisse croire son surnom, «Malavisé», vont en être pour leurs frais.

Et pourquoi donc ? Parce qu'on ne peut pas repartir dans une époque où la machine à remonter le temps n'existait pas. Impossible ! On relie deux points dans le temps et le plus ancien de ces points doit être celui de l'invention de la machine à voyager dans le temps. Désolé, ce sont les règles. Ce n'est pas moi qui les ai conçues, je me contente de les appliquer dans mes livres. La raison pour laquelle nous n'avons encore jamais reçu de visite de voyageurs venus de l'avenir est que, *à notre époque*, nous n'avons pas encore inventé ce genre de machine. Ou alors son inventeur est resté très discret pour ne pas passer son temps à éconduire des importuns désireux d'essayer sa machine – ce qui, à longueur de journée, risquerait de se révéler pénible[1].

---

1. Se pose aussi un petit problème connu sous le nom de «paradoxe du grand-père». Que se passerait-il si, en remontant dans le temps, vous en veniez à tuer par accident votre grand-père alors que ni votre père ni votre mère ne sont encore nés ? Cesseriez-vous aussitôt d'exister ? Mais puisque vous existez déjà,

Si Mme Abernathy avait été capable de voyager dans le passé, elle aurait certainement modifié deux ou trois choses dans sa façon de préparer l'invasion de la Terre. La principale aurait été de ne pas sous-estimer un garçon du nom de Samuel Johnson et son chien Boswell. Mais aussi, comment aurait-elle pu deviner qu'un petit garçon et son teckel parviendraient à déjouer ses plans ? Elle était un démon, certes, mais aussi une adulte, et la plupart des adultes ont beaucoup de mal à s'imaginer que les enfants – ou les teckels – puissent leur être supérieurs d'une façon ou d'une autre.

Peut-être Mme Abernathy aurait-elle pu ressentir une certaine consolation en apprenant que la personne responsable de tous ses maux faisait elle aussi l'expérience du rejet et de l'humiliation. Car Samuel Johnson venait de demander à Lucy Highmore de sortir avec lui.

Samuel était tombé amoureux de Lucy la première fois qu'il avait posé le regard sur elle, le jour de la rentrée à la Montague Rhode James Secondary School de Biddlecombe. Aux yeux de Samuel,

---

condition indispensable pour effectuer un voyage dans le temps, vous ne réussiriez pas à tuer votre grand-père. À moins que... Attendez une minute ! Serait-il possible que vous « disparaissiez » tout à coup de votre existence si vous parveniez à tuer votre grand-père ? Non, car cela supposerait deux réalités : une dans laquelle vous existez, l'autre dans laquelle vous n'existez pas, ce qui est rigoureusement impossible. Cette considération a conduit l'éminent physicien Stephen Hawking à énoncer la conjecture de protection chronologique, sorte d'interdiction virtuelle de toute espèce de voyage dans le temps. Le Pr Hawking estime qu'il est indispensable de poser une loi physique interdisant le voyage dans le temps, sans quoi des touristes venus de l'avenir ne cesseraient de nous rendre visite.

de petits merles bleus voletaient en permanence au-dessus de la tête de Lucy, lui sifflotaient la sérénade, chantaient des odes à sa beauté et déposaient des pétales dans ses cheveux pendant que des angelots allégeaient le poids de son cartable en l'aidant à le porter ou lui glissaient à l'oreille les solutions des problèmes de maths lorsqu'elle séchait. À y bien réfléchir, d'ailleurs, il ne s'agissait pas d'angelots mais de tous les garçons de la classe car Lucy Highmore faisait partie de ces filles qui suscitaient chez les garçons des rêves de mariage et de landaus (les autres filles, elles, rêvaient de la voir dégringoler les escaliers de l'école et atterrir des outils de jardinage rouillés ou sur les épines d'un porc-épic).

Il avait fallu un an pour que Samuel rassemble le courage nécessaire pour proposer un rendez-vous à Lucy. Mois après mois, il avait cherché les bons mots, avait répété son petit discours devant la glace pour ne pas risquer de bafouiller, s'était traité d'imbécile pour ne serait-ce que *penser* qu'elle accepterait de venir manger une tarte avec lui à la pâtisserie de Pete — après quoi il redressait ses épaules toutes neuves d'adolescent, serrait les dents et se rappelait que les femmes détestaient les cœurs tendres — même si les cœurs tendres détestaient se faire rejeter brutalement.

Samuel Johnson était courageux : il avait affronté pas moins que le courroux de l'Enfer, son courage était donc indiscutable, mais la perspective de dévoiler son cœur à Lucy Highmore et de le voir lacéré par le glaive brutal de l'indifférence lui retournait l'estomac et lui embrumait le regard. Il se demandait ce qui pouvait être le pire : inviter Lucy Highmore à sortir avec lui et essuyer un refus, ou ne pas l'inviter du tout et ne jamais savoir quels sentiments elle pouvait nourrir envers lui ;

connaître le rejet et comprendre qu'il lui était impossible de se frayer un chemin jusqu'à son cœur ou vivre dans l'espoir sans jamais voir cet espoir se concrétiser. Après avoir beaucoup réfléchi, il en était arrivé à la conclusion qu'il valait mieux savoir.

Samuel portait des lunettes – plutôt épaisses, d'ailleurs – sans lesquelles le monde lui paraissait quelque peu flou. Il s'était persuadé qu'il était plus beau sans lunettes, même s'il ne pouvait pas en être certain puisque, quand il les retirait et se regardait dans la glace, il avait l'impression de voir un autoportrait au crayon qui serait tombé dans une flaque. Pourtant, il était toujours convaincu que Lucy Highmore le préférerait sans ses lunettes de sorte que, le jour fatidique – le Premier Jour Fatidique, comme il l'appellerait plus tard –, il prit bien soin de les retirer en s'approchant d'elle et les glissa dans sa poche tout en répétant mentalement ces paroles : « Salut ! Je me demandais si tu m'accorderais le plaisir de t'offrir une tarte et peut-être un jus d'orange dans la pâtisserie de Pete sur la grand-rue ? Salut ! Je me demandais si... »

Quelqu'un bouscula Samuel, ou Samuel bouscula quelqu'un, il n'en était pas trop sûr. Il s'excusa tout de même et reprit son chemin avant de trébucher sur un cartable qui traînait, manquant perdre l'équilibre.

— Eh ! Fais gaffe où tu mets les pieds ! s'écria le propriétaire du cartable.

— Désolé, s'excusa à nouveau Samuel.

Il plissa les yeux. Devant lui se profilait la silhouette de Lucy Highmore. Elle portait un manteau rouge. Un manteau ravissant. Tout chez Lucy Highmore était ravissant. Elle n'aurait pas pu être plus ravissante en s'appelant Lucy Ravissante, habitant rue Ravissante dans la Ville Ravissante.

Samuel s'arrêta devant elle, s'éclaircit la gorge et, sans bredouiller, lui dit :

— Salut ! Je me demandais si tu m'accorderais le plaisir de t'offrir une tarte et peut-être un jus d'orange dans la pâtisserie de Pete sur la grand-rue ?

Il attendit une réponse. En vain. Il plissa davantage les yeux pour mieux distinguer les traits de Lucy. Était-elle submergée par l'émotion ? Le regardait-elle bouche bée, fascinée ? Une larme solitaire de bonheur glissait-elle de son œil tandis que les oisillons pioupioutants…

— Tu sais que tu viens de demander un rendez-vous à une boîte aux lettres ? dit une voix derrière lui.

Samuel reconnut son meilleur ami, Thomas Hobbes.

— Quoi ?

Samuel fouilla dans sa poche, en tira ses lunettes qu'il chaussa sur son nez. Il découvrit alors qu'il s'était quelque peu trompé de direction. Il avait franchi les grilles de l'école et s'était retrouvé dans la rue où, apparemment, il avait proposé une tarte à une boîte aux lettres et, par extension, au facteur qui s'apprêtait à la relever. Le facteur regardait à présent le garçon avec l'air méfiant de celui qui soupçonne son interlocuteur d'être un peu cinglé, voire potentiellement dangereux.

— Ça ne mange pas de tarte, tu sais, dit le facteur en détachant nettement chaque syllabe. Seulement des lettres.

— Oui. Évidemment.

— Tant mieux, dit le facteur d'une voix toujours lente.

— Pourquoi vous parlez si lentement ? lui demanda Samuel qui s'était mis lui aussi à parler au ralenti.

— Parce que tu es fou, répondit le facteur encore plus lentement.

— Oh.

— Et cette boîte aux lettres ne peut pas t'accompagner dans une pâtisserie. Elle doit rester à sa place. Comme toutes les autres boîtes aux lettres.

Il tapota doucement la boîte métallique rouge et sourit à Samuel comme pour confirmer : « Tu vois, ce n'est pas une personne, c'est une boîte, alors fiche le camp maintenant, pauvre taré ! »

— Je vais m'occuper de lui, intervint Tom.

Il franchit les grilles avec Samuel.

— Viens, on rentre à l'école et tu vas pouvoir t'allonger un peu...

Les élèves près des grilles l'observèrent. Quelques-uns ricanèrent.

T'as vu, c'est Johnson ! Je t'ai dit qu'il était bizarre...

Par chance, songea Samuel, Lucy n'était pas là. Elle était apparemment partie répandre ailleurs son ravissant parfum...

— Je ne veux pas te paraître brutal, mais qu'est-ce qui t'a pris de proposer une virée chez Pete à cette pauvre boîte aux lettres ? demanda Tom en accompagnant Samuel au fond de la cour de récréation.

— Je l'ai prise pour Lucy Highmore.

— Lucy Highmore ne ressemble pas vraiment à une boîte aux lettres et je serais surpris qu'elle se sente flattée si elle apprend ce qui vient de se passer...

— C'est à cause de son manteau rouge... Je me suis embrouillé.

— Et puis, tu n'as pas l'impression que vous ne boxez pas dans la même catégorie, toi et elle ?

Samuel soupira avec tristesse.

— Si seulement c'était une question de catégorie ! J'ai surtout l'impression qu'on ne pratique pas le même sport... Mais elle est tellement mignonne...

— Idiot, dit Tom.

— Qui est un idiot ?

La question était posée par Maria Mayer, la meilleure amie de Samuel à l'école.

— Samuel, répondit Tom. Il vient juste de demander à une boîte aux lettres de sortir avec lui en la confondant avec Lucy Highmore.

— Vraiment ? Lucy Highmore ? C'est… sympa.

Sa voix n'était pas tant glaciale que *polaire*. Dans sa bouche, le mot « sympa » ressemblait à un iceberg vers lequel le joli navire Lucy Highmore avançait sans le savoir à pleine vapeur, mais Tom, pris d'un fou rire, et Samuel, terrassé par la honte, ne remarquèrent pas de quelle façon Maria avait parlé, ni combien elle paraissait malheureuse.

C'est alors que Samuel aperçut Lucy Highmore parmi ses amies, toutes très occupées à chuchoter. Il rougit violemment. Elle n'était pas *partie ailleurs* mais avait bel et bien assisté à l'incident. Se sentant aussi minuscule qu'une fourmi, il passa devant le petit groupe d'où montèrent bientôt quelques gloussements. Et il reconnut le rire de Lucy…

Je veux remonter le temps, pensa-t-il, jusqu'à une époque où je ne pensais même pas à demander à Lucy Highmore de sortir avec moi. Je veux changer le passé. Je ne veux plus être « Johnson, ce gamin bizarre »…

Les gens ont une capacité surprenante à oublier très vite les événements les plus extraordinaires si cela peut les rassurer. Même un événement aussi incroyable que l'ouverture des portes de l'Enfer et l'invasion de démons très déplaisants, ce qui s'était produit à Biddlecombe quinze mois plus tôt. Après une telle expérience, on pourrait penser que les habitants de la ville, au réveil, après avoir bâillé et s'être gratté le crâne, écarquillaient les yeux, terrifiés, et s'écriaient : « Les portes de l'Enfer ! Les démons ! Ils sont venus ici ! Ils vont revenir ! » Mais les gens ne sont pas comme ça. Sans doute est-ce préférable, d'ailleurs, sans quoi la vie serait très difficile à supporter. Car, contrairement à ce qu'on dit, toutes les blessures ne cicatrisent pas avec le temps. Le temps permet juste d'atténuer le souvenir de la douleur. Sans cela, on n'irait qu'une seule fois chez le dentiste et on n'y remettrait plus jamais les pieds, ou alors avec de sérieuses garanties quant à notre confort et notre sécurité[1].

Au fil des semaines et des mois, le souvenir des événements de Biddlecombe s'était atténué jusqu'à ce que les gens se demandent si, en fin de compte, tout cela avait vraiment eu lieu, s'il ne s'agissait pas plutôt d'une sorte de rêve bizarre. Pour être plus précis : ils se disaient que, comme ces événements avaient bien eu lieu, il n'y avait aucun risque qu'ils se reproduisent à nouveau et mieux valait dorénavant s'occuper de choses plus importantes comme le football, les émissions de télé-réalité et les commérages sur les voisins. C'est du moins ce dont les gens essayaient de se convaincre... Mais parfois, au plus sombre et au plus profond de la nuit, ils se réveillaient brusquement en ayant rêvé de créatures étranges aux dents vicieuses et aux griffes empoisonnées. Et quand les enfants

---

1. « Comment ça, vous allez me donner un petit anesthésiant ? J'en veux un gros. Le genre qu'on utilise pour opérer les éléphants. Je ne veux pas avoir mal DU TOUT, sinon vous allez au-devant de graves problèmes, compris ? Et d'abord qu'est-ce qui vous a pris de devenir dentiste ? Vous aimez faire souffrir les gens ? C'est ça ? Eh bien, vous êtes un monstre, vous m'entendez, un monstre ! » Hum, pardon... Mais vous voyez ce que je veux dire.

venaient dire à leurs parents qu'ils n'arrivaient pas à dormir parce qu'il y avait quelque chose sous leur lit, plus personne ne leur expliquait que «tout ça c'est des bêtises». Non. Les adultes regardaient avec beaucoup, beaucoup de précautions sous le lit, en serrant bien fort une batte de cricket, un manche à balai ou un couteau de cuisine.

Parce qu'on n'est jamais trop prudent…

Curieusement, Samuel Johnson avait l'impression que les habitants de Biddlecombe le tenaient pour responsable de ces événements. Pourtant, ce n'était pas lui qui avait conjuré des démons dans sa cave pour tromper son ennui, ni lui qui avait construit cette énorme machine dont le dysfonctionnement avait provoqué par erreur l'ouverture d'un portail entre ce monde-ci et l'Enfer. Ce n'était pas sa faute si le diable, le Mal Suprême, détestait la Terre et voulait la détruire. Mais il avait joué un rôle tellement important dans cette histoire que, chaque fois que les gens le croisaient, ils y repensaient — or, ils ne voulaient plus y repenser. Ils voulaient l'oublier, de A à Z, et ils voulaient se convaincre qu'ils l'avaient oubliée même si ce n'était pas le cas — pas vraiment. Ils voulaient juste détruire son souvenir, ce qui est très différent.

Samuel, lui, était incapable d'oublier cette histoire car, de temps à autre, il apercevait le reflet d'une femme dans une glace, dans la vitrine d'une boutique ou sur le panneau de verre d'un abribus. C'était Mme Abernathy, avec ses yeux animés d'une étrange lueur bleue, et Samuel percevait alors toute la haine qu'elle ressentait pour lui. Personne d'autre ne semblait la voir. Il avait essayé d'en parler à des scientifiques, mais ceux-ci ne l'avaient pas cru. Pour eux, il n'était qu'un petit garçon — intelligent et courageux, certes, mais un petit garçon quand même – encore perturbé par les événements terrifiants dont il avait été le témoin.

Samuel n'était pas dupe. Mme Abernathy voulait se venger : de lui, de la Terre et de toutes les créatures qui y marchaient, volaient ou nageaient. Ce qui nous amène à l'autre raison pour laquelle il ne pouvait pas oublier : il n'avait pas triomphé de Mme Abernathy, du diable et des hordes de l'Enfer *seul*. Il avait reçu l'aide d'un démon malchanceux mais globalement sympathique nommé Nouillh, dont il était devenu l'ami. Et voici que Nouillh se trouvait à présent quelque part en Enfer, essayant d'échapper à Mme Abernathy, pendant que Samuel était sur Terre, incapable de lui porter secours.

Samuel en était réduit à espérer une seule chose : que Nouillh soit en sécurité, où qu'il puisse se trouver[1].

---

1. Une dernière chose à propos des voyages dans le temps. Selon la physique quantique, tous les événements possibles, si étranges soient-ils, peuvent avoir lieu et chaque conséquence possible de chacun de ces événements existe dans un monde qui lui est propre. En d'autres termes, tous les passés et avenirs possibles sont potentiellement réels et coexistent les uns à côté des autres. Si vous trouvez ces notions de mondes parallèles et de dimensions multiples ridicules, notez tout de même qu'un certain Jonathon Keats, philosophe expérimental résidant à San Francisco, a déjà commencé à vendre des parcelles de terrain dans ces nouvelles dimensions spatio-temporelles. En une journée, il a ainsi vendu cent soixante-douze parcelles de terrain extra-dimensionnel dans la région de la baie de San Francisco. En ce qui me concerne, je paierais *cher* pour voir ces gens faire valoir leur droit de propriété lorsqu'ils verront débarquer d'une autre dimension un monstre armé d'un canon à ondes pulsées. «Dites donc, mon vieux, ce terrain m'a coûté une fortune et…» *ZAP!*

3

OÙ L'ON PÉNÈTRE DANS LE FONDEMENT
DE L'ENFER, AU RISQUE D'EFFRAYER LES PARENTS
QUI VONT TOMBER PAR HASARD SUR CE TITRE

A près ce bref détour par la Terre et cet exposé sur
l'amour, la vie, l'importance d'une bonne vision
dans les relations humaines et les dangers de tuer les
grands-pères, retournons en Enfer.

Comme vous l'avez peut-être deviné, la femme qui
progressait d'un pas volontaire dans le dédale sombre de
la montagne du Désespoir, vêtue d'une robe à fleurs en
loques, n'était autre que Mme Abernathy, plus connue
sous le nom de Ba'al. Depuis que sa tentative d'envahir le
monde des hommes avait échoué, elle avait chaque jour
effectué un pèlerinage jusqu'à l'antre du Mal Suprême.
Elle voulait faire face à son maître pour lui expliquer
ce qui avait loupé dans son plan et réussir peu à peu à
rentrer dans ses bonnes grâces. Mme Abernathy était
presque aussi ancienne et maléfique que le Mal Suprême
en personne et ils avaient passé ensemble plusieurs éter-
nités dans ce lieu ravagé, édifiant peu à peu leur royaume
sur des cendres, des immondices et des flammes.

Mais le Mal Suprême, perdu dans sa folie et son chagrin, refusait de recevoir son lieutenant. Mme Abernathy n'avait plus accès à lui et cette situation troublait le
démon; le troublait et, oui, l'effrayait. Sans la protection

et la bienveillance du Mal Suprême, Mme Abernathy devenait vulnérable. Il fallait faire quelque chose. Le Mal Suprême devait à tout prix entendre ce qu'elle avait à dire, c'est pourquoi Mme Abernathy revenait sans cesse dans cet endroit où des créatures immondes tapies dans l'ombre observaient, amusées, le spectacle de l'un des démons les plus puissants, le commandant des légions de l'Enfer, réduit à l'état de mendiant. En l'occurrence : un mendiant avec un faible pour les accoutrements féminins.

Bizarrement, si Ba'al avait au début endossé à contre-cœur l'apparence d'une femme d'une quarantaine d'années, il avait fini par prendre goût aux robes à motifs floraux et par s'intéresser aux différents styles de coiffure. Sans doute cette métamorphose s'expliquait-elle par le fait que, jusqu'à un passé très récent, Ba'al n'avait été ni masculin ni féminin. Juste une «chose horrible». À présent elle avait une identité, et une forme qui ne se réduisait pas à des crocs, des griffes et des tentacules. Ba'al avait peut-être pris possession du corps de Mme Abernathy, mais quelque chose en cette dernière s'était insinué en Ba'al. Pour la première fois de sa vie, le démon trouvait une utilité aux miroirs, s'intéressait aux jolis vêtements et au maquillage, se préoccupait de son apparence et découvrait ce qu'il ne serait pas excessif de nommer *la vanité*[1].

---

1. Soucieux de ne pas déclencher la colère des défenseurs de la cause féminine, je m'empresse d'ajouter que la vanité n'est pas le propre du Beau Sexe. À en croire le poète et essayiste Jonathan Swift (1667-1745), la vanité « est le mets préféré des fous / Mais il est des sages qui, de temps en temps, / Condescendent à y prendre goût ». Est vaniteux quiconque se considère avec trop d'orgueil, le contraire de l'orgueil étant l'humilité. Être humble, c'est se voir tel que l'on est sans chercher à se comparer continuellement aux autres – même aux plus méchants ou, en l'occurrence, aux démons portant des robes, si tant est que vous soyez vous-même un démon portant une robe.

Il ne pensait même plus à lui sous le nom de Ba'al. Ba'al appartenait au passé. Mme Abernathy était le présent et l'avenir.

Tout en continuant à descendre dans le tréfonds de la montagne, elle percevait les ricanements et les murmures autour d'elle. Elle s'engagea sur un grand pont enjambant un abîme si vertigineux que toute personne y tombant aurait chuté à l'infini et serait morte de vieillesse avant d'avoir atteint le fond. De lourdes chaînes d'acier fixaient le pont aux parois rocheuses, creusées d'innombrables arches voûtées abritant dans l'ombre autant de démons. Ces arches s'étendaient à perte de vue vers les hauteurs et les profondeurs de la montagne jusqu'à ce que les torches, seules sources de lumière dans ce néant abyssal, deviennent aussi minuscules que des étoiles avant de disparaître entièrement, ensevelies par les ténèbres. Çà et là, toutes sortes de bêtes surgissaient des alcôves: petits lutins rubiconds et grimaçants, démons de feu et démons de glace, créatures difformes et créatures informes, entités sans consistance, simples paires d'yeux scintillant sur fond de fumée. À une époque, la proximité de Ba'al aurait suffi à les terrifier, puisque croiser son regard pouvait suffire à déchaîner son courroux. Désormais, tous se moquaient de Mme Abernathy. En échouant, elle avait trahi son maître. Et lorsque le Mal Suprême aurait cessé de geindre, il se rappellerait qu'elle devait être punie pour son erreur.

Et alors, quel spectacle réjouissant ce serait pour les autres démons!

En attendant, les gémissements continuaient, s'amplifiant à mesure que Mme Abernathy approchait de leur source. Elle remarqua que certains démons avaient fourré des morceaux de charbon dans leurs oreilles pour étouffer le bruit du chagrin de leur maître, et que d'autres, devenus apparemment aussi fous que lui, marmonnaient tout seuls dans leur coin ou se frappaient furieusement la tête contre les parois.

Enfin, les arches voûtées disparurent, laissant place aux sombres murs de pierre. Dans la nuit impénétrable qui s'étendait devant elle, Mme Abernathy aperçut un mouvement, une forme qui s'arrachait de l'ombre comme une semelle de chaussure s'arrache d'un pan de goudron fondu – en laissant derrière elle des filaments obscurs. Plongée dans les ténèbres, la créature semblait se confondre avec elles. Elle avança sous la lueur vacillante d'une torche et un sourire déplaisant se peignit sur son visage. Son apparence évoquait un vautour aux traits vaguement humains. Sa tête rose paraissait glabre, mais la lumière révélait une peau grêlée parsemée de minuscules poils. Le nez, long et charnu, était crochu et se rattachait à une unique lèvre inférieure, semblable à un bec de rapace. Ses petits yeux noirs comme de l'encre scintillaient d'un éclat maléfique. Elle portait une cape sombre qui flottait sur ses épaules comme une nappe huileuse. Sa main gauche serrait une crosse taillée dans un os et surmontée d'un petit crâne. Elle tendit la crosse devant Mme Abernathy pour l'empêcher d'avancer.

Cette créature se nommait Ozymuth. C'était le chancelier du Mal Suprême et il avait toujours détesté Ba'al[1], bien avant même que Ba'al se fasse appeler

---

1. Un chancelier est à la fois le secrétaire et le conseiller d'un homme de pouvoir ou d'un roi. C'est un métier à risques, car les hommes de pouvoir ont tendance à se comporter violemment envers ceux qui essayent de les conseiller ou de leur faire remarquer qu'ils sont peut-être en train de commettre une grossière erreur. Thomas Becket (1118-1170), chancelier du roi Henri II d'Angleterre, fut taillé en pièces par quatre chevaliers après un

Mme Abernathy et choisisse de s'habiller bizarrement. Tout le pouvoir d'Ozymuth provenait du fait que le Mal Suprême prêtait une oreille attentive au moindre de ses avis. Si certains démons voulaient obtenir une faveur du Mal Suprême ou une promotion, le seul moyen d'y parvenir était de passer par Ozymuth. Si la faveur ou la promotion leur était accordée, ils devaient alors, à leur tour, une faveur à Ozymuth. Ainsi va le monde, et pas seulement l'Enfer. Ce n'est pas joli-joli et ça ne devrait pas se passer comme ça, mais c'est un fait – autant vous prévenir dès maintenant.

— Interdiction de passer! lança Ozymuth.

Une longue langue rose darda de son bec et vint lécher quelque chose d'invisible qui traînait sur sa peau.

— Qui es-tu pour me dire ce que je peux ou ne peux pas faire? demanda Mme Abernathy, la bouche dégoulinant d'un mépris corrosif. Le chien de notre maître, rien de plus. Si tu ne me montres pas un peu de respect, je te ferai déchiqueter, cellule par cellule, atome par atome, puis réassembler, juste pour avoir le plaisir de recommencer.

Ozymuth laissa échapper un ricanement.

— Tu viens ici chaque jour et, chaque jour, tes menaces sonnent de plus en plus creux. Jadis, tu étais le

---

différend l'opposant au roi à propos de la répartition des pouvoirs entre la Couronne et l'Église. Henri VIII d'Angleterre fit décapiter Thomas More (1478-1535) car celui-ci désapprouvait son projet de divorcer de Catherine d'Aragon pour épouser une femme plus jeune et plus jolie nommée Anne Boleyn. Laquelle Anne Boleyn finit également décapitée sur ordre d'Henri VIII… Morale de l'histoire: mieux vaut éviter de travailler pour des rois se prénommant Henri, dont le passe-temps semble être de faire tomber les têtes. Observez leur façon de décalotter un œuf à la coque: s'ils le font d'un geste violent, autant chercher tout de suite un nouvel employeur…

préféré de notre maître, mais ce temps est révolu. Tu as eu l'occasion rêvée de lui plaire, mais tu l'as gâchée. Si j'étais toi, je chercherais un trou et je m'y cacherais en espérant que notre maître finisse par oublier mon existence. Car, quand son chagrin prendra fin et qu'il se souviendra des tourments endurés à cause de toi, être déchiqueté te semblera un agréable massage comparé au sort qu'il te réservera. L'époque de ta gloire est passée ! Non mais regarde-toi… Regarde un peu ce que tu es devenu !

Les yeux de Mme Abernathy s'embrasèrent. Avec un grognement rageur, elle leva la main comme pour l'abattre sur Ozymuth, qui eut un mouvement de recul et cacha son visage derrière sa cape. Les deux vieux ennemis restèrent un instant figés jusqu'à ce qu'un son étrange émerge de sous la cape. C'était un rire, un sifflement hilare semblable au bruit d'un gaz s'échappant d'un trou de canalisation ou au grésillement d'une tranche de bacon dans une poêle.

— Tssss ! Tssss ! Tu n'as aucun pouvoir ici et si tu me frappes, alors c'est notre maître que tu frappes car je suis sa voix et c'est lui qui parle à travers moi. Retourne d'où tu viens et renonce une bonne fois pour toutes à ce pèlerinage absurde. Si je te revois encore une fois, je te fais enchaîner…

Il brandit sa crosse et le petit crâne émit une lueur d'un jaune blafard. Deux énormes bêtes ailées se profilèrent alors derrière lui. Immobiles dans la pénombre, elles auraient jusque-là pu passer pour des têtes de dragon sculptées dans la roche, mais, à présent, elles dominaient les deux démons. L'un des dragons se pencha, révélant un crâne reptilien, et ses babines en se retroussant découvrirent des crocs adamantins, aussi longs qu'aiguisés. Il proféra un grondement sourd et menaçant à l'attention de Mme Abernathy qui, en guise de riposte, lui flanqua un coup de sac à main sur le museau. Le dragon ne put retenir un petit gémissement et, l'air gêné, se retourna vers son comparse comme pour lui dire : « Essaye de faire mieux. » Mais l'autre dragon, ayant constaté que le sac était bien plus lourd qu'il croyait, se contenta de hausser les épaules et préféra observer quelque chose de particulièrement intéressant sur le mur le plus proche.

— Tu n'en as pas fini avec moi, Ozymuth, répondit Mme Abernathy. Un jour, je retrouverai mon pouvoir et, alors, je saurai me souvenir de ton insolence.

Elle tourna les talons et s'éloigna. Elle était toujours consciente des cris du Mal Suprême, des chuchotis des démons – visibles et invisibles – et du rire sifflant d'Ozymuth. Humiliée, blessée, elle prit le pénible chemin du retour à travers le dédale de la montagne du Désespoir. Elle venait de franchir l'entrée et se trouvait devant le panorama désolé de l'Enfer quand une petite voix se fit entendre au niveau de ses chaussures :

— Bonne journée à vous, dit la tête solitaire de Tronchard.

Mme Abernathy l'ignora et poursuivit son chemin.

L'hilarité d'Ozymuth se dissipa à mesure qu'il regardait s'éloigner Mme Abernathy. Une nouvelle forme se détacha de l'ombre, imposante et souveraine. Les torches éclairèrent des traits pâles, d'une impérieuse cruauté, une longue chevelure noire striée de mèches d'or et une tunique en velours d'un rouge profond, comme tissée de sang. Malgré l'absence de vent, une cape, également rouge, flottait dans son dos, prolongement vivant de la créature. Une main griffue ornée de bijoux surgit et caressa machinalement l'un des dragons qui ronronna de contentement, comme un gigantesque chat à écailles.

— Seigneur Abigor, dit Ozymuth en inclinant la tête dans une posture de soumission absolue.

S'incliner devant Abigor était une excellente idée : ceux qui oubliaient de baisser la tête en présence d'Abigor ne tardaient pas à s'y voir forcés, généralement à l'aide d'une large lame prompte à les décapiter.

On dit que la Nature a horreur du vide : il en va de même avec le Pouvoir. Dès que le favori d'un chef tombe en disgrâce, les remplaçants potentiels forment rapidement une file d'attente. Ainsi, peu après l'échec de Mme Abernathy, beaucoup de démons s'étaient demandé comment profiter de sa déchéance pour obtenir une promotion auprès du Mal Suprême. Le plus ambitieux et le plus machiavélique de ces démons était Abigor.

— Qu'en dis-tu, Ozymuth ?

— Elle est têtue, monseigneur.

— Têtue et dangereuse. Son obstination me tracasse.

— Notre maître ne la reverra jamais, je vous le garantis. Chaque fois que j'en ai l'occasion, je lui glisse à l'oreille des paroles venimeuses contre elle. Je lui rappelle combien elle l'a déçu. Je tisonne les braises de sa folie, comme vous me l'avez demandé.

— Tu es un serviteur loyal et fidèle.

La voix d'Abigor était lourde de sarcasmes. Il se fit la remarque que, une fois son but atteint, il devrait bannir Ozymuth le plus vite possible car quiconque trahit son maître peut aussi bien trahir le suivant.

— Je suis loyal au Mal Suprême, monseigneur, prit soin de répondre Ozymuth comme s'il avait entendu les pensées du démon. Notre maître ne peut pas se permettre d'être déçu par ses lieutenants. Ou de les voir déguisés en femme...

Abigor scruta le visage carnassier du chancelier. Il n'avait pas pour habitude de se faire reprendre, même en termes diplomatiques. Son impatience à se débarrasser d'Ozymuth n'en était que plus grande...

— Je me souviendrai de toi lorsque je serai au pouvoir, dit Abigor en se gardant bien de dissiper le double sens de sa remarque. Notre heure approche. Bientôt, Ozymuth, bientôt...

Abigor se laissa de nouveau engloutir par la pénombre puis disparut. Ozymuth put à nouveau respirer – mais son souffle était rauque. Il jouait un jeu dangereux, il le savait, mais s'il ne faisait aucune confiance à Abigor, il détestait encore plus Mme Abernathy. Agrippant sa crosse, il s'enfonça dans les profondeurs de la montagne du Désespoir, grimaçant à mesure que les hurlements de son maître s'amplifiaient. Arrivé devant la salle, il marqua une pause. Ses yeux scrutèrent l'obscurité, devinant la forme immense du Mal Suprême, recroquevillé sur lui-même pour étouffer sa douleur.

— C'est moi, maître.

Le poison dégoulinait de chaque mot.

— Je vous apporte de bien tristes nouvelles : votre infidèle lieutenant, Mme Abernathy, continue de vous avilir de ses paroles...

4

OÙ L'ON REFAIT CONNAISSANCE AVEC NOUILLH,
ANCIENNEMENT CONNU COMME « LE FLÉAU DES
CINQ DÉMONS », CE QUI N'ÉTAIT AU FOND QU'UN
GIGANTESQUE MALENTENDU

D ans une Grotte Tout À Fait Modeste au pied
d'une Montagne Pas Franchement Intéressante
située dans une Région De L'Enfer Où Il N'y a Pas
Grand-Chose À Voir Fichons Le Camp résonnaient
des bruits de bricolage. Le bricolage, comme vous
le savez sans doute, est une activité essentiellement
masculine. Les femmes, dans leur grande majorité, ne
« bricolent » pas, raison pour laquelle les hommes ont
inventé la cabane de jardin et le garage, deux endroits
où ils peuvent se retirer pour accomplir des tâches qui
n'ont guère d'autre visée pratique que leur occuper
les mains à autre chose que tenir un verre, une four-
chette ou la télécommande du téléviseur. De temps à
autre, le bricolage peut donner naissance à une invention utile mais, le plus souvent, il consiste à essayer
d'améliorer des mécanismes qui fonctionnent déjà
très bien pour finir par les détraquer, ce qui oblige
à les bricoler davantage sachant qu'une fois réparés,
ils ne fonctionneront plus aussi bien qu'auparavant,
nécessiteront encore un peu de bricolage, et ainsi de

suite jusqu'à la mort du bricoleur (en général battu par sa femme à coups de bouilloire défectueuse ou de porte de frigidaire).

Dans la grotte était garée une voiture. Jadis, cette voiture avait été une Aston Martin rutilante entretenue avec amour par le père de Samuel Johnson, qui la sortait du garage derrière leur maison seulement les jours ensoleillés. Hélas, elle avait été l'une des victimes de l'attaque lancée par les démons contre Biddlecombe. Certes, sans elle, Biddlecombe aurait probablement été rayé de la carte ou, à tout le moins, dirigé par des créatures diaboliques, mais ça n'avait pas consolé le père de Samuel de sa disparition.

— Comment ça, volée par un démon ? avait-il demandé à son fils en regardant l'espace vide de son garage où, quelque temps plus tôt, se trouvait encore la prunelle de ses yeux.

Samuel avait observé son père pendant qu'il fouillait derrière les vieux pots de peinture et les pièces de rechange de la tondeuse à gazon, comme s'il s'attendait à voir surgir sa voiture de derrière un bidon de sous-couche blanche en s'écriant « Surprise ! ».

— Parfaitement, volée.

C'est la mère de Samuel qui lui avait répondu. Le désespoir de son mari semblait la combler d'aise. Il faut dire qu'il l'avait quittée, et avec elle son fils, pour aller vivre avec une autre femme tout en espérant qu'elle et Samuel continueraient de prendre soin de sa voiture – une attitude qu'elle considérait comme pire qu'égoïste.

Dire que l'Aston Martin avait été volée n'était pas tout à fait exact : Samuel avait donné les clés au démon Nouillh pour qu'il fonce à travers le portail ouvert entre l'Enfer et Biddlecombe, afin de le détruire et d'empêcher le Mal Suprême de s'enfuir dans notre monde.

Et s'il était injuste de traiter Nouillh de voleur, Samuel n'en était pas moins reconnaissant à sa mère d'avoir quelque peu déformé la vérité.

C'était ce même Nouillh que l'on retrouvait dans la grotte, bras croisés, contemplant ce qui était autrefois l'Aston Martin de M. Johnson et qui, désormais, lui appartenait. La traversée du portail avait laissé la voiture relativement intacte, et Nouillh en était agréablement surpris : il s'était attendu à se retrouver pulvérisé en petits morceaux, et avec lui la voiture, puis réduit à la taille d'un globe oculaire de moucheron. Il avait aussi été soulagé de constater que les petites mares de liquide noir, visqueux et bouillonnant disséminées dans l'Enfer étaient de véritables réservoirs d'hydrocarbures et autres composants organiques ; en d'autres termes, des stations-service miniatures qui ne demandaient qu'à être utilisées.

Malheureusement, ce mélange était un peu rudimentaire et le paysage de l'Enfer peu adapté aux voitures de collection. Pire encore, Nouillh ignorait à peu près tout du fonctionnement d'un moteur à combustion interne, ce qui ne le prédisposait guère à affronter les problèmes mécaniques. Et s'il se considérait comme un pilote chevronné, la conduite en Enfer consistant juste à donner une direction à la voiture, à écraser la pédale d'accélérateur et à éviter rochers et mares de pétrole, il se révélait finalement moins expert du volant qu'il l'aurait souhaité.

Mais la chance peut parfois sourire aux êtres les plus improbables et Nouillh, avec sa tête verte en forme de quartier de lune, méritait la palme de l'improbabilité. Pour avoir agacé quelques démons, il s'était retrouvé banni par le Mal Suprême dans une des nombreuses régions désertiques de l'Enfer. Pour lui tenir compagnie, le Mal Suprême lui avait envoyé un assistant, Trouillh, qui évoquait pour sa part un furet auquel un coiffeur aveugle aurait récemment coupé les poils à l'aide de ciseaux émoussés. Or, si Trouillh était énervant, vaguement malodorant et pas franchement brillant, il s'était aussi découvert un don pour la mécanique. Aidé d'un manuel trouvé dans le coffre de l'Aston Martin, il avait pris en charge l'entretien et la réparation de la voiture. Résultat : elle roulait plus vite qu'auparavant, se conduisait en souplesse et prenait les virages au quart de tour.

Ah, oui : et elle ressemblait désormais à un gros rocher.

Nouillh savait que Mme Abernathy et son maître, le Mal Suprême, n'étaient pas précisément ravis que leur plan d'invasion de la Terre eût échoué. Et comme ni l'un ni l'autre n'avait un sens du pardon très développé, ils allaient en rejeter la faute sur quelqu'un d'autre. Le Mal Suprême accuserait Mme Abernathy car c'était bien son genre et, après tout, c'était elle qui avait dirigé les opérations. Mme Abernathy, à son tour, chercherait un bouc émissaire et il avait été vu pour la dernière fois caché sous une couverture, au volant d'une voiture de collection fonçant vers l'Enfer. Nouillh ne savait pas exactement ce que Mme Abernathy lui ferait si ses mains griffues s'abattaient sur lui, mais il devinait que chaque atome de son corps serait séparé et piqué à l'aide d'une épingle jusqu'à la fin des temps – et cette perspective ne lui plaisait pas du tout.

Il avait donc pris deux décisions : la première, qu'il valait mieux rester toujours en mouvement car une cible mouvante est plus difficile à atteindre[1]. La seconde, qu'il serait peut-être bienvenu de camoufler la voiture.

Aussi avait-il fabriqué, avec l'aide de Trouillh, une sorte de structure composée de morceaux de bois et de métal peints afin de lui donner l'apparence d'un gros rocher – mais un rocher capable de passer de 0 à 100 km/h en moins de sept secondes.

Penché sous le capot de la voiture, Trouillh triturait un élément du moteur que lui seul était capable de nommer. Nouillh aussi en aurait été capable s'il s'en était donné la peine, mais il ne se l'était pas donnée. Après tout, n'était-il pas le cerveau de cette opération? Il n'avait pas de temps à perdre à se préoccuper de carburateurs, de bougies ou à se retrousser les manches. Pas une seconde ne l'avait effleuré l'idée

---

1. On peut voir là une variation de ce principe physique connu sous le nom de principe d'incertitude de Heisenberg : il est impossible de situer la position exacte d'une particule subatomique – extrêmement petite, donc – sauf à accepter une estimation incertaine de sa vélocité (sa vitesse dans une direction donnée), et il est impossible de connaître sa vélocité exacte sauf à accepter une estimation incertaine de sa position. Ça se tient, si on y réfléchit bien : il est impossible de dire où se trouve une chose très petite si cette chose se déplace. Pour y arriver, il faudrait interférer avec son déplacement, ce qui ne ferait que vous embrouiller. De la même façon, examiner la rapidité de son déplacement ne peut se faire qu'au détriment de l'observation de sa position exacte. En réalité, le principe d'incertitude de Heisenberg est un peu plus complexe que cela, mais vous avez l'idée générale. Et si quelqu'un un jour vous demande si vous comprenez le principe d'incertitude de Heisenberg, contentez-vous de répondre que vous n'en êtes pas certain : si vous tombez sur le bon interlocuteur, votre réponse passera pour une excellente blague scientifique. Par parenthèses, Werner Heisenberg, le scientifique allemand à l'origine de ce principe, était convaincu d'avoir raison. Autrement dit, il n'était pas incertain concernant l'incertitude.

qu'en la circonstance le titre de «cerveau» revenait plutôt à Trouillh, puisque c'est lui qui comprenait quelque chose au fonctionnement d'une voiture – il en va souvent ainsi des gens qui répugnent à se retrousser les manches. Être quelqu'un de brillant ne suffit pas pour devenir roi, mais s'entourer de gens brillants n'est jamais un luxe[1]…

— Tu vois ce qui cloche? demanda Nouillh.

— C'est la bobine d'allumage, répondit Trouillh.

— Ah oui?

Nouillh ne voulait pas donner l'impression qu'il s'en fichait complètement – il n'y parvint pas.

— Tu ne sais même pas ce que c'est, pas vrai?

— C'est… une bobine qui sert… à allumer?

— Euh… oui.

— Alors je sais. Et toi, tu sais ce qu'est un gros bâton capable de te cabosser le crâne?

— Oui.

— Parfait. Si tu veux en avoir une idée plus précise, continue de jouer les esprits supérieurs…

Trouillh émergea de sous le capot et se frotta les mains sur son bleu de travail. Ça aussi, c'était nouveau: en couverture du manuel d'utilisation de l'Aston Martin, il avait remarqué la photo d'un homme portant un bleu de travail et brandissant un outil d'un geste vaguement inquiétant. Sur la poche gauche de son bleu était cousue une étiquette portant son nom: «BOB». Trouillh avait tout de suite compris que les experts en moteurs portaient le même uniforme et il avait réussi à s'en fabriquer un, quelque peu bariolé,

---

1. Et s'ils deviennent un peu trop brillants, au point qu'ils pourraient se demander s'ils ne feraient pas à leur tour un bon roi, il suffit de les faire assassiner. C'est pour ainsi dire la règle n° 1 quand on devient roi. On l'apprend dès le premier jour.

avec les rares vêtements fourrés dans son sac. Il y avait même ajouté son nom, du moins une variante de son nom : « TROULLIH ».

— Le bobinage de cuivre de l'enroulement a été un peu amoché, poursuivit Troullih — pardon, Trouillh. Il va falloir se débrouiller pour le remplacer...

Nouillh se retourna et, avançant vers la sortie de la grotte, regarda le paysage qui s'étendait au-dehors. Partout, une vaste étendue de roche volcanique noire, qui changeait agréablement de la vaste étendue de roche volcanique grise où, jusqu'à un passé récent, ils avaient été bannis. Le ciel assombri de nuages était animé de lueurs rougeâtres puisque les feux de l'Enfer brûlent éternellement.

— On est très loin de la première bobine de cuivre, Trouillh, constata Nouillh.

— Où sommes-nous au juste ? demanda Trouillh en rejoignant son maître.

Nouillh secoua la tête.

— Je l'ignore, mais...

Il indiqua un point sur sa droite, à un endroit de l'horizon noyé dans les nuages et la fumée, où les feux semblaient plus virulents.

— ... je dirais que la montagne du Désespoir se trouve quelque part par là. Donc, il vaut mieux qu'on aille...

— À l'opposé ?

— N'importe où ailleurs.

— Sommes-nous condamnés à fuir, pour toujours ? demanda Trouillh, et un accent dans sa voix donna presque envie à Nouillh de le serrer contre lui.

Au lieu de quoi il se contenta, à contrecœur, de lui tapoter le dos — il ne savait pas quel genre de virus on pouvait attraper en étreignant Trouillh, mais il préférait ne pas prendre de risque.

47

— À partir de maintenant, on reste toujours en mouvement.

Il allait ajouter autre chose lorsqu'une ombre passa sur les rochers devant lui. Elle se mit à rétrécir à mesure que ce qui volait au-dessus descendait en cercles concentriques.

— La lumière! s'exclama Nouillh.

Trouillh souffla aussitôt sur la flamme de la torche pour plonger la grotte dans les ténèbres.

Une créature rouge aux grandes ailes de chauve-souris atterrit à un jet de pierre de l'entrée de la grotte. Elle faisait près de deux mètres cinquante et avait un corps humain, mais sa colonne vertébrale se prolongeait par une queue fourchue et deux cornes torsadées étaient plantées sur son crâne chauve. Elle s'accroupit, gratta la roche avec ses serres puis, les portant à son museau, les renifla avec méfiance. Une longue langue bifide sortit de sa bouche et lécha le sol.

— Oh non…, murmura Trouillh.

Il voyait presque les traces de pneu à l'endroit où Nouillh avait appuyé sur l'accélérateur pour rapprocher la voiture de l'entrée de la grotte.

La créature demeurait immobile. Elle n'avait pas d'oreilles, tout juste deux trous de chaque côté de la tête, mais à l'évidence elle était en train de s'en servir. Puis elle se tourna vers la grotte et ils virent son visage.

Elle avait huit yeux noirs, semblables à ceux d'une araignée géante, et une paire de mandibules au niveau des mâchoires. Pour toutes narines, des orifices grossiers perforaient l'os saillant de son museau. Nouillh remarqua qu'elles s'élargissaient puis se contractaient, luisantes de mucus. Un instant, la créature fixa intensément l'entrée de la grotte et ils la virent bander les muscles de ses pattes arrière, prête à bondir. Ses

mandibules cliquetèrent et ses mâchoires produisirent un chuintement comme si elle savourait déjà ses
proies, mais, au lieu d'explorer la grotte, elle déploya
ses ailes largement et se propulsa dans les airs. Nouillh
et Trouillh entendirent battre ses ailes, puis le bruit
s'éloigna peu à peu tandis que la créature s'envolait
vers le nord, en direction des flammes rougeoyantes.

— Elle nous a vus ? demanda Trouillh.

— Je crois qu'elle a repéré les traces de pneus. Je ne
sais pas si elle a compris qu'on était juste à côté. Sinon,
pourquoi ne nous aurait-elle pas cherchés ? En tout cas,
il faut partir.

— C'était… ?

— Oui, une de ses créatures.

La fatigue et même la peur s'entendaient dans sa
voix. Il s'en aperçut. Ils fuyaient et se cachaient depuis
si longtemps qu'il avait parfois l'impression que se faire
prendre aurait été un soulagement. Puis il pensait à ce
qui risquait de leur arriver *une fois* qu'ils se seraient fait
prendre, et la perspective d'être démembré atome par
atome puis torturé pendant un temps infini lui passait
l'envie de renoncer. Pourtant, tôt ou tard, ils commet-
traient une grave erreur ou la chance les abandonne-
rait, et alors la fureur de Mme Abernathy s'abattrait
sur eux. Une seule chose consolait Nouillh : Samuel
Johnson était sain et sauf dans le monde des humains.
Son ami lui manquait terriblement, mais il se serait
volontiers sacrifié pour le sauver. Il espérait juste qu'il
ne serait pas confronté à cette extrémité, car Nouillh
n'avait pas envie qu'on lui chamboule ses atomes :
ils étaient très bien à leur place.

5

OÙ L'ON RENCONTRE LES NAINS — OU LES ELFES —
DE M. JOLITEMPS, ET OÙ ON LE REGRETTE

I l y a peu de choses plus déprimantes qu'être coincé dans une fourgonnette avec une bande de nains agressifs[1], songea M. Jolitemps. Sur la fourgonnette était peinte l'inscription «LES ELFES DE M. JOLI-TEMPS: PETITS PAR LA TAILLE, GRANDS PAR LE TALENT», surmontant un petit personnage portant des chaussures pointues et une casquette à clochette. Avec son sourire joyeux, il n'avait pas l'air menaçant et, par conséquent, ne ressemblait pas du tout au contenu de la fourgonnette. Mais un observateur attentif examinant l'inscription aurait remarqué que le mot «ELFES» avait été récemment peint pardessus ce que l'on devinait être le mot «NAINS».

Nous aborderons les raisons de ce changement en temps voulu. En attendant, juste pour vous donner une idée du tempérament difficile des nains de M. Jolitemps, sachez qu'une voiture contenant deux adultes et deux enfants était sur le point de dépasser la fourgonnette et que les deux enfants, pressant le visage contre leur

---

1. Par «agressif», j'entends «destructeur» et «sûr de soi». Ce qui définit à merveille les nains de M. Jolitemps, qui auraient pu donner des leçons d'agressivité aux Vikings.

51

vitre pour essayer d'apercevoir un elfe, eurent droit aux fesses qu'un de ces petits bonshommes venait de faire sortir par sa vitre baissée.

— Papa, c'est ça des fesses d'elfe? demanda le petit garçon.

— Les elfes n'existent pas, voyons, répondit le père qui n'avait remarqué ni les fesses ni même la fourgonnette.

— Pourtant c'est écrit, là!

— Eh bien, moi je te dis que les elfes n'existent pas.

— Mais papa, il y a des fesses qui sortent de la voiture des elfes, c'est forcément des fesses d'elfe!

— Écoute, je t'ai déjà dit d'arrêter de raconter n'importe quoi…

À cet instant, le père du petit garçon tourna la tête sur sa droite et eut droit à la vision d'un postérieur pâlot flottant au vent, entouré de visages de nains grimaçants.

— Ethel, appelle la police, dit-il en brandissant le poing à l'adresse des visages et de la paire de fesses. Bande de petits monstres! vociféra-t-il.

— Gniââârk! cria un des nains en lui tirant la langue tandis que la fourgonnette accélérait.

— Tu vois, papa, j'avais raison: c'était un elfe et des fesses d'elfe.

* * *

Au volant, Jolitemps s'efforçait de rester concentré sur la route sans se laisser déranger par ce qui se passait dans son dos.

— Il fait froid dehors, annonça Braillard, le chef de la bande, en rentrant les fesses et en se réajustant.

Ses autres compagnons, Roupillard, Furibard et Bredouillard, se rassirent et décapsulèrent une bouteille de Spéciale de Spiggit's. Aussitôt, le fumet déjà peu agréable qui flottait dans la fourgonnette se doubla d'une odeur d'usine spécialisée dans la fabrication de chaussettes sales et de têtes de poissons. Bizarrement, cette bière très forte et très désagréable n'eut pas l'air de produire le moindre effet sur les quatre buveurs, à part de renforcer leur naturel. Braillard se mit donc à brailler comme un ivrogne, la fureur de Furibard redoubla, Roupillard se sentit encore plus somnolent et Bredouillard… eh bien, marmonna des paroles encore plus incompréhensibles.

— Oh, Jolitemps! gronda Furibard. Quand est-ce qu'on touche notre paye?

Les mains de Jolitemps se crispèrent sur le volant. C'était un gros homme chauve vêtu d'un costume à carreaux beige et invariablement affublé d'un nœud papillon rouge. Il avait le profil exact d'un manager de groupe de nains fourbes, mais nul ne sait s'il avait cette apparence à cause de son métier ou s'il avait choisi ce métier à cause de son apparence.

— Votre paye pour quoi?

— Pour notre travail du jour, tiens!

La fourgonnette fit une embardée quand Jolitemps perdit brièvement le contrôle du volant — et son sang-froid.

— Votre travail? Votre *travail*? Vous ne connaissez même pas le sens de ce mot.

— Gaffe! maugréa Roupillard. J'ai failli renverser ma bière.

— JE M'EN FOUS! hurla Jolitemps.

— Qu'est-ce qu'il a dit? demanda Braillard. Quelqu'un braillait, je n'ai rien entendu.

— Il dit qu'il s'en fout, répondit Roupillard.

— Oh, vraiment? C'est charmant. Après tout ce qu'on a fait pour lui…

Après un léger dérapage, la fourgonnette s'immobilisa brusquement sur le bas-côté. Jolitemps se tourna vers le groupe de nains en agitant le poing.

— Tout ce que vous avez fait pour moi? Tout-ce-que-vous-avez-fait-pour-moi… Je vais vous dire ce que vous avez fait pour moi : vous avez transformé ma vie en Enfer, voilà. Vous m'avez épuisé. Mes nerfs sont usés. Regardez ma main !

Il leva la main gauche, agitée de tremblements convulsifs.

— C'est moche, acquiesça Braillard.

— Et encore, c'est ma *bonne* main.

Jolitemps leva la main droite, qui tremblait tellement qu'il n'aurait pas pu tenir un verre rempli de lait sans le transformer en beurre.

— Mvezpassonté…, dit Bredouillard.

— Quoi? demanda Jolitemps.

— Il dit que vous traversez une mauvaise passe mais qu'avec un peu de repos, vous arriverez à vous calmer et à la surmonter, traduisit Braillard.

Malgré l'ampleur de sa colère, Jolitemps trouva le temps d'afficher un air perplexe.

— Il a dit ça?

— Ouais.

— Ça ressemblait plutôt à «mvezpassonté».

— Andi, intervint Bredouillard.

— Il dit que c'est exactement ce qu'il a dit. Vous traversez une mauvaise passe mais…

Jolitemps pointa l'index vers Braillard d'un geste chargé de menaces qu'on aurait pu légitimement qualifier de «criminelles». Si l'index avait été un revolver, une jolie fumée aurait remplacé la tête de Braillard.

— Je vous préviens, rugit-il, je vous préviens tous...
Aujourd'hui, la goutte d'eau a fait déborder le vase.
Aujourd'hui...

Aujourd'hui aurait dû être une bonne journée.
Après des semaines, des mois même, à supplier, Jolitemps avait décroché pour ses nains un contrat en or.
Un contrat qui justifiait à lui seul de repeindre la fourgonnette et de changer le nom de la troupe. Enfin, tout
se mettait en place...

Les elfes de M. Jolitemps s'appelaient autrefois les
nains de M. Jolitemps, comme l'inscription modifiée
sur la fourgonnette le laissait deviner, mais une série
d'incidents malheureux marqués par des actes délic-
tueux et criminels les avaient contraints à une certaine
discrétion pendant quelque temps, puis à une disparition progressive. Parmi ces incidents, on peut citer :
l'engagement de quatre nains dans un spectacle de
Blanche-Neige à Aldershot qui s'était brusquement
terminé après l'agression du Prince Charmant (les
nains l'avaient même obligé à avaler sa perruque) ;
deux représentations de *Cendrillon* (les nains jouaient
des souris et un cocher), où l'acteur incarnant Boutons
avait fini par perdre un doigt ; et un unique engagement dans la comédie musicale du *Magicien d'Oz*,
qui s'était soldé par une bagarre générale entre les
Munchkins, l'attaque du singe Nikko à l'aide d'une
fléchette anesthésiante et un incendie dans la Cité
d'Émeraude éteint à grand-peine par trois équipes
de pompiers municipaux.

C'est ainsi que les nains de M. Jolitemps s'étaient
métamorphosés en elfes de M. Jolitemps. Ô stupeur, ce
subtil stratagème avait eu raison de personnes normalement sensées qui avaient bel et bien cru que Jolitemps
leur présentait une toute nouvelle troupe de petits

hommes, et non cette affreuse bande de nains ivrognes, incendiaires et ennemis des singes responsables de l'annulation d'une saison presque complète de comédies musicales en Angleterre. Les elfes ne paraissaient pas aussi menaçants que les nains et, si Jolitemps parvenait à les cacher jusqu'au dernier moment et à s'assurer qu'ils restaient sobres et propres, le subterfuge pouvait marcher.

Ce jour-là avait débuté ce qui promettait d'être le contrat le plus lucratif des elfes : ils devaient jouer dans le clip vidéo du *boys band* le plus populaire du moment, StarBoyz, au château de Lollymore. Si tout se passait bien, ils seraient engagés pour d'autres clips et pouvaient même espérer accompagner les StarBoyz en tournée. On vendrait des T-shirts à leur effigie. On pourrait même envisager de leur proposer leur propre show télévisé… Trop beau pour être vrai, avait pensé Jolitemps.

Et, de fait : c'était trop beau pour être vrai.

Pour commencer, ils refusèrent le travail avant même de savoir de quoi il s'agissait.

— J'ai un contrat pour vous, leur annonça Jolitemps. Et un beau, avec ça !

— Hum… J'espère qu'on ne va pas nous demander de jouer des nains ? s'enquit Furibard.

— Eh bien… si.

— C'est choquant. Tu sais, on ne se réveille pas tous les matins en se disant : « Oh, ça alors, je suis un nain ! Je ne m'y attendais pas. Je me voyais plus grand que ça. » Non, on est juste des gens normaux, de petite taille. Mais on ne se définit pas par notre petite taille…

— Où tu veux en venir ?

Braillard intervint :

— À ceci : nous voulons des rôles où le fait d'être un nain n'entre pas en ligne de compte. Par exemple, pourquoi je ne pourrais pas jouer du Shakespeare... Roméo, par exemple ?

— Parce que tu mesures quatre-vingt-seize centimètres, voilà pourquoi ! Roméo ? Gnoméo, tu veux dire !

— Ça suffit ! Tu vois, c'est de ça que je parle. C'est typiquement ce genre d'attitude qui nous marginalise.

« Ça et le fait que vous vous saoulez, que vous ne prenez pas la peine d'apprendre votre texte et que vous vous faites les poches entre vous juste pour tuer le temps », songea Jolitemps.

— Écoutez, ce n'est pas moi, c'est la vie qui veut ça. Moi, j'essaye de faire de mon mieux, mais votre comportement n'arrange pas les choses. Cette année, on ne peut même plus monter *Blanche-Neige* nous-mêmes : depuis que vous vous êtes battus avec les Fantastiques Farfadets de Doris Stott, vous n'êtes plus que quatre. Personne n'aura envie de voir *Blanche-Neige et les Quatre Nains*. C'est trop bizarre...

— Tu n'as qu'à expliquer que c'est une production réduite ? suggéra Furibard.

— Ou alors on joue deux rôles, proposa Roupillard.

— Vous avez déjà du mal à en jouer un...

— Gaffe !

Après une demi-heure de coupage de cheveux en quatre et de discussions, Jolitemps réussit à leur parler de leur contrat et ils acceptèrent à contrecœur de gagner un peu d'argent. S'installant au volant de la fourgonnette, Jolitemps se dit — et ce n'était pas la première fois — qu'il en arrivait presque à comprendre pourquoi le lancer de nains avait pu, à une époque, connaître un certain succès. Il se demanda s'il pourrait convaincre un jour quelqu'un de lancer les siens – du haut d'une falaise, si possible.

Ils arrivèrent au château de Lollymore, non loin de la petite ville de Biddlecombe, tôt dans la matinée. L'air était froid et humide et, avant même de poser le pied dehors, les nains s'en plaignaient. Une assistante leur fit servir un thé chaud et les conduisit à leur loge où les attendaient leurs costumes, réalisés spécialement pour eux : petites armures, petites cottes de mailles, heaumes poids plume.

Quand on leur remit des armes – épées, fléaux –, Jolitemps se précipita hors de la fourgonnette pour les empêcher de tuer quelqu'un.

— Par pitié, retirez-leur ça tout de suite ! s'écria-t-il en se cramponnant au bras de Braillard qui s'apprêtait à décerveler l'assistant réalisateur avec son fléau. Ils risqueraient... euh... de se blesser.

Puis, tapotant Braillard sur la tête :

— Ce ne sont que de petits bonshommes, vous savez.

Et il étreignit son nain comme un oncle jovial étreint son neveu bien-aimé – recevant au passage un coup de pied dans le tibia.

— Lâche-moi ! Et rends-moi mon fléau.

— D'accord, mais tu ne frappes personne, compris ? siffla Jolitemps.

— C'est un fléau, bon sang ! Ça sert à *frapper* !

— Pas dans un clip vidéo. Tu dois faire semblant.

— Mais ils veulent que ça fasse vrai, non ?

— Pas aussi vrai que ça. Pas aussi *mortellement* vrai.

Braillard admit que Jolitemps avait raison. Les nains partirent explorer le château où le réalisateur put leur indiquer leurs «marques» – les diverses positions qu'ils devaient occuper le long des remparts pendant le tournage.

— Quelles sont nos motivations? demanda Furibard. Pourquoi on est là?

— Comment ça? demanda le réalisateur. Vous défendez le château, voilà tout.

— Ce château-ci?

— Oui.

— Il nous appartient?

— Bien sûr, c'est votre château.

— Dans ce cas, je vous demande de reporter le tournage. Les marches sont trop hautes. J'ai failli me blesser en montant cet escalier. Me faire une fracture. Si on avait construit ce château, on aurait fait des marches plus petites. Ça ne peut pas être notre château, c'est absurde.

Le réalisateur se pinça fortement le haut du nez et ferma les yeux.

— Alors... disons que vous l'avez pris à un de vos ennemis.

— Qui? demanda Braillard.

— Nimpluti? suggéra Bredouillard.

— Bonne remarque, confirma Furibard. On l'a pris à des nains plus petits que nous? Parce qu'on est des nains... enfin, des elfes... et on nc voit même pas par-dessus les créneaux. Comment, à nous quatre, on a pu faire tomber ce château? On l'a pris d'assaut en plusieurs fois?

— On n'a qu'à dire qu'il était à l'abandon. Du coup vous l'avez pris pour vous.

— Impossible. On ne peut pas débarquer chez quelqu'un sans permission et prétendre qu'on est chez nous, tout ça parce que le propriétaire est sorti boire un verre de lait ou est parti se battre. Ce n'est pas juste. C'est un coup à finir devant un tribunal. Entrée par effraction, ça va chercher dans les six mois de prison. J'en sais quelque chose...

Les pupilles du réalisateur s'écarquillèrent, il agrippa Furibard par sa cotte de mailles et le souleva de terre pour le regarder droit dans les yeux.

— Écoute-moi bien : cette journée promet d'être très longue et très humide, et si j'y suis forcé je n'hésiterai pas à te balancer du haut de cette muraille pour que tes petits copains voient ce qui arrive quand on commence à critiquer la logique d'un clip vidéo où les musiciens d'un *boys band* à dentition parfaite et à mèches blondes prennent d'assaut le château où sont retranchés des nains portant des armures en plastique. Je me fais bien comprendre ?

— Parfaitement bien, répondit Furibard. J'essayais juste de vous aider.

Le réalisateur le reposa par terre.

— Bon. Maintenant, je vais redescendre et on va pouvoir commencer le tournage. C'est clair ?

— Comme de l'eau de roche, entonnèrent Furibard, Roupillard et Braillard.

— Cloch ! bredouilla Bredouillard.

Les nains virent le réalisateur descendre jusqu'à l'entrée du château puis patauger dans l'étendue boueuse qui menait au groupe de tentes et de camionnettes constituant la régie.

— Pas de doute, commenta Furibard, c'est un artiste. Tous les artistes sont comme ça : ils démarrent au quart de tour. Les catcheurs aussi, d'ailleurs.

— Pourquoi il nous donne des armures en plastique avec de vraies épées ? s'étonna Roupillard.

— Aucune idée. Pas très cohérente, sa stratégie de bataille…

— Joli château, en tout cas.

— Ça, oui. De la belle ouvrage. On savait construire, à l'époque.

D'un air approbateur, Furibard tapota un créneau du plat de sa lame et en vit un fragment se détacher, manquant fracasser le crâne d'un technicien en contrebas.

— Désolé, cria-t-il.

Il remarqua que le réalisateur le fusillait du regard.

— Un morceau est tombé ! se défendit-il en brandissant son épée. On pourra réparer ça plus tard.

Puis, s'adressant aux trois autres nains :

— Quel travail d'amateur ! Je parie que l'architecte était français. On n'aurait jamais ce genre de problèmes dans un château anglais. Les châteaux anglais, c'est construit pour durer. Ce n'est pas pour rien qu'on avait un empire.

Mais les nains ne l'écoutaient pas. Bouche bée, ils admiraient les StarBoyz qui venaient de sortir de leur caravane-loge. Même pour un *boys band* classique, ils paraissaient un peu tendres : leur coupe de cheveux était parfaite, leur peau immaculée, leurs dents d'une blancheur aveuglante. Ils semblaient souffrir sous le poids de leurs armures et l'un d'eux se plaignait même du poids de son épée.

Le réalisateur les accompagna au pied de la muraille et les présenta aux nains.

— Voilà, ce sont les StarBoyz.

En entendant le nom de leur groupe, les quatre jeunes garçons, mus par quelque pulsion souterraine nourrie de plusieurs mois de répétitions rythmées par les sévices, les chantages et les menaces de sous-alimentation, exécutèrent ensemble une petite danse.

— Salut, dit le premier, je suis Starlight.

— Salut, je suis Twinkle.

— Salut, je suis Gemini.

— Et moi c'est Phil.

Les nains regardèrent le quatrième membre des StarBoyz. Il n'était pas aussi mignon que les autres et paraissait un peu perdu.

— Pourquoi, dans tous les *boys bands*, on trouve toujours un type avec la tête d'un plombier qui s'est fait embarquer de force le jour où il est venu réparer les radiateurs ? demanda Braillard.

— Aucune idée, répondit Roupillard. On dirait qu'il ne sait pas bien danser non plus, hein ?

C'était exact. Quand il dansait, Phil donnait l'impression qu'il essayait de se débarrasser d'un rat cramponné à son mollet.

— Et c'est à eux qu'on est censés remettre les clés de notre ravissant château ? s'insurgea Furibard. Autant s'aplatir devant des houppettes à poudre !

— Hors de question, dit Braillard à mi-voix. C'est une question d'honneur et de dignité. On ne peut pas accepter. Point à la ligne.

— Qu'est-ce qu'ils racontent ? demanda Twinkle au réalisateur d'un ton nerveux. Ils ont l'air, genre, carrément flippants…

— Je veux rentrer, dit Starlight. Je n'aime pas ces petits hommes.

— Et cette boue, là, c'est trop bizarre, remarqua Gemini. Ça sent le caca.

— Et moi c'est Phil, dit Phil.

Déjà, le réalisateur commençait à battre en retraite. Il n'aimait pas cette lueur dans les yeux des elfes. Il ne l'aimait pas du tout.

Mais, pensa-t-il, ce ne sont pas des elfes. Ce sont des nains. Pas les elfes de M. Jolitemps… les *nains* de M. Jolitemps !

Il courait de toutes ses forces, talonné par les quatre membres terrifiés du *boys band*, quand les premiers

projectiles s'abattirent sur eux. Les elfes de M. Jolitemps étaient bien décidés à défendre le château de
Lollymore, même s'il fallait pour cela le démonter
pierre après pierre.

6

OÙ SAMUEL RETROUVE BOSWELL ET OÙ L'ON
APPREND QU'IL NE FAUT JAMAIS SE FIER AUX MIROIRS

C omme toujours avec ce genre d'histoires, toute l'école savait, à la fin des cours, que Samuel Johnson avait proposé de sortir à une boîte aux lettres.

— Eh, Johnson ! lui lança Lionel Hashim au moment de partir, il paraît qu'il y a un superbe feu rouge du côté de Shelley Road. Tu pourrais lui demander de t'accompagner au cinéma. Mais n'essaye pas de l'embrasser, ça risquerait de le faire rougir !

Drôle, songea Samuel. *Vraiment* drôle. Son cartable, comme son cœur, commençait à peser très lourd.

Devant l'école l'attendait Boswell, son teckel. Il avait l'air préoccupé de quelqu'un qui sait qu'une mauvaise nouvelle est imminente et qu'elle n'est pas encore arrivée car elle en attendait une autre encore pire pour lui tenir compagnie. Son front était marqué de plis soucieux et, à intervalles réguliers, il poussait un petit soupir. C'était un chien bien connu des habitants de Biddlecombe mais surtout des élèves de l'école car Boswell était le fidèle compagnon de Samuel Johnson et ne manquait jamais d'accueillir son maître quand sonnait la cloche de seize heures.

Boswell avait toujours été un teckel sensible et, pour ainsi dire, contemplatif[1]. Même quand il était encore un petit chiot, il observait sa balle avec méfiance, comme s'il craignait de lui voir pousser des pattes avant de s'enfuir chez un autre chien. Il manifestait une tendresse toute particulière pour les morceaux de musique classique les plus tristes – il accompagnait ainsi le *Requiem* de Mozart de jappements plaintifs.

Mais les événements récents lui avaient donné de bonnes raisons de penser que le monde est un endroit plus étrange et plus inquiétant qu'il l'avait d'abord imaginé. Après tout, il avait vu des monstres surgir

---

1. L'écrivain anglais Horace Walpole (1717-1797) a écrit: «Ce monde est une comédie pour les âmes pensives et une tragédie pour les âmes sensibles.» Malheureusement, comme la plupart d'entre nous sont des êtres à la fois pensants *et* sensibles, nous sommes voués à passer la plus grande partie de notre temps sur Terre à nous demander s'il vaut mieux rire ou pleurer. Le rire est sans doute la plus agréable des deux options, mais rire tout le temps n'est pas une bonne idée («Regardez, ce type vient de tomber de la falaise, ah ah ah!»), sans quoi vous risquez de passer pour fou ou insensible. De la même façon, si vous vous mettez à pleurer à la première occasion, on vous prendra pour une poule mouillée ou pour un professionnel de la tristesse, et vous ne tarderez pas à sentir le renfermé... Le mieux est encore de vous en tenir à un sourire désabusé, signe d'un tempérament capable de subir la fronde et les flèches de la fortune outrageante avec une certaine élégance, tout en sachant verser une larme discrète au cinéma ou aux enterrements. Soit dit en passant, Horace Walpole ressemblait fortement à un cheval affublé d'une perruque et fut un jour accusé d'avoir poussé au suicide le poète Chatterton. On peut en déduire qu'il appartenait à la catégorie des gens pour qui le monde est une tragédie.

de trous dans l'espace et il avait même été blessé en essayant de sauver son maître des griffes de l'un d'eux. Il s'était cassé une patte durant le combat et, depuis, ne se déplaçait plus sans claudiquer légèrement. Malgré une intelligence hors du commun pour un chien, Boswell n'était pas sûr de bien comprendre ce qui s'était passé durant cette invasion. Tout ce qu'il savait, c'est que ça avait été terrible et qu'il ne voulait plus jamais que ça recommence. Surtout, il voulait que plus rien n'arrive à Samuel, qu'il aimait énormément. C'est pourquoi chaque matin, quel que soit le temps, il trottinait à côté de son maître bien-aimé jusqu'à l'école, et l'attendait tous les soirs à la sortie. Grâce à un volet installé sur la porte d'entrée de la maison, il pouvait aller et venir comme bon lui semblait. Son devoir était de protéger Samuel et il entendait l'accomplir jusqu'au bout, dans la mesure de ses modestes moyens.

Ce jour-là, il détecta un léger changement dans l'humeur habituellement joviale de Samuel. Dans de telles circonstances, la plupart des chiens auraient essayé de divertir leur maître, par exemple en leur apportant une quelconque trouvaille à l'odeur bizarre ou en essayant de s'attraper la queue. Mais Boswell était le genre d'animal enclin à partager l'humeur de son maître. Quand Samuel était heureux, Boswell s'en réjouissait. Quand Samuel était triste, Boswell restait calme et lui tenait compagnie. En cela, il faisait preuve d'une sagesse inconnue de la plupart des humains.

Le garçon et son chien rentrèrent donc à la maison en se partageant l'un et l'autre un peu du fardeau du monde. Un passant qui leur aurait accordé un peu plus qu'un coup d'œil rapide aurait remarqué qu'ils marchaient de la même façon, tête baissée. Ils ne regardaient pas les vitrines des boutiques et contournaient soigneusement les flaques d'eau. On aurait dit qu'ils avaient peur de croiser leur propre reflet, ou d'attirer l'attention.

S'ils attiraient parfois l'attention, ce n'était plus aussi fréquent qu'auparavant ou, plus exactement, les regards qu'on leur lançait étaient plus évasifs. Ils semblaient dire « Voilà ce drôle de garçon… Comme son chien a l'air triste », et non plus : « Tiens, voilà Samuel Johnson et son chien, ils me rappellent cette histoire de démons que je voudrais oublier. D'ailleurs, rien qu'à les voir je sens la colère monter en moi car je ne veux pas me souvenir de ce qui s'est passé, et leur simple présence suffit à me le rappeler. Donc je préfère les tenir pour responsables de ces terribles événements, eux et non pas les démons car il est plus simple d'en vouloir à un petit garçon et à un teckel encore plus petit. Au moins, je ne risque pas d'être dévoré vivant, expédié en Enfer ou je ne sais quelle autre horreur. »

Ce genre de regard.

Samuel avait presque cessé de remarquer les réactions que sa présence déclenchait chez les gens et, de toute façon, ce n'était pas pour cette raison que lui et Boswell baissaient la tête. Certes, ils voulaient passer inaperçus, mais pas spécialement des habitants de Biddlecombe. D'une autre personne, qui vivait bien plus loin.

Bien plus loin et, pourtant, étrangement près d'eux.

La plupart d'entre nous ne se sont jamais profondément interrogés sur la nature des miroirs. On y voit le reflet d'une pièce ou de notre visage et on pense :

«Oh, c'est le salon!» ou «Oh, c'est moi! Je me voyais plus mince/gros/joli/moche/je croyais que j'étais une fille[1]». La vérité, c'est que ce n'est ni votre canapé ni vous mais une *version* de vous-même. Comme la pipe peinte par René Magritte «n'est pas une pipe», ainsi qu'il l'a écrit lui-même, mais la *représentation* d'une pipe. «Est-ce que vous pourriez bourrer ma pipe? a expliqué le peintre. Non! Car il s'agit d'une simple image. Si j'avais écrit sur mon tableau *Ceci est une pipe*, j'aurais tout simplement menti!»

Le tableau en question date de 1929 et s'intitule *La Trahison des images.* («Trahison» est un autre mot formidable, surtout quand on roule le «r» et allonge indéfiniment la première syllabe. Essayez donc de crier «Trrrrrraaaaahison!» de toutes vos forces, comme un fou, et vous verrez comment réagissent vos voisins...) En d'autres termes, on ne peut pas se fier aux images car elles ne sont pas ce qu'elles prétendent être.

Ce concept était devenu très familier à Samuel – et d'une façon peu agréable. Il soupçonnait les miroirs d'être très étranges et, loin de fournir un simple reflet de ce monde, d'être un monde en

---

1. Si un jour vous vous ennuyez et que vous ayez envie de surprendre vos parents:
1) Remplissez d'eau un verre en plastique.
2) Levez le verre à vos lèvres comme si vous vouliez boire.
3) Dépassez votre bouche et portez le bord du verre à votre front.
4) Inclinez-le légèrement et laissez couler un petit filet d'eau sur votre visage.
5) Dites à vos parents: «Oh, je me voyais plus grand.»
6) Saluez. Demandez à l'assistance de ne pas oublier le pourboire des ouvreuses. Annoncez vos prochaines dates de spectacle.
7) Partez.

eux-mêmes[1]. Il s'en était aperçu quand, jetant un coup d'œil à une glace, à une vitrine dans la rue ou à toute autre surface réfléchissante, il avait remarqué une silhouette qui n'aurait pas dû s'y trouver. La silhouette d'une femme-qui-n'était-plus-jolie-depuis-longtemps vêtue d'une robe à motifs floraux. La silhouette de Mme Abernathy.

Mme Abernathy vivait dans le monde des miroirs, s'était dit Samuel. Elle ne pouvait plus revenir dans le monde des humains, mais elle pouvait voir ce qui se passait derrière la glace. Samuel l'avait surprise dans le miroir de son cabinet de toilette, dans la vitre de la porte d'entrée de la maison et même une fois, bizarrement, dans le reflet déformé et inversé d'une cuillère à soupe. Elle préférait se manifester la nuit, quand les vitres s'obscurcissaient et que les reflets se faisaient plus nets, comme si la netteté de sa propre image l'aidait à mieux discerner le monde qu'elle observait.

---

1. Nous avons tendance à accepter les reflets comme quelque chose de naturel alors qu'ils traduisent en réalité un phénomène extraordinaire. Si vous voyez votre reflet dans une fenêtre le soir, avec peut-être derrière la vitre un décor de ville, c'est que 95 % de la lumière frappant la fenêtre la traverse et que seulement 5 % s'y reflète (d'où l'apparence fantomatique de votre visage). Cela démontre la nature particulaire de la lumière, mais le plus étrange est que les 5 % de particules d'énergie, ou photons, qui composent votre reflet sont reflétées sans qu'on sache exactement pour quelle raison. Autrement dit, le hasard pourrait exister au cœur de l'univers. S'il existe une chance sur vingt pour qu'un photon soit reflété plutôt que transmis, alors on ne peut pas savoir avec certitude quel sera le comportement d'un photon donné. Pour les scientifiques, cette question est très perturbante. Si vous voulez envoyer votre prof de sciences physiques en arrêt maladie, soumettez-lui cette énigme.

Et chaque fois, ses yeux s'emplissaient d'une lueur bleue, s'animant d'une haine incandescente pour Samuel.

* * *

Samuel ouvrit la porte de la maison et jeta son cartable dans l'entrée.

— Bonjour! lui lança sa mère de la cuisine. Tu as passé une bonne journée?

— Si, par «bonne», tu veux dire gênante et déprimante, alors oui, j'ai passé une bonne journée.

— Oh, mon pauvre... Assieds-toi, je te prépare une bonne tasse de thé.

Pourquoi les mères croient-elles que tous les problèmes du monde peuvent être résolus par une bonne tasse de thé? se demanda Samuel. Il aurait pu rentrer avec sa tête sous le bras, un geyser de sang giclant du cou et le dos criblé de flèches, sa mère lui aurait proposé une bonne tasse de thé pour soigner ses blessures. Peut-être même aurait-elle frotté sa tête coupée avec un peu de thé pour la recoller sur ses épaules.

Le plus drôle était que, la plupart du temps, une tasse de thé et les paroles réconfortantes d'une mère suffisaient à rendre les problèmes un peu plus supportables. Samuel s'assit donc dans la cuisine et attendit qu'un mug de thé fumant se matérialise devant lui. L'odeur était délicieuse. Il sentait déjà sa gorge se réchauffer. La journée n'avait pas été bonne, certes, mais le lendemain serait peut-être meilleur, après tout? Le thé: notre ami dans les moments difficiles.

— Oh, flûte! lâcha la mère de Samuel. On n'a plus de lait...

Le front de Samuel s'abattit lourdement sur la table.

— J'y vais..., dit-il.

— Bon garçon! Je te resservirai une tasse quand tu reviendras. Pendant que tu y es, tu peux aussi rapporter du pain? C'est bizarre: malgré le départ de ton père, la nourriture continue de filer à une vitesse dans cette maison!

Samuel grimaça. Il ne savait pas ce qui lui faisait le plus mal: entendre sa mère parler avec tristesse de l'absence de son père ou y faire allusion de façon si détachée. Elle parut remarquer sa gêne car elle s'approcha de lui et l'enveloppa de ses bras.

— Allons, allons…, dit-elle en l'embrassant sur les cheveux. Ce n'est pas grave que tu manges autant. Après tout, tu es en pleine croissance. Et tu sais, avec ton père, on recommence à se parler, ce n'est pas rien. Je ne suis plus aussi en colère contre lui qu'auparavant, même si j'aimerais bien avoir l'occasion de lui taper sur la tête à coups de poêle à frire. Et puis on est bien ensemble, toi et moi, non?

Les yeux fermés, Samuel hocha la tête, s'emplissant les poumons de l'odeur rassurante de farine et de parfum dont la robe de sa mère était imprégnée.

— Oui, on est bien.

Mais il n'en était pas certain. Sa mère le repoussa doucement et le regarda d'un air sérieux.

— Il n'y a plus eu de… *choses bizarres* dernièrement, n'est-ce pas?

— Tu veux dire: des démons?

— Oui, si tu tiens absolument à les appeler comme ça.

— Maman, ce sont des démons.

— Ah, non, on ne va pas recommencer cette discussion! Je te posais juste une question…

— Alors non, maman, il n'y a plus eu de choses bizarres…

À part peut-être cette femme furtivement aperçue, au visage recousu, qui le fixait de l'autre côté des
miroirs et des portes vitrées.

— ... plus du tout.

7

OÙ L'ON VISITE LA (PAS DU TOUT) CHARMANTE MAISON DE MME ABERNATHY

Avant de poursuivre cette histoire, quelques mots sur le Mal. Le Mal existe depuis très longtemps, tellement longtemps qu'il est né en même temps que l'univers, il y a des milliards et des milliards d'années, juste après le Big Bang. Bien sûr, le Mal ne s'est pas tout de suite manifesté car, au début, il n'y avait pas beaucoup de vie, et celle-ci avait la forme d'organismes monocellulaires qui étaient déjà suffisamment occupés à essayer de bien s'entendre pour se transformer en organismes pluricellulaires, merci, et n'avaient pas le temps de se chercher noise sans raison valable. Même après avoir évolué pour devenir incroyablement complexes et prendre la forme de requins, araignées et dinosaures carnivores, ces organismes pluricellulaires n'offrirent rien de bien intéressant au Mal. Ces bêtes n'obéissaient qu'à leur instinct, et leur instinct leur commandait de manger pour survivre.

Et puis l'homme est arrivé, et le Mal s'en est trouvé tout ragaillardi. Enfin, une créature capable de choisir! C'était bien plus intéressant. Être bon ou méchant n'est pas un état passif : l'homme doit choisir d'être l'un ou l'autre. Et le Mal commença à tout mettre en œuvre pour que l'homme choisisse de le préférer au Bien. Comme il avait un certain don pour le déguisement, les gens qui agissaient mal trouvaient le moyen de se convaincre qu'ils n'agissaient pas mal du tout. Comme ils pensaient avoir besoin de toujours plus d'argent pour être toujours plus heureux, ils se mettaient à voler ou à remplir de fausses déclarations d'impôts ; après quoi ils mentaient pour cacher ce qu'ils avaient fait car ils n'en étaient pas fiers, mais pas au point d'avouer leurs erreurs ou de cesser d'en commettre. Au bout du compte, tout cela se résumait à un profond égoïsme, mais le Mal s'en moquait. Le Mal pouvait s'accommoder de tous les noms, du moment que l'homme, par ses actes, continuait à le faire prospérer.

Et le Mal n'était pas seulement actif dans notre univers mais dans beaucoup d'autres encore, car notre univers est fondu dans le Multivers, un vaste ensemble d'univers en expansion, chacun avec ses étoiles et ses planètes. Vous pourriez croire que, pour être actif dans autant d'univers, le Mal doit se diluer à mesure qu'il se répand, mais vous seriez surpris de voir ce dont le Mal est capable quand il s'en donne la peine. En même temps, quels que soient ses efforts, le Mal n'arrive jamais à rivaliser complètement avec le Bien car, au fond de lui-même, le Mal est autodestructeur. Il peut s'évertuer à corrompre les autres, c'est toujours un peu de lui-même qu'il corrompt. C'est sa nature. Tout bien considéré, mieux vaut se ranger du côté du Bien, même si de temps à autre le Mal adopte des déguisements plus attrayants.

* * *

Mme Abernathy, qui s'était entièrement rangée du côté du Mal, se trouvait dans une des salles de son palais, un effroyable édifice tout de pointes et d'arêtes tranchantes taillé dans un bloc massif et luisant de roche volcanique noire. Elle fixait avec intensité un fragment de verre qu'elle avait «emprunté» il y a bien longtemps au Mal Suprême qui en possédait de nombreux, et elle s'était persuadée qu'il ne verrait pas la différence. Ces fragments de verre étaient les fenêtres par lesquelles le Mal Suprême observait ce qui se passait dans le monde des hommes. Il y découvrait certaines facettes de l'existence qu'il haïssait et pourtant, au fond de lui-même, enviait secrètement. Il voyait le soleil se lever, couvrant d'or la surface des lacs. Il voyait les enfants grandir, avoir des enfants à leur tour, vieillir parmi les êtres aimés et aimants. Il regardait les maris et les épouses, les frères et les sœurs, les chiots, les grenouilles et les éléphants. Il regardait même les poissons rouges dans leurs bocaux, les hamsters galopant dans leur roue pour oublier leur cage minuscule, les mouches se débattant dans les toiles d'araignée, et il enviait à chacun de ces êtres vivants sa liberté, même s'il s'agissait de la liberté de mourir.

Longtemps Mme Abernathy avait partagé le désir de son maître de voir la Terre transformée en une autre version de l'Enfer, mais quelque chose avait changé. Ce quelque chose transparaissait dans le fait que les fenêtres de son antre lugubre − aussi lugubre, en son temps, que la montagne du Désespoir mais en bien plus petit et avec une vue plus agréable − étaient désormais décorées de voilages. Ces voilages étaient noirs et, à y regarder de plus près, devaient avoir été utilisés comme filets pour pêcher d'effroyables poissons mutants dont les restes étaient encore pris dans leurs mailles, mais au moins Mme Abernathy avait-elle fait un effort de décoration. Au centre d'une longue table construite à partir de pierres tombales trônait désormais un vase jaune orné de motifs de chats endormis. Certes, il contenait d'horribles fleurs rouge sang dont les pétales cachaient des dents aiguisées qui n'auraient fait qu'une bouchée de chats commettant l'imprudence de s'endormir aux abords du vase, mais c'était un début – comme les rideaux, le paillasson portant l'inscription « Merci d'essuyer vos sabots fendus » ou la coupelle agrémentée d'un pot-pourri de carapaces de scarabées venimeux au parfum d'eau croupie.

Mme Abernathy avait découvert qu'en envahissant un lieu avec l'intention de le changer, on courait parfois le risque d'être changé par ce lieu. Elle était retournée en Enfer, mais elle avait gardé en elle un peu du monde des humains, et cela l'avait transformée d'une façon qu'elle avait du mal à comprendre.

Cela dit, elle détestait toujours Samuel Johnson et son chien. Qu'elle eût envie de rendre son antre un peu plus coquet et, peut-être, de passer plus de temps à arranger sa coiffure avant de sortir ne signifiait pas qu'elle avait perdu l'envie de les démembrer tous les deux à la première occasion. Elle les vit ainsi, dans le fragment de verre, sortir de la maison d'un pas traînant, le garçon tête baissée, le chien lui emboîtant fermement le pas. Samuel paraissait malheureux, remarqua-t-elle. Elle aimait le savoir malheureux. Elle aurait voulu qu'il lève les yeux et l'aperçoive dans le reflet d'une des vitrines devant lesquelles il passait. Elle prenait toujours plaisir à surprendre son sursaut apeuré quand il la reconnaissait, même si elle ne pouvait pas lui faire de mal. Mais cette fois, il semblait bien décidé à ne pas la remarquer.

Elle étira sa main pâle et examina ses doigts. Ses ongles rouges étaient légèrement éraflés. Il faudrait à nouveau les vernir, dès qu'elle se serait approvisionnée en sang.

Au-dessus de sa tête se firent entendre des battements d'ailes. La salle de son antre se rétrécissait en son centre en une sorte de clocher qui surplombait les plaines environnantes. Elle s'évasait à son sommet en une ouverture qui, à présent, s'obscurcissait, laissant entrer une créature qui descendait vers Mme Abernathy. Son Guetteur était de retour.

Quand Mme Abernathy était tombée en disgrâce auprès du Mal Suprême, la plupart des démons qui avaient été loyaux envers elle étaient partis en quête d'autres maîtres. Après tout, si Mme Abernathy avait déçu le Mal Suprême si effroyablement qu'il l'avait rejetée, refusant ne serait-ce que de voir son visage, le moment ne tarderait pas où il déciderait qu'ignorer la fautive n'était pas une punition suffisante et qu'il fallait en trouver une autre plus élaborée. Dans le cas présent, il pouvait décider qu'il acceptait de revoir le visage de Mme Abernathy, à condition que son visage lui eût été arraché puis cloué à un mur parmi d'autres parties de son corps disposées de manière originale. Quand cela se produirait, et la plupart des démons les plus évolués semblaient considérer cette issue comme inéluctable, ceux qui auraient eu le malheur de rester trop proches de Mme Abernathy risquaient de connaître le même sort — juste un peu plus bas sur le mur, peut-être.

Les démons sont en quelque sorte l'illustration de la loi de la conservation de la matière, selon laquelle la matière ne peut être ni créée ni détruite mais seulement transformée d'un état vers un autre[1]. Les démons ne peuvent pas mourir mais continuent d'exister en expérimentant sans cesse diverses versions très douloureuses de la vie, à travers des tourments éternels. Or personne n'a envie de passer l'éternité avec le visage cloué au mur et deux jambes coupées croisées sous le menton comme quelque sinistre armoirie. Par conséquent, le bon sens des créatures de l'Enfer stipulait qu'il valait mieux se

---

1. Le grand scientifique Albert Einstein a découvert que la matière peut être convertie en énergie et l'énergie en matière, comme lors d'une explosion atomique. Sa découverte était fondée sur les travaux des physiciens John Cockcroft et Ernest Walton, qui produisirent en 1932 la première désintégration nucléaire artificielle. Ce sont leurs recherches qui aboutirent à la fabrication du Grand Collisionneur de Hadrons, illustration parfaite de la conservation de l'énergie *et* de la matière. L'un des pionniers oubliés de ce champ de recherches est le Français Antoine Laurent de Lavoisier (1743-1794). Lavoisier était fasciné par l'idée que toutes les pièces et tous les fragments constituant ce qui vivait sur Terre – lions, tigres, perruches, arbres, limaces, et le reste – puissent faire partie du même grand tout. Lui et sa femme Marie-Anne entreprirent de faire rouiller des morceaux de métal dans une cloche hermétiquement scellée en les pesant tout au long de l'expérience, ainsi que l'air perdu dans le processus. Ils découvrirent ainsi que le métal rouillé ne pesait ni moins lourd ni le même poids qu'au départ mais qu'il était *plus* lourd car les molécules d'oxygène de l'air avaient adhéré au métal. Autrement dit, la matière se transformait d'état en état mais ne disparaissait pas. Lavoisier connut une fin terrible : il s'était opposé, par le passé, à l'entrée d'un confrère, Jean-Paul Marat (1743-1793), à l'Académie des sciences. Or, Marat allait jouer un rôle prépondérant pendant la Révolution et profiterait de sa position pour dénoncer Lavoisier – juste avant d'être lui-même assassiné. Lavoisier fut arrêté, jugé et décapité, tout cela en une seule journée. Refusant de surseoir à l'exécution, le juge déclara : « La République n'a pas besoin de savants. » La prochaine fois que vous brûlerez une allumette, ayez une pensée pour Lavoisier…

tenir à l'écart de Mme Abernathy car Mme Abernathy était maudite, comme le seraient tous les démons qui auraient la mauvaise idée de rester près d'elle.

Pourtant, certaines créatures lui étaient restées fidèles, soit parce qu'elles étaient trop stupides pour en mesurer les conséquences, soit parce qu'elles pensaient que Mme Abernathy trouverait un moyen d'améliorer son sort, soit enfin parce qu'elles étaient aussi cruelles, vicieuses et intelligentes qu'elle et ne pouvaient espérer trouver meilleure maîtresse, même en Enfer. Le Guetteur appartenait à cette dernière catégorie. C'était un démon robuste, infatigable, dont la loyauté envers Mme Abernathy semblait indéfectible malgré les récentes modifications de son apparence. Il avait pris l'habitude d'obéir à un monstre à tentacules quatre fois plus grand que lui, pas à une petite femme blonde en robe à imprimés. Mais il fallait rester ouvert à la nouveauté, telle était sa philosophie, du moins tant que les nouvelles expériences restaient suffisamment proches des anciennes en termes de supplices infligés à autrui.

Le Guetteur était fier de lui et il savait que ce sentiment serait partagé par Mme Abernathy. Mais, avant d'avoir le temps de lui annoncer la nouvelle, sa maîtresse eut un spasme. Ses bras se tendirent de part et d'autre de son buste, son dos se cambra, sa bouche et ses yeux s'ouvrirent en grand. Des rayons de lumière bleue jaillirent de ses mâchoires, de ses oreilles et de ses orbites. De minces fissures d'énergie strièrent chaque pore de sa peau et elle resta suspendue en l'air comme un soleil bleu.

Le Guetteur la regardait, et il savait qu'il avait fait le bon choix.

Mme Abernathy avait été patiente : on ne pouvait pas exister depuis si longtemps sans apprendre la valeur de la patience. Elle avait enduré le rejet du Mal Suprême, accompli d'innombrables pèlerinages jusqu'à cette montagne où elle avait subi les railleries des démons tout en leur montrant qu'elle n'avait pas l'intention de se laisser oublier. En dehors de ses allers-retours laborieux entre son palais et celui de son maître, elle avait attendu. Attendu que son Guetteur retrouve la trace du véhicule qui était entré dans le tunnel, provoquant son effondrement et le retour en Enfer de tous les démons. Attendu ces moments où Samuel Johnson, jetant par inadvertance un coup d'œil dans un miroir, la voyait l'observer et jouir de sa frayeur. Attendu l'occasion de se venger de lui. Mais, plus que tout, elle avait attendu que les humains fassent ce qu'ils étaient condamnés à faire – elle n'en avait jamais douté.

Elle avait attendu qu'ils remettent en marche leur Grand Collisionneur de Hadrons.

8

OÙ L'ON SE DEMANDE SI LES GENS INTELLIGENTS SONT VRAIMENT SI INTELLIGENTS QUE ÇA

L es scientifiques sont des gens bizarres. Oh! Certes, ils ont accompli des merveilles et sans la science nous ne disposerions pas de quantité de choses utiles comme des médicaments pour se soigner, des ampoules électriques, des missiles à tête nucléaire, des armes bactériologiques et...

Hum... mieux vaut s'arrêter là. Contentons-nous de dire qu'en général la science a été très bénéfique pour l'humanité et qu'un nombre considérable de scientifiques ont fait preuve d'une remarquable bravoure dans la poursuite de leurs travaux – même si les plus sensés d'entre nous, s'ils étaient témoins de leurs expériences, auraient tendance à penser : «Oh, je ne ferais pas ça à votre place[1].» C'est du reste pour cette raison que ni vous ni moi ne serons jamais des scientifiques, ne ferons jamais de découvertes vraiment intéressantes et

---

1. Ainsi d'Alexander Bogdanov (1873-1928) qui, sans doute à la recherche du secret de la jeunesse éternelle, mena des expériences sur la transfusion sanguine. Malheureusement, il se transfusa un échantillon de sang infecté par la malaria et la tuberculose et en mourut. Quant à Carl Scheele (1742-1786), qui découvrit le tungstène, le chlore et d'autres éléments chimiques, il n'aimait rien tant que goûter ses découvertes. Il survécut à l'absorption de cyanure d'hydrogène mais succomba, hélas, au mercure.

ne nous empoisonnerons pas accidentellement en avalant le contenu d'un thermomètre.

Au plus profond d'un tunnel près de Genève, plusieurs savants se tenaient autour d'un bouton qu'ils regardaient d'un air angoissé, tandis que le Grand Collisionneur de Hadrons avait une fois de plus repris sa fascinante activité. Le collisionneur, pour ceux d'entre vous qui l'ignorent, est le plus grand accélérateur de particules jamais construit, conçu pour propulser les uns contre les autres des protons subatomiques à une vitesse exceptionnelle – 99,9999991 % de la vitesse de la lumière. Cette machine permet d'étudier la nature de l'univers en recréant les circonstances de sa naissance, moins d'un milliardième de seconde après le Big Bang survenu il y a environ 13,7 milliards d'années. Malheureusement, la dernière fois qu'il avait été mis en marche, le collisionneur avait été détourné par Mme Abernathy qui s'en était servi pour ouvrir un portail entre notre monde et l'Enfer, et ç'avait été le début des ennuis… Depuis, le collisionneur était resté résolument inactif et les scientifiques avaient beaucoup travaillé pour s'assurer que l'incident du portail de l'Enfer ne se reproduise plus jamais. Promis. Croix de bois, croix de fer, et doigt sous terre[1].

---

1. Hormis la regrettable rencontre entre savants et démons, l'expérience du Grand Collisionneur de Hadrons a été parasitée par de nombreux incidents, notamment l'irruption dans les installations extérieures d'une chouette portant une baguette de pain. À cette occasion, un éminent savant a avancé l'hypothèse qu'il s'agissait d'un sabotage venu de l'avenir afin d'empêcher le collisionneur, une fois redémarré, d'aspirer la Terre dans un grand trou noir ou de la réduire en cendres. Les gens qui n'ont pas pour habitude de fréquenter continuellement des scientifiques trop imaginatifs ou qui, de temps en temps, prennent la peine de sortir de chez eux, trouveront cette idée de « sabotage venu de l'avenir » légèrement excentrique…

— Rien d'anormal à signaler ? demanda le Pr Stefan, directeur du département de physique des particules au CERN.

Sa voix trahissait sa nervosité et son impatience. Le Pr Stefan était présent lorsque les démons avaient tenté d'envahir la Terre, et beaucoup de gens l'en avaient tenu pour responsable. Une accusation qu'il considérait injuste car il n'aurait jamais imaginé que les portes de l'Enfer s'ouvriraient grâce à son joli accélérateur de particules. S'il avait su...

Ah, bon sang, c'était bien le problème. S'il avait su, il aurait probablement autorisé la mise en marche du collisionneur. Ils s'étaient donné du mal pour le construire et ils avaient dépensé la coquette somme de sept milliards de dollars. Ils ne pouvaient quand même pas verrouiller la porte, glisser la clé sous le paillasson, laisser un mot au laitier pour annuler la livraison et repartir aux petits travaux qui les occupaient avant que l'idée d'un collisionneur ne germe dans leur cerveau... Ç'aurait été stupide ! Et puis, comment auraient-ils pu s'attendre à voir s'ouvrir les portes de l'Enfer puisque personne ne sait avec certitude si l'Enfer existe ? Autant dire : « Attention, ne mettez pas cette machine en route, les Lapins de Pâques risquent de débarquer ! » ou bien « Ça risque de faire tomber les ailes des fées ! » ou encore « Ça pourrait faire trébucher les licornes ! ». Ce ne serait pas scientifique. Ce serait absurde.

À présent, les scientifiques avaient trois certitudes :

a) l'Enfer, ou quelque chose qui y ressemble, existe ;

b) il est rempli de créatures qui ne les aiment pas vraiment – et, au-delà des scientifiques, qui n'aiment rien de ce qui vit à la surface de la Terre ;

85

c) le collisionneur a fourni à ces créatures un moyen de glisser leur tête dans notre monde pour y dévorer les hommes.

Le consensus général parmi ceux qui connaissaient le rôle joué par le CERN dans la catastrophe et qui n'avaient pas spécialement envie d'être dévorés par des monstres — merci bien, vous ne préférez pas une petite salade? — était qu'il valait mieux s'abstenir de remettre en marche le collisionneur. Les scientifiques, eux, expliquaient qu'ils avaient (à peu près) tiré au clair le problème et qu'ils étaient certains (plus ou moins) que ce qui s'était passé ne se reproduirait plus jamais (en se préservant une certaine marge d'erreur, bien sûr. Quelle marge d'erreur? Oh, infime. Presque négligeable. Quoi? Vous voulez voir le bout de papier sur lequel je l'ai calculée? Quel bout de papier? Oh, celui-là? Eh bien, c'est impossible car... *gloups*... je viens de l'avaler. Voilà).

Finalement, il avait été décidé que les scientifiques pouvaient remettre en marche le collisionneur à condition de se montrer extrêmement prudents. Si jamais quelque chose de terrible impliquant des créatures malveillantes dotées de griffes ou de crocs risquait de se déclencher, ils avaient pour ordre d'éteindre le collisionneur et d'aller prévenir un adulte responsable. Les scientifiques étaient raisonnablement confiants : une telle situation était fort peu probable car ils avaient travaillé dur pour corriger la faiblesse potentielle de leur machine. Les joints maintenant les stabilisateurs en cuivre du collisionneur s'étant révélés moins résistants que prévu pour supporter l'énergie libérée dans le tunnel — cinq cents tonnes par mètre carré, soit l'équivalent de cinq jumbo-jets lancés à pleine vitesse dans un mètre carré −, ils avaient été renforcés et tout allait bien se passer.

Mais les modifications et améliorations apportées au collisionneur par les physiciens leur avaient aussi permis d'augmenter son niveau d'énergie. L'énergie générée par les collisions se mesure en tera-électron-volts ou TeV, un TeV équivalant à un million de millions d'électron-volts. À l'époque du premier «incident», le collisionneur propulsait dans son anneau des faisceaux jumeaux à 1,18 TeV, produisant au moment de leur collision une énergie de 2,36 TeV. Ce nouveau collisionneur, plus performant, était programmé pour dépasser le double de ce chiffre et atteindre les 7 TeV − première étape cruciale vers une capacité de croisière estimée à 14 TeV.

Et c'est ainsi que les scientifiques se retrouvaient autour de ce bouton, doigts croisés ou serrant dans le creux de la main une patte de lapin porte-bonheur, pendant que le Pr Stefan s'inquiétait de savoir si quelque chose d'anormal se passait tandis que son assistant le Pr Hilbert, captivé par ces histoires de démons et d'Enfer car elles prouvaient sa théorie des univers multiples, mordillait le capuchon de son stylo en se demandant s'il devait avouer que, pour sa part, il espérait voir réapparaître le portail car, la dernière fois, il l'avait manqué.

— Rien, répondit le Pr Hilbert en essayant de ne pas paraître déçu.

Le Pr Stefan laissa échapper un long soupir de soulagement.

— Dieu merci. Maintenant, nous ne craignons plus rien...

Ses collègues lui lancèrent un regard noir car c'est justement ce genre de phrases qui précèdent les effondrements de toits, les craquèlements de plancher et les catastrophes infernales – dans le cas présent, *littéralement* infernales. Et personne ne remarqua que le Pr Hilbert s'était éclipsé et avait disparu dans une petite pièce sur la porte de laquelle était écrit : « Placard à balais – Réservé au personnel d'entretien ».

— Vous voyez, reprit le Pr Stefan qui ne savait décidément pas quoi inventer pour tenter le diable, je vous avais bien dit qu'il n'y avait aucune raison de s'inquiéter.

La remise à balais où s'était replié le Pr Hilbert ne contenait pas vraiment des balais. Elle était occupée par toutes sortes d'équipements de surveillance et d'écrans que scrutaient attentivement deux techniciens. Entre les écrans se trouvait un haut-parleur, silencieux pour l'instant.

— Alors ? demanda le professeur.

— Tout semble se dérouler normalement, répondit le premier technicien, qui se prénommait Ed.

Il fixait une image évoquant une araignée coincée dans un condensateur de réfrigérateur parsemé de petits morceaux de brique.

— Je confirme, intervint le second technicien, Victor.

Derrière eux, le Pr Hilbert remarqua un plateau de bataille navale. La partie semblait en cours. Il ne fit aucun commentaire.

— Il y a bien une perte d'énergie marginale, reprit Victor, mais c'est sans doute au niveau d'un joint. De toute façon, elle sera neutralisée dans le système à vide.

— Vous en êtes sûr ?

— Non, mais il ne peut pas en être autrement. Où irait-elle, sinon ? On a examiné chaque centimètre du collisionneur. Son intégrité ne fait aucun doute.

— Vraiment ? dit le Pr Hilbert. Je crois me souvenir que c'est aussi ce que vous disiez la dernière fois.

— Eh bien, la dernière fois on se trompait, mais cette fois on a raison, répondit Ed du ton assuré de celui qui sait où son adversaire cache son sous-marin et son porte-avions et s'impatiente de pouvoir retourner au jeu.

Il sourit au professeur. Le professeur ne lui rendit pas son sourire.

— Gardez l'œil ouvert, dit Hilbert en retournant vers la porte. Et, si je vous surprends en pleine partie de bataille navale, je vous jure que vous regretterez de ne pas être vraiment sur un porte-avions en train de couler…

Mme Abernathy s'affala sur les genoux. Les rayons de lumière bleue disparurent dans son corps, mais ses yeux gardaient une aura bleutée. Elle ne les avait pas quittés depuis l'effondrement du portail mais, à présent, elle brillait avec plus d'intensité. Un instant, Mme Abernathy fut parcourue de tremblements puis elle se calma. Lentement, un grand sourire éclaira son visage.

Le Guetteur n'avait pas bougé. Enfin, il avait compris. Certes, Mme Abernathy avait été changée par son bref passage dans le monde des hommes et elle en avait rapporté certaines particularités en Enfer : les rideaux, les vases, les paillassons ; les robes à motifs, les cheveux blonds et les ongles vernis. Mais c'est aussi elle qui avait, la première, mesuré l'importance de l'expérience du collisionneur, compris que les forces archaïques à l'origine de l'univers étaient aussi à l'œuvre dans le plus ancien des démons. La re-création de ces forces sur Terre avait créé une connexion entre deux mondes que Mme Abernathy et le Mal Suprême avaient tenté d'exploiter, mais la destruction du portail et l'échec de leur invasion l'avaient détruite à jamais. À présent, ça ne semblait plus être le cas. Cette connexion existait toujours, mais seulement à travers Mme Abernathy – elle qui avait été la première à franchir le portail et à le maintenir ouvert par la seule force de sa volonté. Et elle continuait d'avoir accès à une infime portion de l'énergie du Grand Collisionneur de Hadrons. Elle devait l'extraire lentement et discrètement pour ne pas alerter les responsables du CERN, car elle voulait à tout prix éviter un nouvel arrêt du collisionneur. Dans l'immédiat, ce n'était pas suffisant pour planifier une autre invasion, mais le moment venu, peut-être... Elle ne pouvait même pas s'en servir pour circuler d'un univers à l'autre car un vieux démon comme elle avait besoin d'une énorme quantité d'énergie. En revanche, elle pouvait très bien l'utiliser pour enlever un être humain et l'aspirer dans son univers – un être humain, en particulier. Elle voulait capturer Samuel Johnson et le présenter au Mal Suprême comme un trophée. Ensuite, elle expliquerait à son maître le secret de la lumière bleue et il l'aimerait de nouveau.

Comme elle se relevait, le Guetteur sortit de son silence. Il lui parla des étranges empreintes dans la terre, de la substance noire sur les rochers, de l'odeur de brûlé et de vapeurs âcres qui flottaient dans l'air. Quand il eut terminé son récit, elle lui posa la paume de la main sur la tête et il s'inclina profondément en signe de reconnaissance.

— Tout vient à point à qui sait attendre, dit-elle. Tout...

Elle se mit à rire. Le bruit atroce résonna dans la salle, traversa les plaines et parvint jusqu'aux démons qui l'avaient trahie. Certains s'enfuirent, redoutant sa vengeance, mais d'autres se préparèrent à la rejoindre car, si Mme Abernathy riait, alors la situation avait changé et ils pouvaient essayer d'en tirer profit. Peu à peu, des êtres répugnants émergèrent des cratères et des cavernes creusés dans les montagnes noires, des fosses de cendres et des mares de feu. Ils surgissaient de leur cachette et, d'un pas traînant, bringuebalant, ou, avec des mouvements de reptation visqueux, se mettaient en route vers le repaire de Mme Abernathy.

Les Infernaux répondaient au cri de guerre de leur maîtresse.

9

Où les elfes de M. Jolitemps repartent
vers une nouvelle aventure

L es elfes de M. Jolitemps s'étaient remis en route à vive allure. Au départ, la conduite de la fourgonnette avait posé quelques difficultés : le seul nain à avoir le permis était Braillard et, ses jambes étant encore plus courtes que celles de ses camarades, il avait fallu fixer des bouteilles de bière Spiggit's aux pédales à l'aide d'un scotch ultra-adhésif afin qu'il puisse accélérer ou ralentir facilement.

Leur humeur n'était pas au beau fixe depuis qu'ils avaient laissé Jolitemps sur le bord de la route, agitant le poing en marmonnant qu'il ne travaillerait plus jamais avec des gens incapables de le regarder droit dans les yeux sans monter sur un tabouret. On pouvait dire ce qu'on voulait de Jolitemps — et ses nains avaient pratiquement tout dit sur lui, y compris un certain nombre d'insultes impossibles à citer dans un *Manuel des insultes à l'intention des marins les plus mal embouchés* — mais, au moins, il leur avait trouvé du travail et avait pris leur défense lors des multiples incidents, agressions, incendies et (ce n'était arrivé qu'une fois) complot pour renverser un gouvernement élu. Sans lui désormais, ils allaient devoir se démener pour décrocher des contrats et éviter les arrestations.

Bredouillard et Roupillard fixaient leur verre de bière d'un air douloureux. Même si les suspensions de la fourgonnette rendaient périlleuse toute tentative de boire dans un verre, il était en général déconseillé de déguster la Spéciale de Spiggit's directement à la bouteille[1]. D'abord, c'est une marque d'ignorance car la bière est toujours meilleure servie dans un verre. Ensuite, la Spiggit's avait tendance à laisser au fond de la bouteille un résidu trouble et sournois, assez semblable à ces étranges bêtes qui vivent tapies dans les profondeurs océaniques, prêtes à se jeter sur des créatures imprudentes. À titre d'expérience[2], Braillard avait déjà goûté ce résidu, ce qui avait eu pour effet immédiat de l'envoyer se soulager aux toilettes pendant si longtemps qu'on lui avait proposé de souscrire un emprunt immobilier pour en devenir propriétaire. Trois mois plus tard, comme il le confiait à ceux qui voulaient bien l'écouter, son intestin n'avait toujours pas retrouvé son fonctionnement habituel car, quelque part en lui, un vieux fond de Spiggit's continuait de fermenter joyeusement. En effet, cette boisson avait à peu près la même durée de vie que les déchets radioactifs mortels. Braillard était toujours sujet à des crises d'aveuglement passagères, des oublis momentanés de son propre nom et des rots explosifs – qui étaient d'ailleurs à l'origine d'un des prétendus incendies volontaires, Braillard ayant lâché un rot un peu trop près d'une flamme.

------

1. À vrai dire, comme nous l'avons déjà démontré, il est généralement déconseillé de boire la Spéciale de Spiggit's tout court.
2. En fait d'« expérience », ses amis nains s'étaient assis sur lui et lui avaient versé le sédiment de bière dans la gorge, puis s'étaient aussitôt écartés pour observer le résultat. Si, au sens strict du terme, il s'agit bien d'une expérience, c'est également une torture, comme tout ce qui entraîne l'absorption involontaire de la Spéciale de Spiggit's.

Bredouillard, Furibard et Roupillard serraient donc fermement leur verre de bière (et il valait mieux car quelques gouttes de Spiggit's en contact plus de cinq secondes avec la peau ou un vêtement ont tendance à brûler) en se demandant comment ils allaient pouvoir se payer à manger ou à boire sans l'aide de Jolitemps. La question commençait à se poser sérieusement car ils avaient seulement douze caisses de bière en réserve ainsi que deux cartons de chips et deux ou trois sandwichs en voie de décomposition. Au début, ils avaient envisagé de jeter tous les cartons de chips pour charger davantage de bières, mais la sagesse l'avait finalement emporté : ils avaient juste jeté un carton de chips et gardé les sandwichs.

— On est fichus, se lamenta Furibard. Je vais être obligé de reprendre mon ancien travail…

— Lequel ? demanda Roupillard.

— Chômeur professionnel.

— Ça prend beaucoup de temps, ça, non ?

— Toute la journée. Heureusement, je gardais mes week-ends.

— Une chance ! Ce serait épuisant sinon…

— Et toi ?

Roupillard frissonna.

— Je n'ose même pas y penser. Les émissions de télé pour les gosses.

— Non !

— Si. Tu te rappelles *Krouton et Vermicel* ?

— Celle qui se passe dans un bol de soupe ?

— Oui. Je jouais le rôle de Ptipoi.

— Tu n'avais pas beaucoup de texte, si je me souviens bien ?

— Difficile, quand tu joues un petit pois. Les petits pois comptent parmi les légumes les plus silencieux. Ils ne peuvent pas parler, serrés comme ils sont dans leur cosse. Alors que, si tu veux faire taire une carotte, tu as intérêt à te lever de bonne heure ! Et je ne te parle pas des brocolis… Je détestais le rôle du petit pois. En plus, le costume sentait bizarre. Le précédent Ptipoi était mort à l'intérieur.

— Vraiment ?

— Oui. Un virus attrapé dans la soupe. On y restait pendant des heures, dans cette fichue soupe ! C'était horrible… Bref. Il a chopé une maladie et il est mort, mais les techniciens ne s'en sont pas aperçus tout de suite. Comme ils pensaient que le costume était vide, ils l'ont juste rangé dans sa cosse et le cadavre y est resté tout le week-end… Après ça, le costume n'a plus jamais senti pareil.

— On imagine, commentait Furibard. On ne peut pas laisser un mort dans un costume de petit pois pendant tout un week-end sans qu'il reste une odeur. Un jour, à la rigueur, mais pas un week-end. Et toi, Bredouillard, qu'est-ce que tu faisais avant ?

— Doubvoi.

— Oh, répondit Furibard.

— Pas saisi, dit Roupillard.

— Des doublages de voix, reprit Furibard qui tenta de dissimuler son incrédulité en ayant l'air encore plus incrédule. Tu sais, pour les pubs, les bandes-annonces de films, etc.

Il y eut un silence, le temps que les nains comprennent les implications de cette nouvelle.

— Bah, si tu as réussi à te faire engager, tant mieux pour toi…, commenta finalement Roupillard.

— Il faut un minimum de talent pour y arriver, observa Furibard dont le front s'ornait d'une ride supplémentaire tandis qu'il essayait de se représenter la trajectoire précise de la carrière de Bredouillard.

— Pluzimptancédarcler.

— En effet, reprit Furibard d'un ton dégagé. Articuler, c'est le plus important.

— Et toi, Braillard ? Qu'est-ce que tu comptes faire maintenant ?

— Ce que je compte faire ? Non mais écoutez-vous un peu ! On n'est pas encore fichus ! On a connu des périodes encore plus difficiles. On a été arrêtés, déportés et presque vendus comme esclaves. Il faut rester optimiste. Je vous garantis qu'une belle occasion nous attend au tournant !

Il était si convaincant qu'ils trinquèrent tous joyeusement.

En fait de belle occasion, c'était une voiture de police qui les attendait au tournant. À l'intérieur, l'agent Peel et le sergent Rowan, du commissariat de Biddlecombe, contrôlaient la vitesse des véhicules en buvant du thé dans une flasque.

— Délicieux, votre thé, dit le sergent. Comment faites-vous pour qu'il ait ce goût si particulier ?

— J'ajoute du miel.

— Fantastique ! Je n'y aurais jamais pensé.

— Du miel, reprit l'agent Peel, et… des elfes. Avec de la bière.

Le sergent Rowan renifla son thé.

— Hum… Non, là je ne sens rien qui ressemble à des elfes ou à de la bière. Du miel, oui, mais pas de petites personnes…

— Je voulais dire : il y a des elfes dans cette fourgonnette et ils boivent de la bière, sergent !

Son supérieur jeta un coup d'œil au véhicule qui passait devant lui et aperçut des verres de bière brandis par des mains minuscules.

— «Les elfes de M. Jolitemps», lut-il à haute voix.

Il réfléchit quelques secondes. Non, ce n'était pas possible... Pas encore cette bande... Ceux-là paraissaient différents. Cela dit, ils avaient le même genre de fourgonnette. Et ses passagers ressemblaient fortement aux...

Nains.

— Agent Peel, arrêtez ces nains !

Roupillard changea de position sur son siège.

— On ne peut pas s'arrêter quelque part ? J'ai besoin de faire pipi.

— Ouais, et moi de casser la croûte, ajouta Furibard. Je meurs de faim.

— Il n'y a pas de station-service dans le coin, les gars, leur annonça Braillard. On n'a qu'à prendre la prochaine sortie. Biddlecombe... Il y aura sûrement quelque chose d'ouvert.

Il quitta l'autoroute sans remarquer la voiture lancée à leurs trousses. Bien vite, la fourgonnette s'engagea sur Shirley Jackson Road, qui menait au centre-ville de Biddlecombe, et passa devant la camionnette d'un marchand de glaces ambulant. Juste devant, Braillard remarqua un petit garçon qui promenait son teckel. Braillard aimait bien les petits chiens. Avec sa taille, il devait se méfier des plus gros.

Dans ses rétroviseurs, il vit aussi des lumières bleues. Bizarre, on aurait dit qu'il y en avait partout. C'était...

— Raté ! rugit Mme Abernathy. Je l'ai raté !

Elle regardait fixement le fragment de verre grâce auquel elle espionnait Samuel Johnson et son petit bâtard. Elle y avait concentré toute son énergie afin de l'amener vers elle mais un véhicule surgi de nulle part s'était interposé entre elle et sa cible. Elle tenta de reprendre sa concentration mais un peu de son énergie, déjà, l'avait quittée.

— Doucement, murmura-t-elle, doucement...

Elle leva les mains comme si le garçon se trouvait déjà devant elle et qu'elle pouvait le saisir à la gorge. Deux faisceaux de lumière bleue jaillirent de ses doigts et traversèrent le verre. Elle sentit qu'il y avait eu un impact dans le monde des hommes — sous sa force, elle dut fermer les yeux. Quand elle les rouvrit, Samuel Johnson était toujours à Biddlecombe, mais il s'était arrêté de marcher et regardait autour de lui, troublé.

Samuel était perplexe. Il aurait juré qu'une fraction de seconde plus tôt, une fourgonnette remplie de petits hommes s'apprêtait à le dépasser, mais elle semblait à présent s'être évanouie dans les airs. Puis une voiture de police était arrivée, qui avait disparu elle aussi. Et n'y avait-il pas un marchand de glaces ambulant juste à côté ? Malgré le temps un peu frais, Samuel avait eu envie de se payer un cornet. Bah, il devait souffrir de surmenage — ou peut-être songer à changer de verres de lunettes.

Devant lui, quelque chose tournait sur le bitume. À mesure qu'il s'approchait, elle tournait de moins en moins vite et s'immobilisa. C'était une bouteille de Spéciale de Spiggit's. Une faible lueur bleutée l'enveloppa et la fit exploser. La bière se répandit sur la chaussée. Une autre lueur bleue apparut sur le pare-chocs d'une voiture garée non loin, sur un portillon de jardin à sa gauche, puis dans une flaque d'essence. Samuel y vit le reflet de son visage et de Boswell.

Et celui de Mme Abernathy.

— Oh non…, dit Samuel tandis que le démon tendait une dernière fois les mains vers lui.

Des rayons bleus jaillirent de la flaque, enveloppant le petit garçon et son chien. La sensation de froid intense ne dura qu'un instant, puis Samuel eut l'impression que les atomes formant son corps se détachaient l'un après l'autre et qu'il chutait, une chute interminable dans les ténèbres et au-delà.

10

OÙ LES NAINS DE M. JOLITEMPS FONT
UNE DÉSAGRÉABLE DÉCOUVERTE

R oupillard fut le premier à se réveiller. Il avait hérité de ce surnom à cause de sa faculté à s'endormir à tout moment. Il pouvait faire une sieste dans un wagon de grand huit à la fête foraine, dans un paquebot en train de couler ou quand ses orteils prenaient feu – expériences qu'il avait toutes vécues. Roupillard était du genre à piquer un somme pendant qu'il piquait déjà un somme.

Il étira les bras et bâilla. Il avait l'impression que son corps avait été écartelé, désassemblé puis réassemblé par quelqu'un qui ne s'était pas trop occupé de remettre ses membres à la bonne place. Dans ce genre de circonstances, la plupart des gens se demanderaient la raison de cette impression mais, étant un consommateur régulier de la Spéciale de Spiggit's, Roupillard avait l'habitude de ce genre de réveil.

Il regarda par la fenêtre et vit ce qui ressemblait à un paysage d'immenses dunes de sable blanc. Il se gratta le crâne en essayant de se rappeler où ils étaient censés aller quand… eh bien, quand ce mystère s'était produit. Avaient-ils un contrat pour une ville de bord de mer ? Roupillard aimait bien la mer. Il décida de laisser dormir ses petits camarades et d'aller se dégourdir les jambes.

Comme le ciel était chargé de nuages sombres animés de lueurs rouges, il conclut que le lever ou le coucher du soleil était tout proche. En tout cas, il n'allait pas tarder à pleuvoir. Il inspira profondément, mais il ne sentit pas l'odeur de la mer. Pas plus qu'il n'entendait la rumeur des vagues. Y avait-il un désert à proximité de Biddlecombe? Roupillard était sûr que non. Il y avait bien cet endroit, Dunstead, mais c'était une plage de galets avec, çà et là, quelques vieux caddies de supermarché. Rien de commun avec ces dunes. Le sable sous ses pieds était extrêmement blanc et extrêmement fin. Le ciel était bizarre: les nuages n'arrêtaient pas de changer de formes et de couleurs de sorte que, par moments, on aurait dit des visages orange feu de bois et rouge cheminée. Pour un peu, Roupillard aurait eu l'impression que tout le ciel était en flammes. Il y avait quand même une odeur de brûlé, et pas des plus agréables. Comme si quelqu'un avait laissé griller une quantité innombrable de steaks sur un barbecue géant, avant de les laisser pourrir.

Roupillard entreprit l'ascension de la dune la plus proche dans l'espoir de se repérer. Il grimpait en sifflotant et, arrivé au sommet, vit encore plus de dunes. Il s'attaqua à une nouvelle dune, puis à une autre. En atteignant la cime de la troisième dune, il cessa de siffloter. Il cessa de faire quoi que ce soit – à part regarder.

Devant lui, à perte de vue jusqu'à l'horizon en feu, s'alignaient des établis et, assis à chacun d'eux, de petits hommes rouges au crâne surmonté de cornes. D'autres petits hommes déversaient dans un trou pratiqué sur le côté des établis une matière blanche qui ressortait de l'autre côté sous la forme de sable fin. Un troisième groupe d'hommes rouges allaient et venaient d'un établi à un autre, portant des seaux qu'ils chargeaient de sable pendant que leurs collègues notaient scrupuleusement les détails des opérations dans d'énormes livres.

Sur sa droite, Roupillard remarqua un bureau imposant où s'affairait un grand homme vêtu d'une cape noire à doublure écarlate. Contrairement aux petits êtres en contrebas, il avait une peau très pâle et ses cornes, bien plus grosses, paraissaient soigneusement vernies. Sa lèvre supérieure s'ornait d'une fine moustache et une barbe s'accentuait de façon très nette au niveau de son menton. Le genre de barbe caractéristique d'une créature Prête-À-Faire-Le-Mal et qui se fiche bien qu'on le sache. Une barbe qui conjurait des visions de Plan-Machiavélique, de Femme-Attachée-À-La-Voie-Ferrée, d'Orphelins-Privés-d'Héritage. Une barbe qui proclamait: «Vous-Ne-Vous-Trompez-Pas-C'est-Moi-Le-Méchant.»

L'homme avait posé les jambes sur son bureau et, à côté de ses bottes noires, un écriteau indiquait: « A. Laflèche, démon en chef».

Roupillard remarqua que le démon en chef lisait un journal, *Le Quotidien de l'Enfer*[1]. À la une s'étalait le titre suivant:

----

1. *Le Quotidien de l'Enfer* n'est pas précisément un journal passionnant. Les prévisions météorologiques ne changent jamais (très chaud avec possibilités de chutes de boules de feu); tout le monde est soit malheureux, soit en colère, soit à l'agonie; et votre équipe de foot préférée vient toujours de perdre son dernier match car, en Enfer, les *deux* équipes qui s'affrontent perdent toujours. Encore et encore. Après un penalty discutable. Pendant les prolongations. Et les prolongations durent l'éternité.

« LE MAL SUPRÊME DÉVOILE LA SUITE DE SES PLANS

La victoire est imminente, annonce le chancelier Ozymuth. *Quiconque osera en douter sera démembré.* »

Suivi d'un sous-titre en plus petits caractères :

« POURSUITES ENGAGÉES CONTRE MME ABERNATHY

Quiconque est responsable de l'échec de notre invasion doit payer, déclare le chancelier Ozymuth. *Et j'ai décidé que c'était elle.* »

Ce chancelier Ozymuth est partout, ma parole, se dit Roupillard. Il n'était peut-être pas le plus malin des nains mais naissait en lui la désagréable impression que quelque chose ne tournait pas rond.

— Bonjour ! lança-t-il au démon en chef puis, se reprenant : Euh... bonsoir ? Bonne nuit ?

A. Laflèche regarda dans la direction de Roupillard. Il gonfla les joues puis souffla de cet air las et blasé qu'ont les petits chefs du monde entier, cette engeance dont le destin semble être de recevoir des visites importunes au moment pile où une tâche passionnante les attend, de sorte qu'ils n'ont jamais le temps de s'occuper de tâches passionnantes et affichent en permanence un air las et blasé.

— Oui ? dit-il. C'est à quel sujet ?

— Je me demandais juste ce que font tous ces types.

A. Laflèche baissa son journal.

— Ces types ? Ces *types* ? Il n'y a pas de « types » ici. Ce que vous voyez là, ce sont des cadres démoniaques hautement qualifiés, pas de vulgaires diablotins tout juste embauchés qui se donnent des airs avec leur boîte à casse-croûte. Des types… tss tss.

A. Laflèche retourna à son journal en grommelant contre les syndicats, les pauses pipi et tous ces démons qui pouvaient s'estimer heureux d'avoir un boulot.

— D'accord, reprit Roupillard, mais qu'est-ce qu'ils font ?

Les mains d'A. Laflèche se crispèrent sur le journal dans un geste qui signifiait Je-Suis-Très-Occupé-Et-N'ai-Pas-De-Temps-À-Perdre puis, s'apercevant que le petit homme agaçant n'avait pas l'intention de partir, il baissa le journal d'un air résigné et expliqua :

— Eh bien, c'est évident non ? Ils broient les os des morts.

— Ils *broient* ?

— Oui.

— Les *os* ?

— Oui, oui.

— Des *morts* ?

— Oui. Ils ne vont quand même pas moudre les os des vivants, ça serait dégoûtant.

— Exact, concéda Roupillard.

Il enfonça les mains dans ses poches en donnant de petits coups de pied dans le sable. Puis il se rappela que ce n'était pas du sable et s'excusa mentalement.

— Il n'y a pas de sot métier, j'imagine…

Il se mordit la lèvre inférieure et réfléchit un moment.

— On est où, là, au juste ? demanda-t-il.

— Oh non, ne me dites pas que vous vous êtes perdu ? Encore un… Pourtant ce n'est pas compliqué, quand même : vous êtes méchant, vous mourez, vous arrivez en Enfer, on s'occupe de votre dossier et on vous trouve un boulot quelque part. Après tout ce temps, on pourrait penser que les grosses têtes de la direction ont réglé le système à la perfection. Eh bien non ! Franchement, je vous jure… Bon, vous allez vous débrouiller pour trouver tout seul le Bureau central. Moi, je suis trop occupé à… euh… superviser pour vous aider.

Il leva le bras gauche et consulta le sablier attaché à son poignet pour bien montrer qu'il était occupé. Des grains de sable tombèrent du bulbe supérieur dans le bulbe inférieur sans le moindre changement du niveau du sable dans l'un ou dans l'autre.

— Une petite question, encore, reprit Roupillard. À vrai dire, non, deux petites questions. Plus ou moins petites, d'ailleurs. Pas petites du tout, en fait. Plutôt grosses, même.

Il eut un rire nerveux.

— Allez-y. Mais vous avez intérêt à vous arrêter là. Vous m'empêchez de travailler. La production a déjà baissé depuis le début de notre petite discussion. Si je ne tiens pas mes employés à l'œil, je ne vais pas tarder à avoir des manifestations, des revendications pour une pause thé, une journée de congé pour rendre visite à une vieille tante ou aller chez le dentiste. Regardez-les : ils sont déjà au bord de la révolte !

Roupillard regarda les employés : ils paraissaient sur le point de se révolter comme A. Laflèche de surveiller un bébé sans lui voler son landau.

— Cette histoire, à propos d'être mort… qu'est-ce que vous entendiez par là, en réalité ?

— Ooops, désolé ! répondit A. Laflèche sans prendre la peine de paraître désolé. Parce que vous ne le saviez pas ? Alors c'est tragique… vraiment tragique.

Il étouffa un gloussement.

— Eh bien, pour vous parler franchement, vous êtes mort. Plus vivant du tout. Officiellement défunt. S'il y avait une pipe dans le coin, alors vous l'avez cassée. Si vous aimez les pissenlits, vous les mangez par la racine. Et la seconde question?

— Hum? dit Roupillard, déjà troublé par les implications de cette première information qui ne lui plaisait pas du tout. Ah oui, vous avez aussi fait allusion à l'Enfer...

— Et?

— Eh bien... pourquoi?

— Parce que c'est là que vous êtes : en Enfer.

— L'Enfer, vraiment?

— Vous en connaissez d'autres?

— Nous, mais je ne pensais pas qu'il existait.

— Maintenant vous savez. Vous êtes content?

— Non, je ne peux pas dire. Je ne me *sens pas* mort.

Il se pinça. Il se fit mal.

A. Laflèche le regarda d'un air perplexe.

— Réflexion faite, vous n'avez pas non plus *l'air* d'être mort. La plupart des morts ont tendance à avoir l'air mort : vous savez, pâles, avec un ou deux membres en moins, des blessures par balle, du sang partout, bahhahaha...

Il laissa rouler une impressionnante langue fourchue et renversa les yeux dans ses orbites pour imiter quelqu'un dont les meilleurs jours sont derrière lui et qui n'a plus vraiment besoin de s'embêter à se brosser les dents chaque matin.

— Mais vous ne ressemblez pas du tout à un mort.

Roupillard commençait déjà à battre en retraite.

— Ravi de vous avoir parlé. Bon courage avec... les os, tout ça. On se reverra sans doute. Au revoir!

Il descendit la dune d'un pas leste. Il jeta un coup d'œil par-dessus son épaule et aperçut A. Laflèche qui se frottait la barbichette d'un air pensif, laissant craindre le pire.

Roupillard se mit à courir.

11

S amuel sentit Boswell lui lécher le visage. Il essaya de le repousser mais le teckel semblait insister pour qu'il se réveille. Samuel n'en avait pas envie. Ses bras et ses jambes étaient endoloris, comme sa tête. Il se demanda s'il ne couvait pas quelque chose...

Puis il se rappela : la disparition des camionnettes... la lumière bleue... le visage de Mme Abernathy dans la flaque...

Mme Abernathy.

Il ouvrit les yeux.

Il était couché sur le côté, au bord d'un fleuve sombre et boueux dont le flot visqueux s'écoulait vers un bosquet d'arbres au tronc tordu. Sous sa joue, il sentait un sol dur parsemé de maigres brins d'herbe noircie. Il s'agenouilla et Boswell glapit de soulagement. Samuel le prit dans ses bras et le caressa, tout en s'efforçant de comprendre où il se trouvait. Il se souvenait d'être tombé, d'avoir eu conscience qu'il tombait, de tomber encore plus vite chaque fois qu'il tentait de ralentir sa chute. Puis cette violente et brève sensation d'écrasement − puis plus rien.

Au-dessus de lui dérivaient des nuages noirs striés de veines d'un rouge incandescent. On aurait dit le cœur d'un volcan. Une furtive sensation de vertige s'empara de lui – le haut et le bas se confondaient, et il se vit à genoux au fond d'une grande sphère suspendue dans un fourneau ardent. Il dut se forcer à ne pas se plaquer au sol. Serrant Boswell contre lui, il dit « Ça va aller, ça va aller », mais c'était lui autant que son chien qu'il s'efforçait de convaincre.

Tout cela avait été provoqué par Mme Abernathy, il le savait, et ça signifiait qu'ils se trouvaient en Enfer. D'une façon ou d'une autre, elle était parvenue à les arracher à leur monde pour les plonger dans le sien, dans un but très simple : se venger. Elle devait déjà être à leur recherche.

Même si, à treize ans, Samuel ne se considérait plus comme un enfant, il eut envie de pleurer. Il voulait rejoindre sa mère, ses amis. Quand il avait dû faire face à la fureur de Mme Abernathy, à Biddlecombe, il y était parvenu dans un décor familier, entouré et soutenu par ceux qu'il aimait et qui l'aimaient. Ici, à l'exception de Boswell, il était tout seul. Et, même submergé par la peur et le chagrin, Samuel regrettait de ne pas avoir lâché la laisse de son fidèle compagnon avant d'être télétransporté. Ce qui en dit long sur le genre de garçon qu'était Samuel Johnson… Boswell n'avait rien à faire ici, même si son maître lui était secrètement reconnaissant de l'avoir suivi car, ainsi, en ce lieu effrayant, il y avait au moins une autre créature de son côté.

D'ailleurs non, ce n'était pas totalement vrai. Boswell n'était pas le seul dans son camp. Il y avait quelqu'un d'autre. La question était : comment le trouver ?

Trouillh tapota Nouillh sur l'épaule.

— Maître, pourquoi nous sommes-nous arrêtés ?

La voiture, toujours camouflée en rocher, avait traversé une bonne partie de la vallée des Trajets Inutiles car Nouillh voulait mettre autant de distance que possible entre eux et la grotte où ils s'étaient cachés. La vallée était couverte de blocs massifs de grès brun sur lesquels la voiture ne laissait aucune trace. Vers l'ouest (ou peut-être le sud, ses concepts d'orientation n'ayant que peu ou pas de signification dans un endroit où la réalité elle-même a du mal à s'imposer), elle aboutissait à la forêt des Arbres Tordus, un lieu où les humains obsédés par leur apparence et méprisant ceux qu'ils n'estimaient pas aussi beaux qu'eux étaient condamnés à passer l'éternité métamorphosés en arbres difformes. Mais cette direction risquant de les rapprocher de la montagne du Désespoir, Nouillh avait préféré changer de cap — du moins c'est ce qu'il espérait car l'Enfer n'aimait rien tant que décourager ce genre de projet. Ainsi, vous pouviez vous éloigner d'un point A avec la meilleure des intentions et vous retrouver rapidement de retour au point A sans que votre parcours ait jamais dévié d'une ligne rigoureusement droite. Finalement, ils avaient choisi d'aller dans les collines de Miel où ils pourraient se cacher avant que le Guetteur — ou pis, sa maîtresse — ne les retrouve.

Mais Nouillh avait arrêté la voiture et scrutait un point au loin du même air troublé qu'une personne craignant d'avoir oublié d'éteindre le gaz sans même être certaine de posséder une gazinière.

— Maître ? reprit Trouillh, d'un ton à présent inquiet.

Le front de Nouillh se plissa et une larme solitaire roula sur sa joue tandis qu'il murmurait :

— Samuel ?

Mme Abernathy n'était pas la seule créature de l'Enfer à avoir subi une profonde mutation en se confrontant aux mondes des humains. Nouillh aussi avait été métamorphosé. Tout d'abord, il se montrait un peu plus bienveillant que par le passé envers Trouillh, et pas seulement à cause de ses aptitudes de mécanicien. Durant la longue période de son bannissement, Nouillh avait passé beaucoup de temps à broyer du noir, à geindre et à se plaindre de son sort. Le reste du temps, il frappait Trouillh sur la tête car il l'agaçait. Pourtant, depuis son retour en Enfer, il s'était mis à considérer Trouillh comme un ami – faute de trouver un terme plus approprié. Certes, il aurait préféré un ami moins enclin à tendre l'index sous le nez de Nouillh pour lui montrer ce qu'il venait d'extraire d'un de ses orifices corporels mais, quand on n'a rien, on ne fait pas le difficile.

Dans le même ordre d'idées, Nouillh avait renoncé à régner sur un autre monde ou à devenir un démon sérieux. De toute façon, ça ne l'avait jamais tant démangé que cela. Il avait aussi renoncé à se faire appeler «Fléau des Cinq Démons» et à essayer de prendre le travail d'un collègue[1] car il était beaucoup plus heureux en ne cherchant à déranger personne.

---

1. Pas même le travail des démons les plus nuls comme Dhînhg-Dhônhg, le démon des gens qui sonnent à la porte quand on est sur le point de passer à table ; Woüa, le démon des choses mortes qui flottent dans la soupe (et du proverbial cheveu dans la soupe) ; Floutch, le démon des choses qui remontent à la surface quand il vaudrait mieux qu'elles coulent ; Plouf, le démon des choses qui coulent quand il vaudrait mieux qu'elles remontent à la surface ; et Grrrin'ds'Äbl, le démon qui bloque les engrenages. Autrement dit, le pire cauchemar des engrenages. Sans lui, les engrenages régneraient sur le monde.

Mais, plus fondamentalement, Nouillh avait rapporté en Enfer une connexion psychique et émotionnelle profonde avec Samuel Johnson, la première personne à l'avoir considéré avec gentillesse et le premier ami que Nouillh se fût jamais fait. S'ils avaient vécu dans le même monde, ils auraient été inséparables. Au lieu de quoi ils se trouvaient éloignés par le temps, l'espace et la difficulté à circuler entre les univers et les dimensions. Malgré tous ces obstacles, ils chérissaient l'un et l'autre le souvenir de leur rencontre et, certaines nuits, ils avaient l'impression que leur dialogue reprenait dans leurs rêves. Pas un jour ne passait sans qu'ils pensent l'un à l'autre, et de tels sentiments transcendent les barrières que la vie dresse entre les êtres. Une énergie invisible reliait le garçon et le démon comme tous ceux qui éprouvent des sentiments forts les uns envers les autres et Nouillh sentait que la nature de ce lien s'était brusquement modifiée en lui. Il l'éprouvait avec plus d'intensité que jamais, et il sut aussitôt que Samuel était tout proche. Il était dans ce monde, dans ce lieu répugnant où l'on ne pouvait entrer, disait-on, qu'en abandonnant toute espérance. Mais ce n'était plus vrai : désormais, Nouillh pouvait espérer des temps meilleurs, une meilleure façon de vivre, et tout cela grâce à Samuel.

Cela dit, si Samuel se retrouvait en Enfer, ça ne pouvait être que contre son gré. Personne ne venait jamais en Enfer de son plein gré. Même les entités piégées dans ce lieu rêvaient d'être ailleurs ou de cesser tout simplement d'exister, car c'était encore préférable à une éternité passée dans l'abysse.

Mme Abernathy avait pourchassé le mystérieux conducteur de la voiture qui avait réduit à néant les projets d'évasion de son maître sans savoir qu'il s'agissait de Nouillh, mais Nouillh savait que celui qu'elle cherchait par-dessus tout, c'était Samuel. Elle avait fini par trouver un moyen de l'attirer en Enfer. Si ça se trouve, Samuel était déjà prisonnier et il eut la vision atroce de son ami enchaîné, entravé, emmené devant le Mal Suprême en personne, prêt à subir son châtiment. À supposer que Samuel ne fût pas encore entre les griffes de Mme Abernathy, il existait quantité de créatures infernales répugnantes qui seraient ravies de goûter à un enfant humain. Quelqu'un devait sauver Samuel, et ce quelqu'un était Nouillh.

Sauf que Nouillh n'avait pas vraiment d'expérience dans cette discipline. À part lui-même, il n'avait jamais sauvé personne et il éprouvait déjà les plus grandes difficultés à échapper à Mme Abernathy pour ne pas avoir, en plus, à se préoccuper de sauver quelqu'un d'autre du redoutable démon. En outre, il ne se considérait pas comme particulièrement brillant, courageux ou astucieux. Pourtant, comme la plupart des gens qui se voient de cette façon, il était bien plus brillant, courageux et malin qu'il l'imaginait. Il n'avait simplement pas encore eu l'occasion de se le prouver ou de le prouver aux autres.

— Maître ? demanda Trouillh pour la troisième fois, qui fut la bonne puisqu'il obtint une réponse.

— Samuel est ici. Nous devons à tout prix le trouver.

Trouillh ne parut pas surpris. Si son maître lui disait que Samuel – qu'il n'avait jamais vu mais dont il avait beaucoup entendu parler – se trouvait quelque part en Enfer, alors Trouillh était ravi de le croire. En même temps, il eut du mal à cacher son étonnement quand Nouillh fit faire demi-tour à leur voiture pour la placer dans la direction d'où ils venaient.

— Euh, maître… Vous m'aviez bien dit que, par là, c'était le passeport pour la souffrance, la torture, une nourriture infecte et la certitude de finir démembré par Mme Abernathy?

— En effet, Trouillh, mais seule Mme Abernathy est capable d'attirer Samuel en Enfer. Par conséquent, où qu'elle se trouve, Samuel s'y trouvera aussi.

Il pressa la pédale d'accélérateur et le moteur vrombit. La voiture se souleva légèrement, tel un étalon impatient de prendre le départ de la grande course. Puis Nouillh desserra le frein et ils s'élancèrent.

Trouillh jeta un regard mi-admiratif mi-effrayé à son maître. L'ancien Nouillh était lâche, égoïste et déterminé à éviter à tout prix de se faire mal. Le nouveau Nouillh était courageux, désintéressé et apparemment pressé de se faire détacher dès que possible du torse les bras et les jambes.

Réflexion faite, se dit Trouillh tandis qu'ils filaient à plein régime vers leur destin, je crois que je préfère l'ancien.

12

OÙ ROUPILLARD JOUE LES MESSAGERS
DE MAUVAIS AUGURE

B raillard se réveillait tout juste au moment où Roupillard regagnait la fourgonnette.

— C'est quoi, le problème? demanda Braillard en se frottant le front d'un air douloureux. Qu'est-ce qu'on a percuté?

De l'arrière de la fourgonnette se firent entendre toutes sortes de grommellements, bâillements et bruits corporels désagréables : Furibard et Bredouillard émergeaient à leur tour.

— Écoutez-moi bien, commença Roupillard. Quelle sortie avons-nous prise quand nous avons quitté l'autoroute?

— Hein? Euh... je crois qu'on s'était mis d'accord pour sortir à Biddlecombe.

— Et c'était bien le nom sur le panneau?

— Oui. « Biddlecombe ».

— Ce n'était pas plutôt « Enfer », par hasard?

Braillard lui lança un regard soupçonneux avant de renifler l'haleine de Roupillard.

— Tu as déjà recommencé à boire? Tu sais, je ne vois rien de mal à s'envoyer une ou deux bières pour trouver le sommeil, mais tu devrais au moins attendre d'avoir mangé tes céréales avant d'attaquer dès le matin… Crois-moi, tu vas te retrouver avec un foie aussi dur qu'une semelle de chaussure.

— Je n'ai pas bu! s'insurgea Roupillard. Quelque chose ne tourne pas rond, par ici. Pas rond du tout.

Et il indiqua la vaste étendue de dunes pâles de l'autre côté du pare-brise.

Braillard scruta ce panorama pendant un instant avant de grimper sur le toit de la fourgonnette, aussitôt suivi par Roupillard, Furibard et Bredouillard. Lèvres plissées, il fit le tour de la fourgonnette, espérant apercevoir le clocher d'une église, une baraque à frites ou un pub.

— Non, finit-il par dire, ce n'est pas possible… On a dû tourner au mauvais endroit.

— Où ça? Au purgatoire? ironisa Roupillard. On est en Enfer, je vous dis!

— Ce n'est pas si mal, commenta Furibard. Ça sent un peu trop le grillé, peut-être, mais ne nous énervons pas.

Il se baissa, ramassa une poignée de sable qu'il regarda s'écouler entre ses doigts. Bredouillard fit de même.

— Regardez, du sable! On ne doit pas être loin de la mer.

— Ce n'est pas du sable, corrigea Roupillard.

— Bien sûr que si. Qu'est-ce que ce serait, sinon?

— Paodsab, analysa Bredouillard en portant une poignée de grains à ses narines et en les humant prudemment.

— Exact, dit Roupillard. Ça n'a pas l'odeur du sable. Parce que ce n'est pas du sable.

— Mais alors c'est quoi?

Roupillard tendit vers eux un index crochu pour leur demander de le suivre. Ils obtempérèrent.

Allongés sur un versant de la dune, les quatre nains levèrent la tête juste assez pour jeter un coup d'œil par-dessus la cime. Ils virent les petits démons remplir d'os les orifices pratiqués sur le côté de leur établi.

— Ce sont des os, dit Furibard. On est couchés sur des morceaux d'os! C'est assez confortable, finalement. Qui aurait pu le croire?

— À qui sont ces os? demanda Braillard.

— Aucune idée, répondit Roupillard. Apparemment, ce type, là-bas, dirige les opérations, mais je crois qu'il ne le sait pas non plus.

Ils observèrent A. Laflèche, intrigués. Il parlait dans le combiné d'un vieux téléphone à cadran noir.

— Complètement à la masse, le type, ironisa Roupillard. Son téléphone n'est même pas raccordé!

— Je crois que ce n'est pas très important, dit Braillard. J'ai l'impression que les règles normales ne s'appliquent pas ici...

Ils continuèrent à espionner A. Laflèche. Il commençait à s'agiter. Même s'ils n'entendaient pas ce qu'il disait, il était évident qu'il avait été perturbé par l'apparition inattendue de Roupillard et le fait que ce dernier ne paraissait pas mort.

— Alors c'est un démon? hasarda Furibard.

— Oui, dit Roupillard.

— Et tous les autres, là, sont des démons aussi.

— Des diablotins, plutôt, mais je crois que ça revient quasiment au même.

— Alors on est vraiment en Enfer.

— C'est ce que je me tue à vous dire!

— Comment on a fait pour se retrouver là? On a déjà fait du mal à quelqu'un, peut-être?

Il y eut un silence, pendant lequel les trois autres nains laissèrent au cerveau de Furibard une chance de prendre la mesure de l'énormité qu'il venait de proférer.

— Ah, oui…, reprit Furibard à mesure que les innombrables raisons justifiant leur présence en Enfer lui revenaient en mémoire comme des flots de déchets quand la marée monte.

Il haussa les épaules.

— C'est bon, j'ai compris…, admit-il. Pourtant, je ne me souviens pas du moment où nous sommes morts. C'est quand même le point de départ, non ?

— Peut-être que Braillard a raison, suggéra Roupillard. On a dû percuter quelque chose et mourir dans l'accident.

— Sauf qu'on n'a rien percuté du tout, dit Braillard. La fourgonnette paraît en bon état. Plus important : *je* suis en bon état. Si j'étais mort, je suis sûr que je ne me sentirais pas dans mon assiette. Et que j'aurais une odeur bizarre… En tout cas, une odeur *encore plus* bizarre.

— Alors on n'est pas morts, conclut Furibard. Et si on n'est pas morts, cet endroit ne peut pas être l'Enfer.

— Je ne sais pas…, hésita Roupillard. A. Laflèche m'avait l'air sûr de lui.

— Il te faisait sûrement une blague, dit Furibard. Il m'a tout à fait l'air du type qui doit trouver ce genre de blague très drôle.

Soudain, une gigantesque colonne de feu pâle apparut à côté du bureau d'A. Laflèche, surgissant du sable pour s'élever jusqu'aux nuages noirs. Cette apparition était tellement inattendue que même les diablotins s'affairant à transformer les os en poussière s'interrompirent pour observer la scène.

Un visage de femme se profila à travers les flammes. L'orbe de ses yeux luisait du même bleu éclatant.

— Elle me rappelle quelqu'un, dit Braillard. Je l'ai déjà vue quelque part…

— Elle était à la une du journal que lisait A. Laflèche, répondit Roupillard. Et ça s'annonçait mal pour elle.

— Mais moi je ne l'ai pas vu, ce journal, objecta Braillard.

— Chut, dit Furibard, je voudrais entendre.

Mais entendre ce que la femme avait à dire n'allait pas se révéler particulièrement difficile. Sa voix résonna avec le fracas du tonnerre. Si puissante qu'elle faisait mal aux oreilles des nains.

— A. LAFLÈCHE, dit la femme, QU'EST-CE QUE TU AS TROUVÉ ?

— Eh ! Baisse le volume, ma jolie, murmura Braillard. Tu parles à un type assis juste à côté de toi…

A. Laflèche paraissait gêné.

— Oh… madame Abernathy. Je ne m'attendais pas à vous revoir.

— ÇA, JE VEUX BIEN LE CROIRE ! TOUJOURS EST-IL QUE TU ME REVOIS. TU AS SIGNALÉ UN INTRUS. C'ÉTAIT UN PETIT GARÇON ? DIS-MOI.

— Pour être honnête, je serais ravi de vous aider mais je ne suis pas sûr de pouvoir vous répondre.

L'expression de Mme Abernathy s'assombrit. Ses lèvres se retroussèrent sur des dents qui, sous le regard stupéfait des nains, se mirent à pousser, de plus en plus aiguisées. Son visage gonfla et elle devint tout à la fois femme et monstre – la femme demeurant la plus terrifiante.

— Ouh là, mauvaise réponse, mon gars, ironisa Braillard. Encore un peu et il lui expliquait que c'était une affaire d'hommes et qu'elle n'avait pas besoin d'embrouiller sa jolie petite tête avec cette histoire…

— Non, il ne peut pas être aussi stupide, raisonna Furibard.

— Madame Abernathy, reprit A. Laflèche, je me permets d'insister : ce problème est entièrement du ressort du Grand Conseil Démoniaque. C'est-à-dire... hum... un conseil composé de démons qui... hum... assument sans ambiguïté leur statut de démon dans le sens non féminin.

— Je retire ce que j'ai dit, dit Furibard. Il est stupide.

Mais A. Laflèche ne se contentait pas de jouer les éléphants dans un magasin de porcelaine : il s'aventurait à présent dans une boutique de bijoux en ivoire.

— Vous devez bien comprendre que depuis votre... hum... métamorphose et la... hum... disgrâce qui s'est ensuivie, le management nous a informés que vous ne deviez plus être incluse dans nos processus décisionnels.

A. Laflèche lui servit son sourire le plus paternaliste – et le mot est faible.

— Je suis certain que vous avez mieux à faire, comme par exemple...

— Là, il court au casse-pipe, prophétisa Furibard.

— Oh non..., dit Braillard en se protégeant les yeux avec les mains. Je ne veux pas voir ça.

— ... prendre soin de vous ou vous coudre une jolie...

La nature exacte de la jolie chose à coudre fut engloutie par un déluge de feu incandescent jailli de la bouche de Mme Abernathy. Le pauvre A. Laflèche se retrouva instantanément réduit en cendres. Seule une paire de bottes noires fumantes rappelait sa présence.

La colonne de feu tournoya en direction des démons assis à leur établi.

— ET MAINTENANT, QUELQU'UN PARMI VOUS A-T-IL ENVIE DE ME CONSEILLER DE ME MÊLER DE CE QUI ME REGARDE?

Des milliers de têtes se secouèrent en même temps.

— QUELQU'UN PARMI VOUS PRÉFÈRE PEUT-ÊTRE ME DIRE SI UN GARÇON EST PASSÉ PAR ICI? UN PETIT GARÇON AVEC UN CHIEN?

Dans la deuxième rangée d'établis, un diablotin leva la main.

— OUI?

— Mademoiselle, il avait la taille d'un petit garçon, mademoiselle, mais ce n'était pas un petit garçon, mademoiselle.

— Oh! Le rapporteur! dit Roupillard. S'il n'avait pas tous ses copains derrière lui, je lui casserais la figure.

— COMMENT ÇA?

— C'était un petit homme, mademoiselle. Comme A. Laflèche pensait qu'il n'était pas mort, il l'a signalé.

— ET CE PETIT HOMME ÉTAIT SEUL?

— Oui, mademoiselle. Pour autant qu'A. Laflèche puisse en juger.

— TRÈS BIEN. COMMENT T'APPELLES-TU?

— Je n'ai pas de nom, mademoiselle. Je suis juste un diablotin de troisième classe, mademoiselle.

— EH BIEN, TU VIENS DE DÉCROCHER UNE PROMOTION. À PARTIR DE MAINTENANT, TU T'APPELLES B. LAFLÈCHE. LE BUREAU DU CHEF EST À TOI.

— Oh! Merci beaucoup, mademoiselle! Je serai un très bon B. Laflèche, mademoiselle, vous pouvez me faire confiance.

Le diablotin quitta sa place et trottina jusqu'au bureau principal tandis que la colonne de feu s'amenuisait pour disparaître bientôt totalement. Il enfila les bottes fumantes d'A. Laflèche. Peu à peu, il se mit à grandir et à changer d'apparence. En quelques secondes, il ressembla comme deux gouttes d'eau à son prédécesseur, funeste barbichette et manières hautaines incluses.

— Allez, au travail tout le monde ! dit B. Laflèche. Le spectacle est terminé.

Il s'installa dans son nouveau siège, posa les pieds sur le bureau et ouvrit le journal. Avec un haussement d'épaules collectif, le reste des petits démons retourna à son labeur de tri, transport et broyage des petits fragments d'os.

— Vous avez vu ça ? demanda Furibard. Cet endroit a besoin d'une bonne révolution ouvrière.

— On attendra un peu pour organiser les premiers meetings, si tu veux bien, répondit Braillard en glissant sur le versant de sable pour rejoindre la fourgonnette avec les autres nains. On doit d'abord trouver un moyen de rentrer chez nous. Je me rappelle maintenant où j'ai déjà vu cette femme : à Biddlecombe. Elle est apparue dans mon rétroviseur, il y a eu un grand éclair bleu et puis, en moins de temps qu'il ne faut pour le dire, on s'est retrouvés ici.

Il marqua une pause, se frotta le menton.

— Il y avait aussi un garçon avec un teckel…

Il se retourna vers la dune comme s'il s'attendait à voir la colonne de feu se reformer et à entendre la femme demander d'une voix effrayante où étaient le garçon et son chien. Lentement, Braillard déplaça les pièces du puzzle dans son cerveau.

— Je me demande…, commença-t-il. Je me demande, je me demande, je me demande si…

13

OÙ L'ON RENCONTRE UN BÉLIER ET QUELQUES AMIS
DE NOUVEAU RÉUNIS

S amuel avait surmonté sa peur et, tenant fermement la laisse de Boswell, décida qu'il fallait trouver rapidement un abri. Le plus proche était cette forêt aux arbres dépouillés et tordus. À mesure que lui et son maître s'en rapprochaient, Boswell frissonnait. Il finit par poser fermement son derrière sur le sol. Rien dans ce pays ne lui inspirait confiance – ni les odeurs, ni le paysage, ni les bruits – mais cette forêt lui semblait particulièrement hostile.

— Allons, Boswell! dit Samuel. Moi non plus je n'aime pas trop cet endroit, mais nous ne pouvons pas nous permettre de rester dehors, en plein air, où tout le monde peut nous voir. Et quand je dis «tout le monde», tu me comprends...

Boswell rabattit ses oreilles et baissa la tête. Dire qu'il avait mené si longtemps une existence si normale : se réveiller, sortir se promener, renifler l'air et faire ses besoins, manger un morceau, jouer un peu, faire une sieste, se réveiller, et ainsi de suite. S'il avait su que les humains parlaient d'une «vie de chien» pour qualifier une vie pénible, il se serait posé des questions. Pour Boswell, une vie de chien était absolument parfaite. Les complications venaient toujours des humains ; des humains et de ces affreuses créatures à cornes et à grandes dents qui empestaient le brûlé. C'était justement cette odeur qui saturait ses sens en cet instant. Cette forêt était leur repaire et Boswell la détestait.

Samuel tira sur la laisse et, à contrecœur, Boswell reprit sa marche trottinante à côté de son maître. Les branches d'arbres se rejoignaient au-dessus de leur tête comme si, en s'entrelaçant, elles se prodiguaient une étreinte consolatrice. L'écorce des troncs était grêlée de trous comme autant d'yeux et de bouches, formant des visages aux expressions tordues par la douleur. Samuel entendit des murmures de feuilles comme si un souffle de vent les avait animées.

Mais il n'y avait pas de vent, pas plus qu'il n'y avait de feuilles.

— Mon garçon…, dit une voix. Mon garçon, aide-moi.

— Mon garçon…, dit une autre voix, féminine celle-là. Libère-moi.

— Mon garçon…

— Mon garçon…

— Aide-moi…

— Non, moi, aide-moi…

— Mon garçon, je suis ici depuis longtemps, si longtemps…

Les bouches dans les troncs d'arbre s'élargissaient, béantes, et les yeux s'agitaient dans les orbites d'écorce. Les branches remuaient, cherchant à saisir Samuel. L'une d'elles s'accrocha dans son blouson. L'autre tenta de lui arracher la laisse des mains.

— Mon garçon, ne nous abandonne pas…

— Mon garçon, écoute-nous…

La forêt se refermait derrière lui, les arbres formant un mur impénétrable qui lui bloquait toute possibilité de retraite. Samuel ramassa Boswell, le glissa sous son blouson pour le protéger et s'élança, courant de toutes ses forces malgré les branches lacérant son visage, éraflant son pantalon ou essayant de le faire trébucher. Ils n'auraient pas dû pénétrer dans cette forêt. C'était une grave erreur, et impossible de faire demi-tour! Fonçant tête baissée, Samuel ne voyait même plus dans quelle direction il courait. Les voix ne cessaient de l'appeler, tour à tour suppliantes, menaçantes, enjôleuses… Tout, elles pouvaient lui donner tout ce qu'il voulait si seulement il mettait un terme à leurs souffrances.

Une créature apparut devant Samuel et une voix dit: «Arrière!»

Aussitôt, les arbres se turent et s'immobilisèrent. Samuel leva les yeux et vit une sorte d'animal bossu à la bouche déformée, aux dents émoussées, et dont la tête couverte d'une fourrure blanche hirsute était surmontée de deux cornes abîmées et tordues. Samuel mit quelques secondes à s'apercevoir qu'il s'agissait d'un bélier, mais d'une espèce particulière puisqu'il se déplaçait sur ses pattes de derrière. Les sabots de ses pattes antérieures avaient muté pour s'affiner en deux paires de longs doigts osseux. L'une d'elles tenait une longue perche. Le pelage broussailleux de l'animal était infect et dégageait une puanteur à la fois âcre et humide.

Des profondeurs de la forêt s'éleva une autre voix, grave et sinistre.

— De quel droit veux-tu ce garçon?

Les branches des arbres s'écartèrent comme des courtisans au passage d'un roi et Samuel vit un énorme chêne noueux dont les racines enchevêtrées lui rappelaient désagréablement un nid de serpents. C'est cet arbre qui avait parlé. Deux trous dans son tronc et une profonde entaille irrégulière formaient ses yeux et sa bouche. Quand il parlait, un gaz putride s'échappait de l'entaille, où l'odeur du pourrissement végétal se mêlait à une autre odeur plus terrible : celle du lent pourrissement non végétal.

— Et toi, de quel droit le réclames-tu ? demanda le bélier. Ce n'est qu'un enfant.

— Et il pourrait nous aider. Il pourrait nous libérer.

— Et comment cela ? Votre métamorphose est éternelle. Il ne peut rien pour vous.

— Donne-lui une hache et laisse-le nous abattre. Qu'il nous réduise en échardes, en sciure…

— Et ensuite ? Vous croyez que les lois des mortels s'appliquent encore à vous ? Le Mal Suprême recommencerait depuis le début et s'amuserait à vous donner des formes encore plus grotesques. Loin de la faire cesser, cela ne ferait qu'intensifier votre souffrance.

— Alors laisse-nous l'enfant, qu'il nous tienne compagnie. Nous pourrons contempler sa beauté et elle nous rappellera que, nous aussi, nous avons été beaux.

Le bélier rit d'un bêlement sourd.

— Tu pourras surtout déchaîner ta colère contre lui et le laisser pourrir lentement dans ton tronc. Il est perdu mais il n'est pas maudit : il n'a rien à faire ici et il n'a rien à faire avec toi.

Le chêne parut gronder et Samuel eut la vision soudaine de son âme tiraillée et tourmentée.

— Nous ne t'oublierons pas, Vieux Bélier. Nos racines grandiront, nos branches s'aiguiseront et nous nous rapprocherons de toi. Bientôt, tu te réveilleras dans ton antre et tu t'apercevras que nous t'encerclons, et nos bras te happeront et nous prendrons plaisir à fouiller ton corps avec nos racines.

— Mais oui, mais oui, répondit l'animal d'un ton dédaigneux. Le Vieux Bélier a déjà entendu cette histoire. Au cas où cela vous aurait échappé, vous êtes des arbres. Votre croissance est si lente que même le Mal Suprême a cessé de jouir de votre souffrance. Continuez de regarder votre reflet dans les mares d'eau stagnante en pleurant sur votre apparence passée. Cet enfant n'a plus rien à faire avec vous.

Il attira Samuel à lui avec sa perche.

— Viens, mon garçon. Laissons-les à leurs murmures.

Samuel obéit mais, en partant, il ne put résister à l'envie de regarder une dernière fois le grand chêne ; l'espace d'un instant, il aurait pu jurer que quelques racines s'étaient soulevées du sol. Mais la forêt se referma bientôt derrière eux et il perdit de vue le vieil arbre.

Pendant ce temps, les elfes de M. Jolitemps (ou les nains, ou toute autre appellation ayant leur préférence) étaient confrontés à un sérieux problème.

Quelqu'un avait volé leur fourgonnette.

— Et tu es certain que c'est bien là que tu l'as garée ? demanda Furibard. Tu sais, rien ne ressemble plus à une dune qu'une autre dune…

— Épargne-moi ce genre de remarque, répondit Braillard. *Nous* l'avons laissée ici. Tous les quatre. Pas seulement moi. Et bien sûr qu'elle était garée ici : on voit encore les marques de pneus.

— Les clés étaient toujours sur le contact ? C'est très imprudent, de laisser les clés sur le contact. Un véritable appel au vol.

Si un volcan pouvait prendre la forme d'un petit être humain et avait été photographié juste avant son éruption, il y a fort à parier qu'il aurait ressemblé à

Braillard en cet instant. Quand il parla, pourtant, il était remarquablement calme. Dangereusement calme, pourrait-on dire.

— Oui. J'ai laissé les clés à l'intérieur.

— Un acte pour le moins négligent, n'est-ce pas ?

— Un acte qui *aurait* été négligent SI LE VOLEUR ÉTAIT BIEN PARTI EN CONDUISANT LA FOURGONNETTE !

Les nains regardèrent l'espace qui, jusqu'à récemment, avait été occupé par un véhicule jaune vif décoré d'une fresque représentant de petites personnes qui ne leur ressemblaient pas du tout — même dans leurs meilleurs jours, et ce jour-ci n'en était vraiment pas un. Les quatre marques de pneus étaient bien visibles dans la poudre d'os, mais aucune trace n'indiquait la moindre direction qu'il aurait pu prendre. D'un même mouvement, les quatre nains levèrent la tête, placèrent une main en pare-soleil sur leurs yeux et scrutèrent les cieux maussades dans l'espoir d'y apercevoir leur fourgonnette.

— Je n'arrive pas à croire que quelqu'un nous l'a fauchée ! se lamenta Roupillard. Ce n'est pas comme si on l'avait laissée toutes portes ouvertes au milieu d'un lotissement ; on est en plein désert ! Quel genre de délinquants traînent par ici ?

— On est en Enfer, fit remarquer Furibard d'un ton lugubre. Un lieu sans doute rempli de gens qui voleraient tes pieds s'ils n'étaient pas attachés à tes jambes.

— Peut-être, oui…, admit Roupillard. N'empêche, c'est comme ça que les mauvaises réputations naissent et découragent les visiteurs.

— Flijmailazoindeux, observa Bredouillard.

— Tu as raison, dit Braillard. Les flics ne sont jamais là quand on a besoin d'eux.

Remarque quelque peu ironique dans la mesure où 1) les nains de M. Jolitemps n'étaient pas du genre à avoir envie d'attirer l'attention de la police, 2) ce n'étaient généralement pas les nains de M. Jolitemps qui appelaient la police à l'aide mais d'autres gens désireux d'être protégés des nains de M. Jolitemps.

À cet instant, comme au cinéma, une voiture de police apparut au sommet d'une dune, tous gyrophares allumés.

— La vache ! siffla Braillard. Ils sont efficaces, par ici, il faut le reconnaître.

Braillard plissa les yeux pour mieux voir la voiture tout en redescendant prudemment la dune.

— Vous savez, je peux me tromper mais je suis presque sûr d'avoir déjà vu ces flics quelque part...

La voiture s'arrêta. Les portières s'ouvrirent. D'un côté surgit le sergent Rowan, de l'autre l'agent Peel. Tous deux jetèrent aux nains un regard sombre. Sur leur visage étaient gravés les souvenirs des récents incidents : ivresse sur la voie publique, vol de véhicule (dont une ambulance et un bus), incendie, effraction (notamment dans le Petit Monde des Animaux de Biddlecombe, avec vol d'une femelle pingouin et de deux furets utilisés par la suite comme armes) et enfin, cerise sur le gâteau, vol d'une casquette d'agent de police, en l'occurrence Peel, donnée à la femelle pingouin et aux furets pour qu'ils y fassent leurs besoins. Le point commun de toutes ces infractions était qu'elles avaient impliqué, à des degrés divers, un ou plusieurs nains de M. Jolitemps, comme vous l'avez deviné.

— Oh non ! s'exclama Braillard en associant les deux policiers à cette série d'incidents malheureux. Alors c'est vrai : on est bien en Enfer !

14

Où les forces de l'ordre font régner leur loi

L'agent Peel et le sergent Rowan se sentaient profondément malheureux. D'abord, ils avaient été aspirés à travers un portail interdimensionnel, expérience ô combien douloureuse. Puis ils avaient repris conscience pour tomber nez à nez avec un démon à la peau rose et à trois têtes, avec beaucoup trop d'yeux et une bouche au niveau de l'estomac qui avait avalé le haut-parleur sur le toit de leur voiture. Ensuite, un diablotin portant un seau rempli de sable blanc était passé devant eux, les saluant d'un petit geste de la main, avant de disparaître derrière une dune. Un autre diablotin avait suivi, puis un autre, et encore un autre, tous identiques et transportant du sable dans un seau. Les tentatives de dialogue à base d'ouvertures aussi éprouvées que « Qui êtes-vous ? », « Où sommes-nous ? » ou bien « Qu'est-ce que vous faites avec ce seau ? » avaient échoué.

— Devinez quoi, agent Peel ? demanda le sergent Rowan devant l'interminable défilé de démons qui, tous, les saluaient joyeusement.

— Je n'ai pas envie de deviner, sergent.

— Quoi ?

— Je veux dire : je n'ai pas envie d'entendre ce que vous allez dire parce que je sais ce que vous allez dire et je sais que je n'ai pas envie de l'entendre. Donc, si ça ne vous dérange pas, je préfère enfoncer mes index dans mes oreilles et fredonner une jolie petite chanson.

Et il s'exécuta, jusqu'à ce que le sergent Rowan lui fasse signe d'arrêter.

— Allons, mon vieux, inutile de dramatiser ! Nous devons regarder la vérité en face.

— Je ne veux pas regarder la vérité en face. La vérité est moche. La vérité est en train d'escalader cette dune en transportant un seau. La vérité a trois têtes et a volé notre haut-parleur.

— Ce qui signifie… ?

L'agent Peel paraissait sur le point d'éclater en sanglots.

— Vous allez m'expliquer que le portail s'est ouvert à nouveau et que toutes sortes d'horribles créatures vont en sortir…

Le sergent Rowan le regarda en souriant.

— Ce n'est pas du tout ce que j'allais vous expliquer, mon vieux.

— Vraiment ?

— Vraiment. Ce que nous vivons en ce moment n'a rien à voir.

— Vous en êtes certain ?

— Quasiment.

— Oh ! souffla l'agent Peel avec un sourire de soulagement. Oh, merci, mon Dieu ! Ouf… quel idiot, pas vrai ?

— Je ne vous le fais pas dire, mon vieux.

— Dire que je voyais déjà le portail ouvert, des morts vivants, des monstres qui envahissaient la Terre et essayaient de nous dévorer, ce genre de chose… Vraiment, j'ai l'air malin !

— Ça oui, vous avez l'air malin… Alors qu'en fait aucun monstre ne va surgir du portail.

— J'aime mieux ça, dit l'agent Peel.

Puis il pensa aux paroles du sergent.

— Mais tout de même… Et cette créature qui a volé notre haut-parleur ? Et les petites bestioles rouges avec leur seau ?

— Elles n'ont pas traversé le portail. Aucune d'elles.

— Pourquoi ça ?

— Parce qu'elles étaient déjà ici. C'est *nous* qui avons traversé le portail, agent Peel, pas elles. Nous sommes en Enfer.

L'un dans l'autre, songea le sergent Rowan, l'agent Peel avait relativement bien pris la nouvelle, une fois terminées ses jérémiades. Ils avaient décidé de s'écarter de la procession de démons-porteurs-de-seaux, polis certes mais peu communicatifs, et de partir à la recherche de quelqu'un qui pourrait répondre simplement à leurs questions. C'est ainsi qu'ils avaient fini par tomber sur quatre nains au pied d'une dune, occupés à se gratter le crâne en regardant le ciel. Ils étaient peut-être en Enfer, mais ils n'étaient pas les seuls. Et, heureuse coïncidence, il n'existait sans doute aucun délinquant au monde qu'ils souhaitent voir en Enfer plus que les nains de M. Jolitemps…

— Tiens, tiens, tiens ! lança le sergent Rowan en les voyant avec plaisir chercher du regard une échappatoire. Comme on se retrouve…

— Ma foi, on dirait bien les célèbres nains de M. Jolitemps, sergent.

— Ah oui ? Eh bien ça alors ! Corrigez-moi si je me trompe, agent Peel, mais ne s'agit-il pas justement de ces nains qui vous ont volé votre casquette pour permettre à deux furets de s'y soulager?

— Deux furets *et* une femelle pingouin, sergent.

— Ah oui, la femelle pingouin. Je l'avais presque oubliée, celle-là. Une certaine Sally, je crois?

— Exact, sergent. Sally le pingouin. C'est surtout ma casquette, qu'elle a salie…

Il sourit à son petit calembour. La perspective de pouvoir se venger des nains de M. Jolitemps le comblait d'aise.

Le sergent Rowan regarda autour de lui.

— Bien, les nains sont là, mais où est passé Jolitemps?

Il se tourna vers les nains et, désignant du doigt Braillard:

— Monsieur Braillard Petitpantalon, vous êtes le meneur de cette bande de clowns, mais où se trouve M. Loyal?

— Il nous a abandonnés, répondit le nain.

— Difficile de lui en vouloir, dit le sergent.

— Il ne nous aime plus, gémit Roupillard.

— C'est déjà surprenant qu'il ait pu vous aimer.

— Frapluchon! s'insurgea Bredouillard.

— Si vous le dites…

— Nous sommes de petits humains, geignit Furibard.

Dans un effort pour paraître triste, il écarquilla les yeux et tenta en vain d'y faire vaciller une larme.

— Si petits et si seuls dans ce vaste monde…

Tête baissée et lèvres tremblantes, ses camarades regardaient les deux policiers d'un air suppliant.

— Non, vous n'êtes plus seuls, répondit le sergent d'une voix consolatrice en posant la main sur l'épaule de Furibard. Nous sommes là, maintenant. Et vous êtes en état d'arrestation.

15

Où le Vieux Bélier révèle certains aspects de ce monde

L e Vieux Bélier guida Samuel et Boswell à travers les mauvaises herbes et les ronces, défrichant au besoin un passage avec sa perche quand ils ne pouvaient plus avancer. À l'orée de la forêt, les arbres paraissaient plus petits. Le Vieux Bélier les appelait les « nouveaux arrivants ». Leur tronc laissait toujours apparaître un visage, mais leur expression n'était pas furieuse ou haineuse, juste décontenancée, et leurs bras étaient trop courts, trop frêles, pour représenter un danger.

— Les choses laides grandissent vite ici, expliqua le Vieux Bélier. Chaque fois que le Vieux Bélier traverse la forêt, le Vieux Bélier doit se frayer un passage parmi de nouvelles pousses. La forêt se ligue contre lui, mais le Vieux Bélier ne la laissera pas triompher.

Une habitation en pierre en forme de ruche apparut bientôt. Elle avait d'étroites fenêtres et la porte d'entrée était formée d'un maillage serré de branches et de brindilles. D'un trou dans le toit montait un fin filet de fumée. Au-dessus d'eux, les nuages noirs se heurtaient puis se dispersaient, striant le ciel de lueurs blanches, rouges et orangées. Comme avec les arbres de la forêt,

Samuel croyait y voir des visages, leurs joues gonflées par le vent, leur bouche crachant des éclairs dans un grondement de tonnerre, tout cela se formant, tournoyant et se reformant dans un grand tumulte de bruits et de lumières.

Le Vieux Bélier suivit le regard de l'enfant.

— Eux aussi, comme les arbres, étaient des humains. Le ciel est rempli d'âmes furieuses transformées par le Mal Suprême en nuages orageux, afin qu'elles continuent de se battre et de vociférer pour l'éternité.

— Et les arbres ?

— Ils renferment l'esprit des gens vaniteux. Tout ce que tu verras ici a une fonction précise, un rôle à jouer. Le Mal Suprême offre à chaque âme le choix de rallier ses troupes pour devenir un démon et de prendre part à l'essence de ce monde. La plupart préfèrent rejoindre ses rangs, mais ceux qui finissent dans le ciel ou dans la forêt sont trop colériques ou orgueilleux pour accepter de le servir. Il a donc imaginé un châtiment approprié…

— Pauvres gens, dit Samuel et Boswell geignit à son tour.

Le Vieux Bélier secoua la tête.

— Tu dois bien comprendre que seuls les pires des hommes sont envoyés ici : ceux que la haine a poussés à commettre des crimes et qui n'en ont jamais éprouvé ni chagrin ni remords ; ceux qui étaient tellement obsédés par leur propre personne qu'ils tournaient le dos aux souffrances des autres et les abandonnaient à leur sort ; ceux dont l'avidité affamait leurs semblables et provoquaient leur mort. Ce lieu est fait pour de telles âmes. Ailleurs, elles ne trouveraient jamais la paix. Ici, on les comprend. Ici, leurs fautes ont une signification. Ici, ces âmes sont enfin chez elles.

Le Vieux Bélier ouvrit la porte et fit signe à Samuel d'entrer. Samuel s'arrêta un instant sur le seuil. Il était assez grand pour savoir qu'il ne fallait pas faire confiance à des étrangers et le Vieux Bélier était assurément un étranger très étrange. En même temps, il avait arraché Samuel et Boswell des griffes de la forêt et s'ils voulaient échapper à Mme Abernathy pour retourner chez eux, ils avaient besoin d'aide...

Samuel entra dans la demeure du Vieux Bélier. Il n'y avait ni meubles, ni tableaux, aucun signe que ce lieu était habité hormis l'odeur entêtante du Vieux Bélier et le feu brûlant dans un trou creusé dans le sol. Juste à côté, un tas de bois noir attendait d'alimenter le brasier.

— C'est... c'est joli, dit Samuel.

— Non, répondit le Vieux Bélier, mais tu es très poli. Tu trouveras sans doute cela étrange mais, bien que prisonnier dans le royaume du feu, le Vieux Bélier souffre du froid. Le Vieux Bélier n'a jamais faim, ni soif, ni sommeil, mais il a toujours froid. Voilà pourquoi un feu brûle en permanence chez le Vieux Bélier, alimenté par les branches qui tapissent le sol de la forêt. Quand il ne trouve pas de branches par terre, il arrache celles des jeunes arbres. Le Vieux Bélier a besoin de chaleur.

— C'est pour cette raison que les arbres vous détestent? Parce que vous leur coupez les branches?

— Ils détestent tout, mais par-dessus tout eux-mêmes. Mais tu as raison, le Vieux Bélier leur a donné toutes les raisons de lui en vouloir. Faute de mieux, les tourmenter procure au Vieux Bélier une distraction pour rompre la monotonie.

Il s'assit devant le feu, pattes arrière croisées sous lui et pattes avant étendues devant les flammes pour se réchauffer les sabots. Samuel et Boswell prirent place face à lui, l'observant à travers les flammes.

— Si je peux vous poser une question brutale : qu'avez-vous fait pour être envoyé ici ? demanda Samuel.

Le Vieux Bélier détourna le regard.

— Le Vieux Bélier était un mauvais berger. Le Vieux Bélier a trahi son troupeau.

Et il n'en dit pas davantage[1].

Samuel était fatigué et la faim commençait à le tenailler. Il fouilla dans ses poches et trouva une barre de chocolat ainsi qu'une pomme. Autant dire pas grand-chose. Bien que le Vieux Bélier eût expliqué qu'il n'avait jamais faim, Samuel lui proposa d'y goûter. Son hôte ne manifesta aucun intérêt pour le chocolat mais renifla la pomme.

— Le Vieux Bélier se souvient des pommes, dit-il et la tristesse perçait dans sa voix comme dans ses

---

1. Cette remarque laisse supposer que le Vieux Bélier était jadis un prêtre ou un pasteur. Qui sait ? Il s'agissait peut-être même d'un pape car, au fil des temps, l'Église a été dirigée par des papes vraiment peu recommandables. Alexandre VI, l'un des membres de la tristement célèbre dynastie des Borgia, occupa le trône de saint Pierre de 1492 à 1503 et fut père d'au moins sept enfants. On le décrivait volontiers comme « un loup affamé ». Benoît IX, dont les trois pontificats s'échelonnèrent entre 1032 et 1048, abdiqua à deux reprises en échange de fortes sommes d'or. Il fut chassé de Rome en 1048. Enfin, Étienne VI (896-897) appréciait si peu son prédécesseur Formose qu'il fit exhumer son cadavre et le mit en accusation devant une assemblée d'évêques. Déclaré coupable, Formose fut dépouillé de ses habits sacerdotaux et eut deux doigts coupés avant d'être à nouveau enterré. Mais Étienne, décidément très en colère, ordonna qu'on exhume à nouveau le cadavre et le fit jeter dans le Tibre. Sans doute n'aurait-il pas tardé à envoyer une équipe de plongeurs récupérer le corps pour lui faire subir de nouveaux affronts s'il n'avait été lui-même étranglé en 897 – ce qui laisse à penser qu'il ne valait pas grand-chose en tant que pape.

yeux pâles. Le Vieux Bélier se souvient des poires, des prunes, des grenades. Le Vieux Bélier se souvient… de tout.

— Vous pouvez en prendre un peu, si vous voulez, lui proposa Samuel.

Le Vieux Bélier parut tenté mais se ravisa, comme s'il soupçonnait l'enfant de vouloir l'empoisonner.

— Non, le Vieux Bélier ne veut rien. Le Vieux Bélier n'a pas faim. Mangez, toi et ton petit chien. Mangez.

Il croisa les pattes et, tout à ses pensées, se perdit dans le spectacle des flammes. Comme Boswell n'était pas spécialement amateur de fruits, Samuel lui donna le chocolat et mangea la pomme. Quand il eut terminé, il demanda au Vieux Bélier :

— Comment peut-on retourner dans notre monde ?

Il en avait assez de ce silence. Il s'aperçut que Boswell s'était endormi, la tête posée contre son ventre. Il le caressa doucement, le chien ouvrit les yeux et frétilla de la queue avant de se rendormir.

— C'est impossible, répondit le Vieux Bélier. Nul n'a jamais pu quitter l'Enfer. Pas même le Mal Suprême, et pourtant il a essayé.

— Mais lui et ses démons ont réussi à entrer dans mon monde. Ce qui a été fait une fois peut être répété.

La bouche du Vieux Bélier s'incurva en un simulacre de sourire.

— Mme Abernathy, dit-il, et il bêla de rire. Un démon dont l'idée fixe est de devenir un humain n'est plus un démon. Elle n'a plus de pouvoir. Un autre démon prendra sa place, à moins qu'elle trouve un moyen de faire oublier son échec.

Il jeta un coup d'œil sournois à Samuel.

— Dis-moi, mon garçon, comment vous êtes arrivés jusqu'ici ?

Samuel commença à lui expliquer puis s'interrompit.

— Il y a eu de la lumière, une lumière bleue… Je l'ai vue pendant que je rentrais chez moi avec Boswell, et on s'est réveillés ici.

— Et tu n'as rien vu de plus ? Juste une lumière ?

— Rien de plus, mentit Samuel.

Il préférait ne pas dire au Vieux Bélier qu'il connaissait Mme Abernathy. Sans savoir pourquoi au juste, il avait l'intuition que ce ne serait pas une bonne idée. Le Vieux Bélier hocha la tête et le silence retomba dans la pièce. La chaleur dans la ruche en pierre commençait à être désagréable et la fumée faisait tourner la tête à Samuel. Ses paupières devenaient de plus en plus lourdes. Il remarqua que le Vieux Bélier l'observait et sentit peser sur lui toute l'intensité de son regard. La fatigue s'emparait de lui. Il s'étendit, ferma les paupières et, bientôt, sombra dans le sommeil.

Il rêva. Il rêva que le Vieux Bélier se tenait debout devant lui et saupoudrait les flammes de poussière. Dans les flammes se dessinait alors, précédé d'une odeur âpre et aigre, un visage d'insecte aux yeux noirs.

— Où est ta maîtresse ? demandait le Vieux Bélier, et la créature surgie du feu répondait par des sifflements et des cliquètements que le Vieux Bélier paraissait comprendre. Quand elle reviendra, dis-lui que le Vieux Bélier a un cadeau pour elle. Le Vieux Bélier en a assez de cet exil. Il veut une place d'honneur à sa table. Pour connaître la gloire quand elle recouvrera son pouvoir. Va le lui dire.

Le visage dans les flammes s'évanouit et le Vieux Bélier se rassit. Ainsi s'achevait le songe de Samuel. Mais, quand il ouvrit les yeux, ses narines étaient emplies de l'odeur aigre et il s'aperçut que le Vieux Bélier n'était plus exactement assis à la même place.

— Rendors-toi, lui dit le Vieux Bélier. Tu vas avoir besoin de toute ton énergie. Le Vieux Bélier va t'emmener voir quelqu'un qui peut t'aider, mais d'abord nous devons attendre.

— Pourquoi?

— Parce que nous ne pouvons pas nous remettre en route tout de suite. C'est trop dangereux. Plus tard, ce sera plus sûr.

Samuel se leva. Boswell l'imita.

— Je crois quand même que nous ferions mieux de partir, Boswell et moi. Nous sommes restés trop longtemps.

— Non, non, insista le Vieux Bélier. S'il te plaît, rassieds-toi. Le Vieux Bélier a des choses très importantes à te dire. Tu dois l'écouter.

Mais, sans se retourner, Samuel emmenait déjà Boswell vers la porte. Le Vieux Bélier se releva péniblement et, éclairés par les flammes, ses yeux prirent une teinte rougeoyante.

— Tu dois rester! gronda-t-il. Le Vieux Bélier doit retrouver son pouvoir!

Le tonnerre rugit et un éclair zébra le ciel comme si les âmes tourmentées avaient entendu le cri du Vieux Bélier, mais Samuel crut entendre un autre bruit caché sous le tumulte: le grincement et le gémissement d'une puissante mécanique en mouvement.

Soudain, le Vieux Bélier bougea: il attrapa sa perche et la fit tournoyer en direction de Samuel. Elle manqua de peu sa tête.

— Personne ne part! cria le Vieux Bélier. Personne ne part tant que la Dame Sombre n'est pas arrivée!

Il amorça un nouveau geste tournoyant mais, inclinant la perche dans ses sabots, visa les jambes de Samuel qui trébucha et tomba lourdement. Boswell glapit, aboya, mais le Vieux Bélier se tenait au-dessus de l'animal et de son maître, perche brandie, prêt à l'abattre sur le crâne de Samuel.

Soudain, quelque chose l'arracha des sabots du Vieux Bélier et la perche disparut par un trou dans le toit, tirée par un long morceau de bois sinueux comme un serpent. Toute la cabane se mit alors à vibrer, comme sur le point de s'effondrer : les pierres du plafond chutaient une par une, les murs se couvraient de fissures. Bientôt, des racines et des branches noires surgissaient par les ouvertures, s'enroulaient autour du corps, du cou et des pattes du Vieux Bélier. La porte explosa et Samuel reconnut le visage souriant et rusé du Grand Chêne.

— Vieux Bélier, dit-il, je t'avais mis en garde ! Nous souffrions déjà assez pour que tu ne viennes pas, en plus, nous tourmenter. À présent, c'est nous qui allons décupler ta souffrance.

Le Vieux Bélier se débattait, tentant d'échapper à sa poigne, mais l'arbre était trop fort pour lui. D'autres pierres continuaient de tomber et une ouverture se forma dans un mur près de Samuel. Aussi vite que possible, il prit Boswell sous le bras et se fraya un chemin à travers le trou. Une fois dehors, il se releva et courut de toutes ses forces jusqu'à un rocher suffisamment haut pour les dissimuler. Alors seulement, il risqua un coup d'œil vers la cabane.

Le Grand Chêne surplombait les pierres éparpillées qui formaient l'habitation du Vieux Bélier. Il secouait ses branches en tous sens, ses racines s'entortillaient frénétiquement. Il maintenait en l'air le Vieux Bélier et approcha son visage terrorisé tout près du sien. Le Grand Chêne riait et se moquait de lui. Derrière, les arbres difformes s'agitaient et hurlaient. Leurs cris redoublèrent quand le Grand Chêne retourna dans la forêt avec son butin, et le feu dans les ruines se transforma en un tas de cendres pour la dernière fois.

16

OÙ L'ENFER DEVIENT DE PLUS EN PLUS BIZARRE ET LES SCIENTIFIQUES DE PLUS EN PLUS CURIEUX

Ce n'était pas la première fois que les nains de M. Jolitemps et les forces de l'ordre avaient du mal à s'entendre.

— Vous ne pouvez pas nous arrêter, commença Braillard.

— Objection, intervint le sergent Rowan. Je peux et je vais.

— Mais quelqu'un nous a piqué notre fourgonnette ! Ça ne semble vraiment pas juste de nous arrêter alors que, quelque part, en ce moment, un criminel conduit une fourgonnette volée.

— Moi, ce sont quatre criminels que je vois et ils sont ici. Mieux vaut un nain tout de suite que deux nains dans une fourgonnette... enfin, vous me comprenez.

— Hum, sergent..., intervint Peel.

— Pas maintenant, agent Peel. Je savoure cette minute de triomphe.

— C'est important, sergent.

— Ça aussi.

— Non, je veux dire *vraiment* important.

Sans lâcher Braillard qu'il tenait fermement par le col, Rowan se tourna vers Peel.

— C'est bon, alors, qu'est-ce qui...

Il se tut. Regarda autour de lui.

— Où est passée notre voiture ?

— C'est de ça que je voulais vous parler, sergent. Elle est partie. Quelqu'un nous l'a piquée !

Le sergent Rowan reporta son attention sur les nains qui tous levèrent les mains en un geste d'innocence cette fois sincère.

— Ce n'est pas nous ! protesta Furibard.

— Ça vous fait les pieds, ajouta Braillard. Je vous ai mis en garde, pourtant, contre ce voleur.

— Personne n'a rien vu ? demanda Rowan.

— On était trop occupés à se faire arrêter, sergent, ironisa Roupillard. À voir nos droits bafoués.

— Aucjuctionfer ! dit Bredouillard.

— C'est vrai, renchérit Braillard : votre juridiction ne s'étend pas à l'Enfer. À la seconde où vous nous avez empoignés par le col, vous nous avez agressés. On va vous traîner en justice !

Le sergent Rowan brandit le poing pour indiquer que, s'ils voulaient vraiment le traîner en justice, il allait leur en donner une bonne raison et ajouter à la liste de ses crimes «coups et blessures portés vigoureusement sur une personne de petite taille».

— Du calme, du calme..., dit Braillard. La violence ne rendra service à personne. Écoutez, au fond nous voulons la même chose, pas vrai ? Retrouver nos véhicules et rentrer chez nous.

Une expression de profond chagrin se peignit sur les traits de Roupillard.

— La picole !

— Quoi ? demanda l'agent Peel.

— Les dernières bouteilles de Spiggit's : elles étaient dans la fourgonnette ! Il n'y en a plus… Ô, sort cruel !

Roupillard tomba à genoux et se mit à sangloter – spectacle suffisamment émouvant pour que l'agent Peel lui donne une tape dans le dos et lui propose un mouchoir en papier.

— Allons, là… Un mal pour un bien. Ce truc, là, ça peut rendre dingue. Et aveugle.

Roupillard se ressaisit. Peel l'aida à se relever. Ensemble, ils écoutèrent une (mauvaise) interprétation de «Combien pour ce chien dans la vitrine ?» sur ce qui ressemblait à des sonnettes de vélo.

— Et moi j'ai l'impression que toute cette bière me donne des hallucinations auditives, monsieur l'agent, lança Roupillard.

— Non, moi aussi j'entends ce que vous entendez, et pourtant je n'ai jamais bu une goutte de Spiggit's.

— Je crois que tout le monde entend la même chose, dit le sergent Rowan tandis qu'une camionnette de marchand de glaces débouchait de derrière une dune et venait s'arrêter devant le petit groupe.

Sur le toit du véhicule, un mannequin en plastique portant une casquette à visière et dégustant un cornet de glace en plastique affichait un sourire de dément. Sur la casquette était écrit en lettres rouges : «Le Roi des Cônes».

Le conducteur baissa sa vitre. Ses lunettes aux verres très épais lui donnaient l'apparence d'une chouette en blouse blanche.

— Bonjour ! dit-il. C'est par où, la mer ?

— Quoi ? demanda Roupillard.

— C'est par où la mer ?

L'homme plissa les yeux en regardant le nain.

— Eh, mon bonhomme, tu veux une glace ? C'est seulement une livre. Deux livres avec copeaux de chocolat.

Roupillard s'apprêtait à envoyer un uppercut au conducteur coupable d'avoir osé le prendre pour un enfant, mais sa colère trouva une autre manière de s'exprimer.

— Deux livres avec copeaux de chocolat ? Vous voulez rire ! À ce prix-là, ce sont au moins des copeaux en or pur, non ?

— Des copeaux du meilleur chocolat, fiston. Le meilleur.

— Écoutez, mon vieux, pour une livre de plus je veux un *bain* de chocolat. Et arrêtez de m'appeler «fiston», je suis un nain.

— Mais oui, fiston. Et maintenant, tu peux me dire par où est la mer ?

Roupillard se retourna vers les nains.

— Je vais me le faire, je vous jure ! S'il m'appelle encore «fiston» ou «mon bonhomme», c'est moi qui le réduis en copeaux !

Les nains et les deux policiers se rapprochèrent de la camionnette.

— Je prendrai deux boules chocolat, s'il vous plaît, demanda l'agent Peel.

— Pas maintenant, intervint le sergent. Vous êtes, monsieur… ?

— Dan, répondit le conducteur. Dan-le-Marchand-de-Glaces. C'est mon nom d'artiste, je l'ai changé officiellement quand j'ai acheté la camionnette. Ça sonnait bien, je trouvais…

— Bon, monsieur Dan… Avez-vous la moindre idée de l'endroit où vous vous trouvez ?

— Sur une plage ?

— Pas exactement, non. Ce n'est pas une plage.

— Ah ? Même pas à marée basse ?

— Marée basse au Sahara, alors, railla Roupillard.

— Ça me semblait un peu grand, c'est vrai, admit Dan.

— Vous êtes en Enfer, expliqua le sergent Rowan.

— Nooon ! Je suis juste à côté de Biddlecombe.

— Plus maintenant. Vous vous rappelez une lumière bleue ? L'impression que chaque parcelle de votre corps était pulvérisée ?

— Quelque chose comme ça, oui. Je pensais juste avoir pris un drôle de tournant...

— Un drôle de tournant vers l'Enfer, oui. La même mésaventure nous est arrivée.

Dan réfléchit quelques secondes.

— En Enfer, il fait chaud, pas vrai ?

— Une chaleur infernale, à ce qu'on dit, ironisa Roupillard.

Le visage de Dan s'illumina.

— Alors c'est un bon endroit pour vendre des glaces !

Les nains et les policiers le regardèrent. À l'évidence, Dan, Dan-le-Marchand-de-Glaces, était un incurable optimiste. Si ses chaussures prenaient feu, il y ferait griller des guimauves...

— Qu'est-ce que vous faisiez avant de vendre des glaces ? demanda Furibard.

— Fossoyeur.

— Un changement de rythme plutôt agréable, j'imagine ?

— Oh oui, fantastique ! Je sors, je rencontre des gens. Bon, je rencontrais aussi des gens quand j'étais fossoyeur mais j'étais souvent le seul à parler...

Il pressa joyeusement son klaxon.

— Bon, si personne ne veut de mes glaces, je repars !

— Attendez, attendez ! intervint le sergent. Vous ne semblez pas avoir saisi toute la gravité de la situation. Vous êtes en Enfer. L'agent Peel et moi-même avons une certaine expérience de ce monde-là et nous pouvons vous garantir formellement que votre activité de vendeur de glaces risque par ici d'être très brève. Elle se terminera sans doute par une rencontre avec une créature énorme qui vous grignotera comme une vulgaire sucette…

— Et ça ne vous plaira pas, ajouta l'agent d'un ton solennel. Ça fait très mal.

— D'autre part, vous avez peut-être remarqué que l'agent Peel et moi-même sommes coincés ici. Par conséquent, nous nous voyons obligés de réquisitionner votre camionnette afin de… nous décoincer.

— Formidable ! s'exclama Dan. Ça me fera de la compagnie.

— Et nous ? demanda Braillard.

— Vous n'avez qu'à réquisitionner votre propre camionnette de vendeur de glaces, suggéra l'agent Peel.

— Ah oui ? Et quelles sont les probabilités, selon vous, pour qu'on en croise une autre dans les parages ?

— Elles sont plutôt minces, il faut bien l'admettre.

Mais l'agent Peel ne semblait pas le moins du monde troublé par ce constat.

— Allez, vous ne pouvez pas nous abandonner ici ! Il pourrait nous arriver des problèmes…

— C'est un peu ce que j'espérais.

— Ce n'est pas très gentil de votre part.

— Vous auriez dû y penser avant de forcer Sally à uriner dans mon chapeau.

Le sergent Rowan intervint.

— Agent Peel, quoique fortement tenté d'abonder dans votre sens, je crois que notre devoir de policiers est d'assurer la sécurité des citoyens, même quand ils sont aussi malveillants et criminels que cette petite bande. Entendu, tout le monde à l'arrière ! Je m'installe devant, à côté de M. Dan, et on va faire en sorte de rentrer à la maison, d'accord ?

Les nains et l'agent Peel obéirent car le sergent avait le don pour se faire obéir. Même pris au piège dans ce lieu où il est généralement admis que personne n'a envie de se retrouver un jour, sans aucune idée sur la façon dont ils avaient atterri là ni sur le moyen de s'en échapper, ils étaient d'accord pour suivre le sergent Rowan car il incarnait l'Autorité. Une certaine *gravitas*, c'est-à-dire « force de caractère » pour ceux d'entre vous qui n'ont pas de dictionnaire sous la main.

Il avait aussi une imposante matraque qu'il agitait d'un air entendu pour encourager les nains à prendre la bonne décision. Dans ce genre de situation, le sergent Rowan s'était aperçu qu'agiter un gros bâton se révélait étonnamment efficace.

Pendant ce temps, de retour dans la petite pièce où étaient censés s'entreposer balais et produits d'entretien, le Pr Hilbert menait une conversation animée avec Victor et Ed. Il venait d'avoir le même genre de conversation avec le Pr Stefan à la suite d'une petite perte d'énergie constatée peu après la remise en route du collisionneur. Hilbert avait eu l'impression que le Pr Stefan avait frôlé la crise d'hystérie en songeant qu'une horde de démons pourrait à nouveau surgir sur Terre — hystérie sans doute provoquée autant par sa peur bien compréhensible d'être dévoré que par la perspective d'être tenu pour responsable si les portes de l'Enfer s'ouvraient une fois de plus… Il avait fallu toute la force de persuasion du Pr Hilbert pour convaincre son confrère de ne pas éteindre le collisionneur — en tout cas pas tout de suite. À présent, enfermé avec Victor et Ed dans la remise à balais, il utilisait un autre de ses talents, en l'occurrence la capacité à malmener en douceur ses employés pour obtenir d'eux ce qu'il voulait.

Le Pr Hilbert croyait fermement en la théorie des « mondes cachés », selon laquelle d'autres univers existeraient en dehors de celui accessible à nos sens. Il avait aussi la conviction que les experts en physique des particules passaient beaucoup trop de temps à s'interroger sur la nature des atomes, la diffraction de la lumière ou autres phénomènes terre à terre propres au monde réel et pas assez à spéculer sur la nature des mondes qui peuvent exister ailleurs.

Voilà ce qui l'intéressait : on sait que tout ce que nous voyons autour de nous est constitué de particules élémentaires et que diverses forces comme la gravité permettent au processus global de l'existence de se dérouler sans accroc — sans que les gens flottent dans l'éther ou se réduisent en un clin d'œil à de petits tas d'atomes. Maintenant, supposons qu'il existe d'autres particules et d'autres forces à l'œuvre en même temps que les nôtres mais que nous serions incapables de percevoir car elles sont situées au-delà de nos pouvoirs de perception. Cela signifierait que le cosmos est beaucoup plus complexe et intéressant que nous l'imaginons.

D'une certaine façon, nous savons déjà qu'il existe des forces cachées dans notre propre univers car nous voyons seulement 4 % de ce qui compose le cosmos.

Environ 70 % forment ce qu'on appelle l'«énergie noire» : c'est grâce à elle que notre univers est en perpétuelle expansion et propulse les galaxies toujours plus loin les unes des autres. Les 25 % restants constituent la «matière noire», seulement décelable par son effet sur la masse et la gravité des galaxies. Cette matière noire pourrait faire partie d'un monde caché. Or, s'il y a matière, il peut y avoir, en théorie, des planètes et de la vie – de la vie noire –, dans l'hypothèse où les forces mises en œuvre sont suffisamment puissantes pour maintenir tous ces éléments ensemble, à l'instar de ce qui se passe dans notre univers. Que sait-on de cette matière noire ? Eh bien, qu'elle ne se refroidit jamais car, si elle refroidissait, elle libérerait de la chaleur et nous serions capables de la détecter.

Hum… Un monde caché. Une vie noire. De la chaleur… Vous commencez à comprendre où le Pr Hilbert voulait en venir ? Ed et Victor le comprenaient, eux, et, histoire de lever leurs derniers doutes, le professeur écrivit un mot en lettres capitales sur une feuille de papier, puis la tendit aux deux hommes.

L'ENFER

— Supposez qu'en réalité ce portail ne nous relie pas à l'Enfer, car toutes ces histoires d'Enfer et de diable sont absurdes, de simples mythes. L'Enfer n'existe pas, pas plus que ce «Mal Suprême». Ce sur quoi ouvre ce portail, c'est un monde de matière noire rempli de vie noire et le collisionneur est notre seule façon d'y avoir accès. Si on l'éteint, on tourne le dos à la plus grande découverte scientifique de notre ère – de n'importe quelle ère – et on met en danger l'avenir du

Collisionneur linéaire mondial[1]. Alors que, souvenez-vous bien de ce que je vais vous dire, cela peut valoir un prix Nobel!

— Pour nous aussi? demanda Ed.

— Non, répondit le professeur. Mais si je le remporte, je vous donnerai un jour de congé et un panier de muffins.

— Et pour la perte d'énergie, qu'est-ce qu'on fait? s'enquit Victor, conscient qu'ils avaient à peu près autant de chances de partager le potentiel Nobel du Pr Hilbert que de se faire pousser des plumes et de remporter le concours du «Plus Beau Perroquet».

Le professeur eut ce sourire fou du scientifique juste avant que la foudre s'abatte, réveillant le monstre

---

1. Le Collisionneur linéaire mondial (CLM) est la prochaine étape dans la recherche menée par les physiciens pour découvrir la nature de notre univers et, peut-être, d'autres univers. Il s'agirait d'un tunnel en ligne droite d'une longueur de trente et un kilomètres, dans lequel des électrons et des positrons (les anti-particules associées aux électrons) propulsés de chaque extrémité du tunnel se percuteraient à 99,9999999998 % de la vitesse de la lumière. Leurs collisions étant plus précises que dans le Grand Collisionneur de Hadrons, elles permettraient de répondre avec plus d'exactitude à ces grandes questions scientifiques : que s'est-il passé pendant le Big Bang? Combien l'espace compte-t-il de dimensions? Quelles sont la nature et la fonction des différentes particules subatomiques? Et à quoi ressemble le boson de Higgs, cette particule théorique qui donne sa masse et sa gravité à la matière? Tout cela est fort sympathique, mais le Grand Collisionneur de Hadrons a déjà coûté sept milliards de dollars, et la construction du CLM se chiffrerait sans doute aux alentours de la même somme. Ramené à l'univers des scientifiques, c'est un peu comme si vos parents économisaient des bouts de chandelles pour vous acheter le dernier jeu vidéo à la mode et que vous leur annonciez, le jour de votre anniversaire, qu'un autre jeu bien plus sophistiqué va sortir dans six mois mais que vous vous contenterez de celui-ci en attendant. Quels ingrats, ces scientifiques…

fabriqué à partir de fragments de cadavres qui part alors à la recherche du savant coupable de l'avoir branché au générateur principal et illuminé comme un sapin de Noël.

— Mais c'est la bonne nouvelle, justement! s'exclama-t-il. Cette perte d'énergie, c'est *exactement* ce qui doit se produire.

— À partir du vide absolu?

Victor ne paraissait pas convaincu.

— C'est ce que j'ai expliqué au Pr Stefan, dit Hilbert. Nous cherchons le boson de Higgs, pas vrai?

— Exact, répondit Victor en pensant « Il a pété un plomb ».

— Et nous savons que le boson de Higgs peut jouer le rôle de trait d'union théorique entre notre monde et l'univers caché, n'est-ce pas?

— En effet.

Il a complètement pété les plombs.

— Et nous supposons que le boson de Higgs, s'il existe, apparaît peu après les explosions dans le collisionneur.

— Tout à fait.

Regardez-le: ce n'est pas un petit vélo qu'il a dans la tête, c'est tout un peloton!

— Eh bien, imaginons que cette perte d'énergie est naturelle. Imaginons qu'au fil de sa dégradation dans le collisionneur, le boson de Higgs libère des particules d'un autre monde – de la matière noire? Le collisionneur associerait cette dégradation à une perte d'énergie alors qu'en réalité, c'est la nature des particules qui s'est modifiée. Il n'y a pas de perte d'énergie parce que les particules sont toujours là. Simplement, on ne peut plus les voir.

Victor le scrutait du regard, bouche bée. Le Pr Hilbert était vraisemblablement fou, mais Victor commençait à le soupçonner d'être un fou *brillant* car sa théorie se révélait en fin de compte très intéressante.

— Vous avez parlé de tout ça au Pr Stefan ? demanda Ed, qui voyait les ambitions du Pr Hilbert du même œil que son collègue mais se réjouissait tout de même d'être un engrenage dans la machinerie qui devait aboutir au Nobel — parce qu'au fond il était d'une nature modeste mais aussi parce qu'il adorait les muffins.

— Dans les grandes lignes, oui, répondit Hilbert[1].

Victor et Ed comprirent aussitôt que, dans l'esprit du professeur, un seul nom se verrait attribuer le prix

---

1. Avec un dictionnaire bilingue Mensonge Vérité, la traduction donnerait quelque chose comme : «Non, je ne lui ai presque rien dit, juste assez pour pouvoir continuer de me consacrer à ma quête ultime sans qu'il se préoccupe de savoir quel costume il mettra pour la cérémonie de remise du prix Nobel car *il n'ira pas !* Je serai le seul à y aller. Juste moi. Ça vous pose un problème ? Je ne crois pas, non. Le prix est pour moi, pour moi seul ! Ah ah ah ah ah !» *Le rire devient de plus en plus dément. Des hommes en blouse blanche arrivent, annonciateurs de cellule capitonnée, de repas quotidiens sous forme de gélules et de disparition de ces méchants coins contre lesquels on pourrait se cogner le genou et se blesser.* Dans d'autres aspects de la vie, vous pouvez tomber sur des traductions telles que : «Le chèque est parti au courrier» («Il y a peut-être un chèque au courrier, mais ce n'est pas votre chèque et n'espérez pas qu'il atterrisse dans votre boîte aux lettres»). «Je vais y réfléchir» («Je n'ai pas besoin d'y réfléchir car ma réponse est non»). «Tu ne fais vraiment pas ton âge» («Tu fais bien pire que ton âge, et encore je ne t'ai pas vu à la lumière du jour»). «Vous allez peut-être sentir une petite piqûre» («Seule la mort est plus douloureuse, mais elle dure moins longtemps»). Et, en tête de palmarès, le fameux : «C'est sans danger ! Ce n'est même pas branché.» Phrase généralement prononcée avant une électrocution, l'explosion d'une gazinière ou la perte d'un bras à cause d'une manipulation imprudente du taille-haie.

Nobel, et il n'allait pas risquer de compromettre cette possibilité en partageant ses conclusions avec quelqu'un dont le nom risquait d'éclipser le sien.

— Alors on ne s'inquiète pas de cette perte d'énergie ? demanda Victor.

— Non.

— Et vous pensez que le portail vers l'Enf... vers ce monde invisible risque de s'ouvrir à nouveau ?

— La perte d'énergie n'est en rien comparable à celle de la dernière fois.

Réponse qui n'avait qu'un lointain rapport avec la question posée.

Ed et Victor échangèrent un coup d'œil.

— Deux paniers de muffins, dit Ed. Chacun.

Le Pr Hilbert eut un sourire carnassier.

— Vous êtes durs en affaires...

17

OÙ LE VRAI VISAGE DES CONSPIRATEURS
EST DÉVOILÉ – ET CE N'EST PAS JOLI À VOIR

M me Abernathy était dans son élément : assise dans son antre, elle écoutait les démons qui venaient parader devant elle dans l'espoir de regagner sa faveur. Même Chelom, le démon araignée, et Naroth, le plus énorme des démons crapauds, cherchaient à se placer auprès d'elle alors qu'ils l'avaient fuie après l'échec de l'invasion. Elle aurait voulu les punir de leur déloyauté, mais elle réfrénait ses envies. C'était une bonne chose qu'ils reviennent auprès d'elle et elle avait besoin d'eux. Plus tard, elle réglerait violemment le sort de ceux qui l'avaient abandonnée, ne serait-ce que pour rappeler aux autres les limites de sa tolérance.

Le plan initial de Mme Abernathy avait été de concentrer toutes ses forces sur Samuel et Boswell pour les attirer droit dans son antre. Malheureusement, elle avait dû composer avec plusieurs paramètres, parmi lesquels :

1° la difficulté à verrouiller sa cible d'une dimension à une autre ;

2° un vendeur de glaces ambulant ;

3° une voiture de police ;

4° une fourgonnette remplie de petites personnes inconnues.

Les efforts fournis pour attirer tout ce petit monde en Enfer l'avaient épuisée et elle avait même un moment perdu conscience. À son réveil, elle s'était aperçue qu'elle était incapable de les localiser, du moins jusqu'à ce que l'insupportable Laflèche envoie à ses supérieurs un message qu'elle avait intercepté. Elle avait à présent une idée plus précise de la zone où ceux qu'elle avait piégés par erreur avaient atterri et où, par extension, elle pouvait espérer trouver Samuel Johnson. Mais en Enfer, comme nous l'avons déjà vu, les notions de direction et de géographie sont quelque peu mises à mal; cela revenait donc à dire que l'aiguille était certainement dans une botte de foin, laquelle se trouvait dans un immense champ rempli d'immenses bottes de foin. Ah oui, et l'immense champ se déroule de haut en bas et de gauche à droite, à l'infini. (Un peu en diagonale, aussi.)

Mme Abernathy avait par conséquent besoin d'aide pour partir à la recherche du garçon. C'est pourquoi elle avait préféré ajourner les séances de torture. À la place, elle écoutait ceux qui l'avaient trahie venir plaider leur cause et présenter leurs excuses, puis elle les envoyait aux trousses de Samuel Johnson. La plupart n'avaient rien d'intéressant à lui dire, à quelques exceptions près. L'une de ces exceptions se tenait devant elle en cet instant − même si *se tenir* est sans doute une description exagérée: techniquement parlant, la créature suintait sous le regard de Mme Abernathy et, quand elle cessait de suinter, toutes sortes de substances continuaient de s'écouler de ses pores comme pour annoncer l'imminence d'autres suintements. La créature ressemblait à une limace translucide aspirant à devenir quelque chose d'un peu plus exaltant malgré le double handicap lié à son incontestable constitution gélatineuse et à sa taille d'un mètre qui la rendait tout juste intéressante pour les bestioles gélatineuses légèrement plus petites. Deux yeux dépourvus de tout clignement étaient enfoncés dans ce qui, pour le moment, constituait son visage, que venait compléter une bouche sans dents. La créature portait un haut-de-forme noir qu'elle inclina en guise de salut à l'aide d'une protubérance tentaculaire sortie lentement de son corps à cet effet, avant de le réintégrer promptement.

— Bien le bonjour, m'dame! Ravi de voir que vous avez de nouveau le vent en poupe!

— Vous êtes? demanda Mme Abernathy.

— Monsieur Labouse, pour vous servir, m'dame. Je travaille dans les mines du Désespoir. Pas vraiment mon truc, d'ailleurs. Le désespoir, je ne connais pas! Pour une masse gélatineuse, j'ai toujours été du genre optimiste. Pour moi, le verre est toujours à moitié plein. Quand on est constitué de gélatine et qu'on ne possède qu'un chapeau, la situation ne peut que s'améliorer, pas vrai?

— Quelqu'un pourrait voler votre chapeau, remarqua Mme Abernathy.

— Certes, certes, mais ce n'était pas *mon* chapeau, à l'origine. Je l'ai trouvé donc, stricto sensu, ce ne serait pas un grand malheur, n'est-ce pas?

— C'en serait un si je prenais votre chapeau, vous fourrais dedans puis vous faisais lentement rôtir au-dessus d'un grand feu.

Labouse prit le temps de la réflexion.

— D'accord, mais au moins j'aurais toujours mon chapeau, non?

Mme Abernathy nota que, dans un avenir proche, il lui faudrait à tout prix faire un exemple de ce M. Labouse pour décourager les autres de porter un regard aussi optimiste sur la vie.

— En attendant, qu'est-ce que vous pouvez faire pour moi ? lui demanda-t-elle.

— Eh bien, je sais suinter. C'est un talent que j'ai beaucoup travaillé. J'ai franchi les étapes une par une : d'abord de simples gouttes, puis un ruissellement plus important, jusqu'à atteindre le suintement continu. On peut dire que j'ai hissé l'art de suinter au plus haut degré de perfection. Mais j'ai bien conscience que la portée d'un tel talent reste limitée dans la plupart des circonstances, si vous voyez ce que je veux dire. N'empêche... je continue d'aller de l'avant !

— Monsieur Labouse, si je vous marchais dessus, cela vous ferait-il mal ?

— Oui. Mais vos semelles seraient pleines de gélatine.

— C'est un prix que je suis prête à payer, sauf si vous me donnez une bonne raison de ne pas le faire.

— Supposez que je vous parle du chancelier Ozymuth, m'dame, et du complot qu'il trame en ce moment contre vous ?

Labouse vit avec plaisir l'expression de profond dégoût peinte sur le visage de Mme Abernathy se transformer peu à peu en expression de léger dégoût assortie d'une pointe d'intérêt.

— Continuez.

— Il se trouve que j'étais présent lors de votre dernière visite dans la montagne du Désespoir, lorsque vous tentiez d'obtenir une audience avec notre maître le Mal Suprême. C'est l'un des avantages des masses gélatineuses suintantes, voyez-vous : on peut se faufiler à peu près partout, s'insinuer dans les plus petits interstices sans jamais se faire remarquer. Bref, j'étais là et j'ai vu ce qui s'est passé après votre départ.

— Que s'est-il passé?

— Quelqu'un a surgi de l'ombre : c'était le seigneur Abigor. Il a félicité le chancelier Ozymuth de savoir si bien faire barrage entre vous et le Mal Suprême et de dire autant de mal de vous à notre maître. À tort, m'empressé-je d'ajouter. Enfin, dire du mal de vous est parfaitement justifié, mais dans le meilleur sens du terme… Puis le seigneur Abigor est reparti et, comme je n'avais rien de mieux à faire que suinter, je l'ai suivi dans les entrailles de la montagne jusqu'à arriver dans une grande salle où tout le monde l'attendait.

— Tout le monde?

— La plupart des seigneurs de l'Enfer. Ils étaient assis autour d'une table et le seigneur Abigor présidait l'assemblée. Ils ont commencé à parler de vous. Le plus drôle, c'est qu'à l'heure où je vous parle, ils se sont à nouveau réunis. Je pensais que ça pouvait vous intéresser. Ou plutôt : j'espérais que ça vous intéresserait…

Le seigneur Abigor paraissait *très* peu impressionné, une sorte d'événement si l'on considère qu'il paraissait généralement peu impressionné – même quand il était impressionné, ce qui était plutôt rare.

— Redis-moi ça ? dit-il au seigneur Duscias qui tremblait devant lui.

— Elle a trouvé un moyen d'atteindre le monde des hommes, répéta Duscias. Elle a attiré quelque chose de leur monde dans le nôtre et, maintenant, elle est à sa recherche.

Abigor n'était pas stupide. On ne se retrouve pas à la tête de soixante légions de démons à force de balourdise. En revanche, Duscias était un démon stupide, mais un démon stupide aux ordres d'Abigor, de sorte que ses vingt-neuf légions étaient aussi, à toutes fins utiles, placées sous le commandement d'Abigor.

— C'est le garçon, dit-il. C'est la seule raison pour laquelle elle prendrait le risque d'ouvrir un nouveau portail sans en informer notre maître. Si elle capture l'enfant, elle peut le présenter au Mal Suprême pour l'amuser, comme une offrande, et elle redeviendra son lieutenant. Notre seule chance de régner sera anéantie et elle partira en guerre contre nous...

— Mais comment ? demanda Duscias. Elle ne connaît rien de notre complot. Nous nous sommes toujours retrouvés en secret...

— Parce que quelqu'un finira bien par lui dire, imbécile ! Si elle parvient à entrer dans les bonnes grâces de notre maître, les démons se battront pour se trahir les uns les autres dans l'espoir de décrocher une promotion.

D'autres créatures entrèrent dans la salle. Elles portaient toutes des cagoules noires qu'elles retirèrent avant de s'asseoir, révélant les visages des seigneurs Guares, commandant de trente légions, Docer et Peros, tous deux commandants de trente-six légions, et Borym, commandant de vingt-six légions. Ils étaient les chefs du complot, ceux qui avaient accepté de compromettre leur réputation et de risquer une éternité de souffrance si Abigor échouait à convaincre le Mal Suprême de le nommer commandant des Armées infernales à la place de Mme Abernathy. Le problème était que celle-ci n'avait pas été démise officiellement de ses fonctions, puisque le Mal Suprême refusait tout simplement de la revoir et restait encore cloîtré dans la folie de sa douleur. Autrement dit, les seigneurs rassemblés dans cette salle se rendaient coupables d'une trahison non seulement envers leur propre commandant mais aussi envers le Mal Suprême en personne.

— Nous aurions dû la faire arrêter depuis longtemps, déclara le seigneur Docer quand il eut pris connaissance de la situation. Au lieu de ça, nous l'avons laissée tranquille, et voilà le résultat : elle nous a pris de vitesse !

— On n'aurait pas pu la faire arrêter, répliqua Abigor avec tout le sang-froid dont il était capable.

Le seigneur Docer était un soldat sans une once de ruse. Toutes les batailles qu'il avait remportées s'étaient déroulées de la même façon : une charge frontale massive et la destruction de l'ennemi par la force. Désormais, il se cherchait de nouveaux ennemis pour ne pas périr d'ennui, même si cela signifiait se mettre à dos des alliés[1]. Il n'aurait pas reconnu une stratégie s'il en avait croisé une dans la rue.

— Nous n'avons pas rallié à notre cause suffisamment de démons, conclut Abigor.

— Mais les hordes de l'Enfer ne l'aiment pas non plus, objecta le seigneur Peros. La plupart se réjouiraient de la voir disparaître.

— Elle n'est pas plus aimée des démons que je ne le suis, dit Abigor. Ils la craignent, ils la détestent, mais elle incarne une force qu'ils connaissent et comprennent. Moi comme vous tous ici, nous sommes des quantités négligeables.

— Nous avons plus de deux cents légions derrière nous, répondit Docer. Il ne nous en faut pas davantage pour qu'ils nous connaissent et nous comprennent.

---

1. Contrairement au Bien, le Mal est perpétuellement en guerre contre ceux qui lui ressemblent le plus, et l'ambition est son unique stimulant.

— Ça ne suffit pas! rugit Abigor. Nous ne pouvons pas déclarer la guerre tant que nous ne sommes pas sûrs de la victoire et que nous ne savons pas quel camp le Mal Suprême soutiendra quand il aura surmonté sa douleur. Si nous commettons une erreur, nous risquons d'être accusés de trahison, et je n'ai pas besoin de vous rappeler quel châtiment est réservé aux traîtres.

À cette évocation, les seigneurs restèrent muets. Ils avaient tous vu le Cocyte, le grand lac de glace du Nord où les traîtres restent gelés pour l'éternité. Les plus chanceux ont le droit de garder la tête hors de la glace, mais les traîtres au royaume et au Mal Suprême seraient plus vraisemblablement immergés entièrement dans le froid et les ténèbres – un sort qu'aucun des seigneurs ne pouvait envisager.

— Mais le Mal Suprême n'est pas…

Le seigneur Guares cherchait ses mots.

— … au mieux. Il peut très bien rester à jamais plongé dans le deuil. Que se passe-t-il alors? Nous laissons ce royaume que nous avons bâti sur la pierre et le feu tomber en ruine, ravagé par des luttes intestines?

Le seigneur Abigor observait le seigneur Guares d'un œil méfiant. Ce dernier était presque aussi intelligent que lui et Abigor se demandait parfois s'il avait percé à jour son plan secret. Certes, le Mal Suprême leur semblait hors d'atteinte, perdu, mais Guares et les autres espéraient qu'il pourrait recouvrer ce qui passait pour sa santé mentale et régner à nouveau sur l'Enfer. Seul Abigor souhaitait le voir définitivement accablé de chagrin et de colère. Plus encore: Abigor voulait que ce chagrin et cette colère lui deviennent si intolérables que le Mal Suprême sombrerait peu à peu dans une funeste folie dont il ne reviendrait jamais. C'est pour cette raison qu'Abigor s'était attaché les services d'Ozymuth, pour cette raison qu'Ozymuth empêchait tout contact entre le Mal Suprême et les autres démons, pour cette raison qu'il répétait à l'oreille de son maître que tout était perdu, irrémédiablement, à cause de Mme Abernathy.

— Nous poursuivrons ce garçon, Samuel Johnson, et nous le retrouverons avant elle, déclara Abigor. Puis nous l'enfermerons dans un endroit où personne ne pourra le découvrir et prétendrons tout ignorer de son sort. Son dernier espoir de retrouver sa place auprès de notre maître se sera envolé et elle ne sera plus légitime pour commander les Armées infernales – comme nous ne manquerons pas de le proclamer! Nous réclamerons alors la désignation urgente d'un remplaçant provisoire en attendant que le Mal Suprême retrouve toutes ses facultés. Vous avancerez tous mon nom comme le meilleur candidat possible et nos adversaires n'auront pas le temps de préparer une riposte. S'ils s'y risquent, nous les liquiderons.

— Et Mme Abernathy? demanda le seigneur Guares.

Abigor sourit mais d'une manière si désagréable qu'on aurait dit un démon auquel on venait de présenter une tête sur un plateau et qui, justement, adorait les têtes.

— Ne s'est-elle pas rendue coupable de trahison? En échouant à nous faire triompher dans le monde des hommes? En amenant dans notre royaume l'enfant responsable de cette défaite puis en le perdant? Elle sera jugée et condamnée. Nous l'emmènerons au lac Cocyte, nous attacherons une pierre à son cou avec une chaîne et nous la jetterons à travers la glace. Qu'elle gèle pour l'éternité et serve d'avertissement à ceux qui nous promettent de nouveaux mondes à conquérir et déçoivent notre attente.

Le seigneur Abigor regarda les seigneurs de son complot et tous, un à un, hochèrent la tête en signe d'assentiment. Puis ils quittèrent la salle, Abigor en dernier, et le silence retomba bientôt.

Avant d'être troublé par un discret *blurps*.

— Mes excuses, dit Labouse. J'ai suinté.

— Nettoyez-vous donc un peu, dit Mme Abernathy.

Accroupie derrière une anfractuosité dans la paroi rocheuse, elle avait assisté à toute la scène et tout entendu. L'expression de son visage était indéchiffrable, mais Labouse, très réceptif aux émotions, y lut la peur, la surprise, la déception.

Et la colère. Une colère pure, contrôlée, canalisée.

— J'ai bien fait de vous prévenir, m'dame ?

— Vous avez très bien fait. Pour la peine, je vous offrirai un nouveau chapeau.

Les traits gélatineux de Labouse s'élargirent en un sourire. Un nouveau chapeau : ses espoirs les plus fous étaient dépassés !

18

OÙ CEUX QUI POURRAIENT AIDER SAMUEL
COMMENCENT À SE RASSEMBLER

L e Guetteur se posa dans une grotte où il réfléchit à ce que le Vieux Bélier avait déclaré. Finalement, il partit voir Mme Abernathy pour lui annoncer les dernières nouvelles, mais elle était entourée d'une foule de démons désireux de gagner son attention et de faire amende honorable après s'être détournés d'elle. Leurs paroles avaient la douceur d'un baume sur son orgueil meurtri. Le Guetteur aurait très bien pu fendre la foule des créatures nauséabondes pour atteindre sa maîtresse, mais il n'en avait rien fait. D'abord parce qu'il sentait combien elle prenait plaisir à les voir venir se prosterner devant elle, mais aussi parce que le Guetteur ne pouvait s'empêcher de rester perplexe devant sa décision d'avoir attiré en Enfer le garçon.

En outre, l'annonce que le garçon avait peut-être été retrouvé lui avait presque fait oublier l'odeur de caoutchouc brûlé remarquée dans la plaine. « Presque », mais pas entièrement, car le Guetteur avait passé la soirée à essayer d'identifier les autres odeurs perçues dans les rochers, les comparant avec les souvenirs d'odeurs qui peuplaient son cerveau étrange et d'un autre monde. Le Guetteur était une créature à part, même parmi les nombreuses entités maléfiques et démoniaques peuplant les cercles de l'Enfer. Il s'était mis aux ordres de celle qui était désormais sa maîtresse peu après la formation de l'Enfer et l'émergence des démons les plus anciens. Personne ne se rappelait au juste comment le Guetteur était apparu. Sa nature était un mystère pour tous, y compris pour Mme Abernathy. Elle n'était sûre que d'une chose : le Guetteur obéissait à ses ordres et, lorsque tant d'autres démons l'avaient fuie, seul le Guetteur lui était resté fidèle.

Pourtant, le Guetteur obéissait à d'autres. Depuis toujours, il servait d'informateur au Mal Suprême, car ce dernier n'accordait sa confiance à rien ni à personne et, malgré son pouvoir, il était méfiant envers tous ceux qui l'entouraient[1]. Mais le Guetteur restait depuis si longtemps auprès de Mme Abernathy que son sens de la loyauté était quelque peu perturbé. S'il répondait encore aux sollicitations du Mal Suprême, il ne lui disait pas tout. Il n'aurait su expliquer pourquoi. Il comprenait juste que le pouvoir réside non seulement dans la connaissance mais aussi dans la connaissance *secrète*. Il choisissait donc lui-même ce qu'il pouvait révéler au Mal Suprême et ce qu'il pouvait sans risque garder pour lui. De ce point de vue, le Guetteur servait deux maîtres – or, ce n'est jamais une bonne idée.

Sa situation était encore plus complexe depuis que le Mal Suprême avait sombré dans la folie et le chagrin.

---

1. Selon un proverbe écossais : « Qui fait le mal redoute le mal. » Autrement dit : ceux qui se conduisent mal ou pensent du mal des autres s'attendent toujours à ce qu'on leur fasse aussi du mal. La méchanceté n'est pas une sinécure : les gens méchants vivent dans la peur, enfermés dans la prison de leur cœur. Voltaire l'avait bien compris quand il écrivait : « La crainte suit le crime, et c'est son châtiment. »

Même si le Guetteur avait voulu lui parler, il n'aurait pu se faire entendre à cause des hurlements résonnant à travers la montagne du Désespoir et à cause de la surveillance acharnée du chancelier Ozymuth. De toute façon, le Guetteur n'avait rien de particulier à rapporter : Mme Abernathy avait passé le plus clair de son temps à aller et venir entre son palais et celui du Mal Suprême, espérant une audience qui ne lui serait jamais accordée puis rongeant son frein dans son antre avant que le moment arrive de repartir en pèlerinage. Quand elle ne marchait pas ou ne rongeait pas son frein, elle regardait Samuel Johnson dans son fragment de verre en lui lançant des imprécations qu'il ne pouvait pas entendre. La mission du Guetteur consistait à retrouver la trace du véhicule qui avait causé l'effondrement du portail, mais chaque fois qu'il revenait auprès de Mme Abernathy sans nouvelles à ce sujet, il avait l'impression que sa maîtresse s'y intéressait de moins en moins. Mais ce n'était qu'une impression. Le jour où il avait enfin pu lui annoncer qu'il avait retrouvé la voiture, il avait découvert que Mme Abernathy n'avait jamais cessé de chercher un moyen de rouvrir le portail pour arracher Samuel de son monde et l'amener en Enfer. C'était vraiment une femme hors du commun – en dehors du fait qu'elle était, en réalité, un vieux démon à tentacules déguisé en femme. C'était d'ailleurs une des raisons pour lesquelles la loyauté du Guetteur était divisée entre Mme Abernathy et le Mal Suprême.

Le Guetteur huma l'air, tentant de reconstituer les odeurs qu'il avait senties dans la plaine. Il avait perçu la présence toute proche d'êtres vivants, des êtres qui l'observaient, mais il n'était pas certain qu'ils aient eu un rapport avec la substance noire qui couvrait les rochers. Soudain, ses narines invisibles le démangèrent.

Une ancienne odeur, presque oubliée. Suivie d'une autre plus acide, plus piquante. Toutes les deux lui étaient familières. Il fouilla dans sa mémoire, plus loin, toujours plus loin, jusqu'à revoir deux créatures recroquevillées devant sa maîtresse − sous sa forme monstrueuse originelle − qui les bannissait dans la Contrée Désolée.

Le Guetteur ne se laissait pas surprendre facilement. Il avait vu tant de choses durant son existence qu'il était presque incapable d'être surpris. Mais, quand il comprit qui avait été responsable de l'effondrement du portail, il faillit tomber à la renverse sous le choc.

Nouillh.

Nouillh, le Fléau des Cinq Démons.

Nouillh, qui méritait à peine le nom de *démon* tant son incompétence à faire le mal était manifeste.

Nouillh, qui les avait tous trahis.

Pendant ce temps, Nouillh et Trouillh, du haut d'une butte, regardaient une camionnette traverser joyeusement le désert d'Os au son de «Combien pour ce chien dans la vitrine ?». Ils connaissaient le refrain car au moins quatre voix le reprenaient en chœur, ponctuant de «wouf, wouf !» le mot «vitrine» et chevrotant sur les paroles «qui penche la tête en frétillant»…

— C'est quoi, un chien ? demanda Trouillh. Et pourquoi ils en veulent un ?

— C'est un petit animal qui aboie, comme Boswell, le teckel de Samuel Johnson. Et quand il aboie, ça fait «wouf, wouf !». Celui-ci, apparemment, penche aussi la tête, ce qui doit le rendre encore plus mignon, j'imagine.

— Ils ont vraiment l'air d'en avoir envie…

— À leur place, j'éviterais de le crier sur les toits. Par ici, les bestioles qui penchent la tête n'ont rien de mignon : elles ont des crocs acérés.

— Si ce chien vient du monde des hommes, peut-être que Samuel est à bord?

Nouillh secoua la tête.

— Non. Je le sentirais s'il était si près.

Nouillh s'efforça de lire l'inscription sur la camionnette.

— Il y a écrit «glaces». Et aussi «bonbons».

— Bonbons? répéta Trouillh.

— Bonbons, confirma Nouillh.

Ils échangèrent un regard. Leur visage s'éclaira et ils poussèrent le même cri :

— Guimauves!

Ils s'élancèrent à la poursuite de la camionnette.

L'agent Peel avait envie de mourir. Plus précisément : des envies de mourir après avoir liquidé quatre nains et, tant qu'à faire, un vendeur de glaces ambulant. Cela faisait maintenant quatre heures qu'il entendait chanter à tue-tête «Combien pour ce chien dans la vitrine?» et il était à deux doigts de devenir fou.

— Arrêtez de chanter, dit-il aux nains.

— Non, répondit Furibard.

— Arrêtez de chanter.

— Non.

— Arrêtez de chanter.

— Vous avez oublié «s'il vous plaît».

— S'il vous plaît.

— Non.

L'agent Peel frappa à la vitre séparant l'habitacle de la camionnette aux places avant, où étaient assis le sergent Rowan et Dan-le-Marchand-de-Glaces.

— Pour la dernière fois, implora-t-il, il y a sûrement un moyen d'éteindre cette musique !

Dan haussa les épaules.

— Je vous ai déjà expliqué : elle se met en marche automatiquement quand le moteur tourne. Je n'ai jamais réussi à la couper sans détraquer les circuits internes.

— En attendant, c'est *mon* circuit interne qui se détraque ! Est-ce qu'au moins je peux m'installer avec vous ?

— Il n'y a pas vraiment la place, intervint le sergent, qui tenait à son confort.

— Alors vous ne voulez pas échanger et venir vous asseoir à l'arrière ?

— Avec la brochette de choristes, là ? Certainement pas. C'est déjà assez difficile à supporter à l'avant…

Braillard se préparait un nouveau cornet. Il s'en était déjà servi douze mais, à cause du terrain accidenté, n'avait réussi à en finir que neuf. Les trois boules qui lui avaient échappé maculaient son visage et ses vêtements.

— Délicieuse, cette glace, dit-il pour la treizième fois.

— Eh oh ! J'espère que vous allez payer pour les cornets ? lança Dan.

— Mettez-les sur mon ardoise.

— Vous n'avez pas d'ardoise.

— Ah ? Et vous me dites ça seulement maintenant ? Vous auriez dû me prévenir avant que je commence… C'est un peu tard, là, vous ne trouvez pas ?

— En tout cas il avait raison pour le chocolat, annonça Roupillard, qui enfournait les copeaux par poignées. C'est de la qualité supérieure !

Furibard et Bredouillard reprirent la chanson du chien dans la vitrine – du moins Furibard. Bredouillard aurait pu chanter l'hymne des dinosaures, personne n'aurait vu la différence. À bout de patience, l'agent Peel tendit les mains pour étrangler un des nains, voire les deux, quand Dan stoppa la camionnette. Le spectacle qui s'étendait devant eux leur fit aussitôt oublier la chanson.

— Intéressant, commenta Roupillard.

Les quatre nains, piochant largement dans le gagne-pain de Dan, sautèrent de la camionnette, suivis de près par les deux policiers et le marchand de glaces. Des milliers et des milliers d'établis où s'activaient des diablotins s'étendaient devant eux. Entre les rangées d'établis allaient et venaient d'autres diablotins portant des seaux de poudre d'os. Ils versaient la poudre dans un trou d'un côté de l'établi et elle en ressortait par un trou de l'autre côté sous la forme d'os intacts et immaculés. Les diablotins les entassaient dans leurs seaux et repartaient d'où ils étaient venus.

— Tiens tiens… voilà qui explique bien des choses, murmura Braillard. Enfin, plus ou moins.

Un peu plus loin sur leur droite se trouvait un grand bureau. Les nains laissèrent les policiers et le marchand de glaces et s'en approchèrent. Un démon ressemblant comme deux gouttes d'eau au récemment calciné A. Laflèche l'occupait. Et il faisait un petit somme. Un écriteau indiquait : « D. Laflèche, démon en chef ».

— Scusez-moi ! s'écria Braillard en tapotant sur les bottes du démon.

D. Laflèche s'éveilla lentement et posa les yeux sur Braillard.

— Oui ? Que puis-je pour vous ?

— Vous savez d'où vient toute cette poudre ?

— Quelle poudre ?

— La poudre qui sert à fabriquer les os.

D. Laflèche regarda Braillard comme s'il venait de lui demander pourquoi le ciel était gris-noir avec des explosions de mauve et des flammes rouges. Ç'avait toujours été comme ça.

— Vous avez un problème ? demanda-t-il au nain. Regardez autour de vous : il y a de la poudre *partout*. On ne risque pas d'en manquer, vous savez !

— Regardez par ici, dit Furibard. Vous voyez, cet endroit d'où arrivent les petits démons avec leur seau ?

— Oui.

— Vous devriez aller y faire un tour. Il y a un type qui serait ravi de faire votre connaissance. Il vous ressemble un peu. Comme un parent perdu de vue, en quelque sorte.

— Vraiment ?

— Juré. Vous auriez sûrement plein de choses à vous raconter. Vous travaillez tous les deux dans la même branche, pour ainsi dire.

— Eh bien, dans ce cas j'irai le voir. Ça me dégourdira un peu les jambes. Je n'ai pas quitté ce bureau depuis… oooh…

Il jeta un coup d'œil au sablier à son poignet. Comme celui d'A. Laflèche, il était conçu pour faire passer les grains de sable d'un bulbe à l'autre sans diminuer la quantité de sable du bulbe supérieur ni augmenter celle du bulbe inférieur. Ce sablier-montre semblait toutefois s'être arrêté. D. Laflèche parut troublé. Il tapota le verre d'un index griffu.

— C'est drôle, on dirait que ma montre ne marche plus.

Il agita le poignet.

— Ah, c'est déjà mieux.

Furibard se pencha vers le sablier et remarqua que le sable s'écoulait désormais à l'envers, du bulbe inférieur vers le bulbe supérieur – les niveaux, eux, restant toujours identiques.

— Vous êtes resté vraiment trop longtemps à ce bureau, dit Furibard en se tournant vers ses compagnons et en leur adressant le signe universel du sucrage de fraises : un index tournant lentement sur la tempe droite. Une petite pause vous fera le plus grand bien. Pendant ce temps, on surveille votre bande de démons.

— Vous ne volerez rien, promis ? Je risque de graves problèmes si on s'aperçoit que quelque chose a disparu. On a un budget serré, vous savez. Je suis responsable du moindre trombone !

Furibard afficha l'expression parfaite de l'innocence outragée.

— Ça fait mal, ce que vous me dites...

Il évacua d'un clignement d'œil une larme imaginaire, fouilla dans sa poche à la recherche d'un mouchoir, en sortit un, l'inspecta et, constatant qu'un nid de microbes aurait paru plus propre en comparaison, le remit là où il l'avait trouvé.

— Tellement mal que je ne sais même plus quoi dire.

— C'est de la calomnie, voilà ce que c'est ! s'insurgea Roupillard.

— On vous propose juste de rompre joyeusement la monotonie de votre journée, se défendit Braillard, et voilà que vous nous accusez méchamment.

— Nous-mêmes nous sommes victimes d'un voleur, vous savez, dit Furibard. À ce propos, vous n'auriez pas vu passer une fourgonnette ? Avec quatre roues, décorée sur le côté d'une peinture représentant un bel homme souriant assez semblable à moi et mes camarades. Ça ne vous dit rien ?

— Non.

— Et une voiture de police? Quatre roues, des gyrophares bleus?

— Non. Mais j'aurais bien aimé : ça a l'air très intéressant.

— Hum... Ça nous fait une belle jambe! lâcha Furibard.

Les quatre nains croisèrent les bras et regardèrent D. Laflèche d'un air interrogateur. Braillard tapait du pied impatiemment.

— Eh bien? On attend.

D. Laflèche finit par comprendre.

— Je suis absolument navré de vous avoir parlé comme je viens de le faire.

Il paraissait gêné. Ses cornes se mirent à rougir vivement. Il croisa les mains dans son dos et, du bout du pied, traça dans le sable les signes de son embarras.

— Je n'aurais pas dû vous demander si vous aviez l'intention de voler quoi que ce soit. Mais, de nos jours, vous savez, on n'est jamais trop prudent. Après tout, on est en Enfer. Toutes sortes de types peu recommandables s'y retrouvent...

— Excuses acceptées, concéda Furibard. Allez, filez maintenant! Passez le bonjour pour nous à l'autre gars!

— D'ac'o d'ac! dit D. Laflèche en suivant la colonne de diablotins porteurs d'os.

Les nains le saluèrent de la main.

— Un type sympa, dit Braillard.

— Adorable, dit Furibard tandis que D. Laflèche disparaissait derrière une dune. Ce monde a besoin de démons comme lui.

— Tu veux dire de crétins?

— Tout à fait, confirma Furibard. De crétins 100 % pur sucre.

Dans la camionnette du marchand de glaces, Braillard passa en revue leur butin.

— Quinze crayons, un taille-crayon, une agrafeuse, une gomme, une tasse avec l'inscription «Je ne suis pas Enfer blanc!» et quelques timbres.

— Tu as oublié le bureau, remarqua Roupillard.

— Le bureau aussi, c'est vrai.

Il passa la tête par la portière ouverte et vérifia que le meuble était bien attaché au toit de la camionnette, grâce à une corde trouvée dans le kit de secours de Dan.

— Vous êtes bien sûrs qu'il vous a autorisés à l'emporter? s'enquit l'agent Peel.

Il commençait à avoir des soupçons, mais au moins les nains avaient-ils cessé de chanter.

— Absolument. Il nous a dit qu'il démissionnait. Pas assez de débouchés dans ce métier. On lui faisait une faveur en le débarrassant du bureau.

— Bah, si vous êtes sûrs de vous. En même temps, je ne vois pas à quoi il va vous servir...

— Il ne s'agit pas de nous *servir* à quoi que ce soit, précisa Furibard. Si ça n'est pas cloué au sol, on l'emporte. Et si c'est cloué au sol, on trouve un moyen d'arracher les clous et de l'emporter quand même.

Le front de l'agent Peel se plissa. Un nuage de poussière semblait les suivre à distance. Quand il fut assez près d'eux, il constata qu'il était précédé d'un rocher se déplaçant à vive allure.

— Regardez un peu ça! s'exclama-t-il en faisant coulisser la vitre de séparation entre les deux parties de la camionnette. Sergent, on est poursuivis par un rocher!

— C'est rare de voir un rocher gravir une colline en roulant, remarqua Furibard. Très inhabituel, même.

— Il nous rattrape, dit Roupillard.

— Arrêtez-vous, ordonna le sergent Rowan.

Dan obéit aussitôt et tous tendirent l'oreille.

— On dirait un moteur, sergent, murmura l'agent Peel.

— C'en est un, confirma le sergent.

Le rocher arriva à leur hauteur et pila. Les portes s'ouvrirent et ce qui ressemblait à un furet galeux en sauta, suivi de près par un démon vêtu d'une cape et chaussé de grosses bottes. Son visage vert s'éclairait d'un sourire impatient.

— Deux sachets de guimauves, s'il vous plaît, demanda Nouillh. Et un cornet avec des copeaux de chocolat.

Il tendit une petite pièce jaune au moment où l'agent Peel passa la tête par le passe-plat.

— Tiens, tiens, tiens, mais qui voilà? dit Peel.

— Oh, la boulette…, grommela Nouillh.

— Non. Le cône.

19

Où l'on croise certains des malheureux habitants de l'Enfer

Fatigués et apeurés, Samuel et Boswell traversaient le paysage de l'Enfer. De grandes chaussées de pierre surplombaient des abîmes de feu et de sombres lacs dans les profondeurs desquels évoluaient des créatures aux formes cauchemardesques. Parfois, quand elles chassaient ou étaient chassées, une nageoire ou une queue fendait la surface. Le garçon et son chien virent des démons de toutes sortes, grands et petits, de loin ou de près, mais même ceux qu'ils croisaient en chemin leur accordaient peu d'attention, quand ils ne les ignoraient pas tout simplement. Ils semblaient penser que si Samuel et Boswell étaient là, c'est qu'il y avait une bonne raison à leur présence et qu'elle était sans doute connue d'un autre démon – alors pourquoi s'en préoccuper ?

D'une façon générale, il n'y avait pas grand-chose à voir en Enfer : l'endroit paraissait largement inachevé. Certes, le ciel offrait en permanence un spectacle tourmenté et Samuel avait parfois l'impression que les nuages cessaient momentanément d'abriter l'éternelle lutte entre le bruit et la lumière pour se pencher vers lui avec un rictus moqueur. Mais, en dehors de cela, l'Enfer n'offrait que de vastes étendues totalement inintéressantes[1]. Leurs pieds foulaient de la terre poudreuse, des pierres fissurées ou de modestes monticules d'herbe noire rase pas même agrémentés d'une herbe folle…

Au bout d'un certain temps, le sol commença à se relever légèrement et ils entamèrent l'ascension d'une petite colline. Arrivés au sommet, ils découvrirent, dressée devant eux, la table d'un immense banquet. Elle s'étendait si loin qu'elle disparaissait dans la brume vaguement menaçante qui couvrait l'horizon de sa morne blancheur, mais Samuel y reconnut d'innombrables sortes de nourritures : des pains aux desserts en passant par tous les mets imaginables. Des bouteilles de grands crus couvertes d'une fine pellicule de poussière étaient posées entre les bols et les assiettes, parachevant ce festin incomparable. Pourtant, même s'ils mouraient de faim, ni Samuel ni Boswell ne salivaient devant ce spectacle. Peut-être parce que ces mets, quelle que fût leur nature, avaient en commun la même coloration grisâtre ou ne dégageaient aucune espèce de fumet.

---

1. L'Enfer étant un lieu immense dont une infime portion seulement était habitée, le Mal Suprême n'avait pas pris la peine d'en décorer agréablement chaque centimètre carré. Après tout, on ne peut pas indéfiniment concevoir de hautes montagnes noires aux cimes menaçantes et d'insondables ravins remplis de flammes où s'affairent les démons sans finir par se dire : à quoi bon ? C'est pourquoi la plus grande partie de l'Enfer s'apparente à la pièce en trop dans la maison – celle que votre père aimerait transformer en atelier mais qui s'est remplie au fil des ans de cartons de livres jamais ouverts, de chemises pleines de vieilles factures et d'un vélo d'appartement qui, selon lui, ne fonctionne pas car le pédalier est trop dur (« Mais un petit peu de bricolage et il sera comme neuf, d'ailleurs il m'a coûté une fortune ! »). Bref : un père comme tous les pères.

À moins qu'il ne s'agisse de l'attitude des convives ? Car sur toute la longueur et toute la largeur de la table s'alignaient des chaises, tellement serrées qu'il n'y avait plus la place de se faufiler, et sur lesquelles étaient assis de maigres personnages à l'apparence ravagée. Ils se forçaient à engloutir de la nourriture et du vin sans jamais cesser de mastiquer, de sorte que des morceaux de viande à moitié mâchés et des filets de liquide gris dégoulinaient sur leur menton avant de maculer leurs vêtements.

Samuel et Boswell s'étaient suffisamment approchés pour que l'homme présidant au banquet les remarque. Il était vêtu d'un smoking et portait un nœud papillon noué de travers. Sa chemise était déboutonnée, laissant apparaître un ventre enflé. Mais ce n'était pas le ventre d'une personne trop grosse. Samuel avait déjà vu à la télévision des gens pauvres et affamés ; il savait que les ventres enflés étaient dus à la malnutrition chronique. Cet homme mourait de faim, alors même qu'il avait accès à plus de nourriture qu'il aurait pu en avaler durant toute sa vie. Samuel le vit jeter une cuisse de poulet à moitié entamée avant de s'attaquer à un steak saignant, quoique couleur d'ardoise. Chaque fois qu'un plat était terminé, un autre apparaissait, de sorte qu'aucune assiette n'était jamais vide sur la table.

Même s'il avait aperçu Sam, l'homme ne s'arrêta pas de manger.

— Fiche le camp ! Il n'y a pas assez de nourriture pour tout le monde.

— Il y en a déjà à peine assez pour nous, intervint la femme à sa gauche, occupée à engloutir du caviar à l'aide d'une grosse cuillère en bois.

Elle portait une robe de bal richement ornementée et une perruque blanche rehaussée de cabochons en cristal.

— Et puis tu n'as pas été invité ! ajouta-t-elle.

— Qu'est-ce que vous en savez ? demanda Samuel.

— Si c'était le cas, il y aurait une chaise pour toi. Or il n'y en a pas, donc tu n'es pas invité. Maintenant, file ! Tu ne sais pas qu'il ne faut jamais interrompre une personne qui mange ? Tu m'obliges à parler la bouche pleine, c'est très mal élevé.

— En plus, elle en fait tomber la moitié, remarqua un grand homme chauve assis face à elle. Si elle ne veut pas de son caviar, je le prends !

Il tendit la main vers le saladier, mais elle lui donna un vigoureux coup de cuillère sur la main en s'exclamant :

— Occupez-vous de votre assiette !

— Mais tous ces plats n'ont aucune odeur, dit Samuel presque pour lui-même.

— Aucune odeur, répondit l'homme en smoking. Aucun goût. Aucune texture. Aucune couleur. Mais j'ai faim… tellement faim… tout le temps faim !

Il expédia son steak et attaqua un gâteau à la crème, plongeant la main dans la génoise, la garniture et le glaçage.

— … Tellement faim que je pourrais te manger. Et après toi, ton chien.

Alors, pour la première fois depuis des siècles car il était attablé depuis très, très longtemps, l'homme en smoking cessa de manger pour réfléchir. Un nouvel éclat avide faisait luire son regard tandis qu'il observait Samuel comme un cuistot examine le cochon qu'un charcutier vient de lui offrir, évaluant les meilleurs morceaux. À côté de lui, la femme tourna les yeux vers Samuel, bouche bée. Des grains de caviar tombaient de sa langue. Le grand homme chauve se désintéressa d'une tête de poisson et saisit un couteau tranchant.

— De la vraie nourriture…, murmura-t-il. De la viande fraîche !

Son voisin plus âgé répéta la même phrase, et après lui la vieille dame toute ridée dont les mâchoires sans dents ne pouvaient que suçoter la viande collée aux os, et les enfants en tenue de prince et de princesse, et la phrase fit le tour de la table jusqu'à ce que les mots se perdent dans la brume parmi les convives lointains et affamés.

— *Viande fraîche, viande fraîche…*

Samuel prit Boswell dans ses bras et recula de la table. L'homme en smoking posa les mains sur le dossier de sa chaise, prêt à se lever, mais il était incapable de tenir debout. Il eut beau essayer de déplacer sa chaise comme pour se rapprocher du garçon, celle-ci ne bougeait pas. Ses mains se tendirent vers Samuel, mais ce dernier se tenait hors de portée des convives. Le grand homme chauve hurla de rage en brandissant son couteau, donnant de grands coups de lame dans le vide comme s'il espérait voir ses bras s'allonger pour découper la chair de Samuel.

La femme à perruque essaya la ruse.

— Viens ici, mon petit, chuchota-t-elle en lui tendant un carré de chocolat grisâtre. Avec moi, tu ne cours aucun risque. J'ai déjà eu un petit garçon, il y a bien longtemps… Jamais je ne ferais de mal à un enfant.

Mais Samuel n'était pas stupide : il restait hors d'atteinte, serrant Boswell contre lui.

— Laisse-nous au moins ton chien ! supplia l'homme en smoking. Il paraît que la viande de chien a très bon goût…

Tout autour de la table des voix s'élevèrent, proférant des menaces, promettant des cadeaux et tout ce qui aurait pu convaincre Samuel d'approcher ou d'abandonner Boswell, mais il continuait de reculer sans quitter des yeux les convives au cas où ils trouveraient un moyen de se libérer des chaises dont ils paraissaient prisonniers. Puis, l'un après l'autre, ils se laissèrent submerger par la faim et reprirent leur grand banquet insipide – tous sauf la femme qui continuait à répéter : «J'ai déjà eu un petit garçon, il y a bien longtemps...» C'est seulement lorsque Samuel se retrouva sur la crête de la colline qu'elle retourna à son bol de caviar pour s'oublier à nouveau dans le festin.

* * *

Samuel et Boswell reprirent leur chemin. Ils arrivèrent bientôt devant un grand cheval de bois en train de brûler. Autour des flammes, des guerriers grecs étaient assis en cercle, l'air absent et mélancolique. Samuel s'approcha prudemment, mais aucun d'eux ne bougea ni ne répondit quand il essaya de leur parler.

— Que veux-tu, enfant ? demanda une voix.

Samuel se retourna et vit une femme surgir du sable. D'abord la tête, puis le corps, et elle se tint finalement devant lui. Quelques grains de sable tombaient de sa chevelure, de ses mains et de sa tunique. Samuel l'observa de plus près pour s'apercevoir qu'elle n'avait pas seulement émergé du sable : elle était constituée de sable. La variété de textures et de teintes donnait l'impression qu'elle portait des vêtements colorés et qu'elle était vivante. Seuls ses yeux n'étaient pas de sable : ils luisaient d'un rouge incandescent et Samuel comprit qu'il était bien face à un démon.

— C'est... le cheval de Troie, n'est-ce pas ?

— Oui, répondit le démon.

— Et ces hommes sont les guerriers qui s'en sont servis pour entrer dans la ville.

— En effet. Celui que tu vois assis à l'écart, tout seul, c'est Ulysse.

Elle avait prononcé son nom à mi-voix.

— Le cheval en bois, c'était son idée.

— Mais pourquoi sont-ils tous ici ?

— Parce qu'ils sont coupables d'avoir trahi. D'avoir agi de façon malhonnête et trompeuse.

— Mais c'était intelligent de leur part.

— Un mensonge intelligent reste un mensonge.

— Mais ne dit-on pas « En amour comme à la guerre, tous les coups sont permis » ?

— On ? Qui est-ce, « on » ?

— Je ne sais pas. Les gens.

— Paroles de vainqueur, pas de vaincu. Paroles de puissant, pas de faible. « En amour comme à la guerre, tous les coups sont permis »... « La fin justifie les moyens »... Tu y crois vraiment ?

— Je ne sais pas.

— Est-ce que tu es amoureux de quelqu'un ? D'une fille, peut-être ?

— Il y a une fille que j'aime bien, oui.

— Est-ce que tu lui mentirais pour te faire aimer d'elle ?

— Non, je ne crois pas.

— Tu ne crois pas ?

— J'en suis sûr.

— Et si quelqu'un lui mentait à ton sujet pour la braquer contre toi, tu trouverais ça juste ?

— Bien sûr que non.

— Tu as déjà entendu cette phrase : « Le sport, c'est la guerre continuée par d'autres moyens » ?

— Non, mais j'imagine que ça doit être vrai.

— Est-ce que tu triches quand tu joues à des jeux ?
— Non.
— Pourquoi ?
— Parce que ce n'est pas bien. Pas bien du tout.
— Ce n'est pas juste ?
— Non, ce n'est pas juste.
— Autrement dit, *tous* les coups ne sont pas permis en amour, et *tous* les coups ne sont pas permis à la guerre.
— Je suppose.

Samuel était troublé. Il se tourna vers les guerriers, mais aucun ne semblait avoir écouté sa conversation avec le démon.

— Tout de même, reprit-il, c'est une punition bien sévère.
— En effet, répondit le démon d'une voix où perçait le regret.
— Qui est responsable ? Qui a décidé qu'ils devaient être ici ? demanda Samuel.
— Eux. Ce sont eux qui ont choisi. Et maintenant, enfant, pars. Leur mélancolie est contagieuse.

Des grains de silice apparurent au bord de ses yeux, formant une larme qui roula sur ses joues. Puis le démon s'enfouit dans le sable. Samuel et Boswell se détournèrent du cheval en feu et repartirent.

20

OÙ L'ON RENCONTRE LE FORGERON

L e paysage aride où ils évoluaient commença à changer, mais pas en mieux. Il était à présent parsemé d'objets qui paraissaient provenir d'un autre monde, le monde de Samuel : une armure vide et rouillée ; un avion biplan allemand de la Première Guerre mondiale ; un sous-marin planté parfaitement à la verticale, en équilibre sur son hélice ; enfin un fusil, le plus grand et le plus long jamais vu par Samuel, qui aurait pu marcher pendant une heure ou plus pour en faire le tour. Il était constitué de millions et de millions de pistolets plus petits, assemblés pour aboutir à cette espèce de sculpture géante. Samuel s'avança pour l'examiner de plus près et remarqua que certaines pièces du fusil paraissaient vivantes, se tortillaient tels des serpents de métal. Il comprit que le fusil continuait de s'agrandir, que des armes continuaient d'apparaître autour de lui avant d'être absorbées par le grand tout.

Un homme immense surgit de derrière une tourelle de char au rebut. Vêtu d'une tenue de travail noire et crasseuse, il portait un masque de soudure et, dans la main droite, un chalumeau terminé par une flamme blanche incandescente. Il coupa la flamme et releva son masque, révélant un visage barbu et des yeux brillant du même feu que son chalumeau, comme s'il avait passé trop de temps à regarder fondre le métal.

— Qui es-tu ? demanda-t-il.

Il avait une voix rauque, mais aucune hostilité n'y était perceptible.

— Mon nom est Samuel Johnson. Et voici Boswell.

Les yeux blancs se baissèrent sur le petit teckel.

— Un chien, dit l'homme. Ça fait bien longtemps que je n'ai plus vu de chien.

Il tendit une main gantée vers Boswell qui eut un mouvement de recul, mais la main était trop rapide. Elle se referma sur la tête de l'animal – pour la caresser avec une douceur surprenante.

— Bon chien, dit l'homme. Bon petit chien…

Il retira la main, au soulagement du bon petit chien en question.

— J'avais des chiens, dans le temps. Un homme devrait toujours avoir un chien.

— Comment vous appelez-vous ? demanda Samuel.

— J'avais un nom, autrefois, mais je l'ai oublié. Il ne me servirait à rien puisque personne n'est venu ici depuis très longtemps. Je suis le Forgeron. Je travaille le métal. Telle est ma punition.

— Et cet endroit, c'est quoi ?

— La Décharge. On y trouve toutes les choses qui n'auraient jamais dû être fabriquées. Viens voir…

Samuel et Boswell suivirent le Forgeron par-delà le fusil constamment changeant et des rangées d'avions de combat et de véhicules blindés. Ils arrivèrent devant un immense cratère rempli d'épées, de couteaux, de mitraillettes et de pistolets, de chars d'assaut, de croiseurs et de porte-avions, de toutes les armes jamais conçues par l'homme pour faire souffrir l'homme. Comme le grand fusil, le contenu du cratère était en perpétuel accroissement ; la gigantesque masse de métal grinçait, grondait, cliquetait et se froissait.

— Pourquoi tous ces objets sont là ?

— Parce qu'ils ont détruit des vies. C'est ici qu'ils doivent finir.

— Et vous, pourquoi êtes-vous là ?

— Parce que j'ai fabriqué ces armes et les ai mises dans les mains de ceux qui s'en sont servis contre des innocents. Sans jamais me poser de questions. Aujourd'hui, c'est à moi de les détruire.

— Et le fusil ? Celui qui n'arrête pas de grandir ?

— Un rappel. Une façon de me dire que, même si je travaille dur, même si je détruis des quantités d'armes, le fusil continue de prospérer. J'ai contribué à créer ces armes et je n'ai pas le droit de l'oublier.

— J'en suis désolé pour vous. Vous n'avez pas l'air de quelqu'un de méchant.

— Je ne le pensais pas non plus, à l'époque. Ou peut-être que je ne pensais pas tout court. Et toi, qu'est-ce que tu fais ici ?

Samuel hésitait toujours à dire la vérité sur sa situation, surtout après sa rencontre avec le Vieux Bélier, mais il y avait quelque chose chez le Forgeron qui l'incitait à la confiance.

— J'ai été attiré ici. Par une femme… un démon… Mme Abernathy. Elle voulait me punir.

Le Forgeron sourit.

— Alors c'est toi, le petit garçon ! Même moi, dans ce terrible coin de l'Enfer, j'ai entendu parler de toi.

Il fouilla dans la poche de son tablier et en tira un morceau de papier qu'il tendit à Samuel. C'était un fragment d'une vieille édition du *Quotidien de l'Enfer*. Sous une photo de Samuel, deux mots :

NOTRE ENNEMI !

L'article, écrit par le rédacteur en chef P. Laflèche, relatait la tentative d'évasion de l'Enfer et l'échec de l'invasion de la Terre à cause de l'intervention de Samuel et d'une créature inconnue conduisant une voiture qui avait franchi le portail à contresens. Samuel trouvait l'article injuste et partial, mais, après tout, le rédacteur en chef du *Quotidien de l'Enfer* se serait sans doute trouvé dans une position délicate s'il avait laissé entendre qu'envoyer des hordes de monstres pour envahir la Terre n'était pas, au départ, une idée très généreuse.

— J'imagine qu'elle est à ta recherche, dit le Forgeron.

— J'imagine, oui.

— Eh bien, si elle débarque par ici, je ne lui dirai rien. Tu peux me faire confiance.

— Merci. Mais je veux rentrer chez moi, et je ne sais pas comment faire.

Les mots s'étranglèrent dans sa gorge. Une onde de chaleur lui monta aux yeux, mais il lutta pour ravaler ses larmes. Le Forgeron regarda discrètement ailleurs puis, après s'être assuré que Samuel avait repris le contrôle de ses émotions, se tourna de nouveau vers le garçon.

— Quelque chose me dit que, si Mme Abernathy a réussi à t'attirer jusqu'ici, elle connaît le moyen de te renvoyer dans ton monde.

— Mais elle ne le fera jamais. Elle veut me tuer.

— Peu importe. Le pouvoir dont elle s'est servie pour te faire venir ici peut certainement être utilisé à ton profit pour te faire repartir.

— Ça veut dire que je vais être confronté à elle ?

— Tu dois la trouver ou te laisser trouver par elle. Après, tu dois faire preuve d'astuce et de ruse.

— Mais je ne suis qu'un enfant, et c'est un démon.

— Un démon que tu as déjà vaincu et que tu peux vaincre encore.

— Mais à l'époque j'avais reçu de l'aide. L'aide de...

Il faillit prononcer le nom de Nouillh mais se mordit la langue au dernier moment. C'était une chose de confier au Forgeron ses secrets, mais lui confier les secrets de Nouillh était une tout autre affaire.

— Tu as reçu l'aide de Nouillh, compléta le Forgeron, et Samuel ne parvint pas à dissimuler sa stupéfaction.

— Comment le savez-vous?

— Parce que moi aussi je l'ai aidé. J'ai réparé son véhicule. Il était cassé, alors j'ai aidé Nouillh et son acolyte Trouillh pour le remettre en marche. Et comme ils voulaient à tout prix le camoufler, je leur ai encore donné un coup de main. Figure-toi qu'ils tenaient à lui donner l'apparence d'un rocher. Je n'ai toujours pas compris pourquoi mais c'est un drôle de numéro, ce Nouillh. Je l'aimais bien, d'ailleurs.

— C'est mon ami, dit Samuel. S'il apprenait que je suis ici, il viendrait à mon secours.

— Oh, il le sait.

— Comment ça?

— Il te sent en lui.

Le Forgeron tapa son torse à l'endroit où son cœur battait quand il était encore vivant — et peut-être d'ailleurs battait-il encore, mystérieusement.

— Tu ne le sens pas en toi?

Samuel ferma les yeux et se concentra. Il se représenta mentalement Nouillh et se souvint de leur conversation la première fois que Nouillh lui était apparu dans sa chambre. Il se rappela la joie de Nouillh en découvrant le goût de la guimauve et sa propre surprise en apprenant que Nouillh n'avait jamais eu ce qu'on pouvait appeler un ami. Il ouvrit son cœur à Nouillh et, soudain, il le *vit*. À côté de lui se trouvait une créature bizarre semblable à un furet qui ne pouvait être que Trouillh. Les mains de Nouillh étaient serrées sur le volant de l'Aston Martin qui, jusqu'à un passé récent, avait fait la fierté du père de Samuel.

Puis l'image se modifia et il vit Nouillh et Trouillh à côté de…

Oh là! Une camionnette de marchand de glaces?

Samuel appela Nouillh. Il l'appela de la voix et du cœur. Il l'appela avec tout l'espoir qu'il lui restait, avec toute la confiance qu'il plaçait dans le petit démon fou de voitures qui était son ami.

Il l'appela et Nouillh lui répondit.

21

Où Nouillh songe à se rebaptiser « Nouillh, malheureux dans toutes les dimensions »

Nouillh, anciennement Fléau des Cinq Démons désormais repenti, se demandait jusqu'à quel point un démon pouvait avoir la poisse. Pour commencer, il avait été banni dans la Contrée Désolée en compagnie de Trouillh, et ils y avaient passé un temps infiniment long à faire connaissance – et à le regretter. Pendant cette éternité de monotonie, les seules distractions avaient été les odeurs spectaculaires produites par le corps de Trouillh et les coups de sceptre que Nouillh lui assenait sur la tête en guise de représailles. Et puis, de la même façon qu'une interminable attente à un arrêt de bus sous la pluie précède généralement l'arrivée massive de plusieurs bus, Nouillh s'était retrouvé propulsé à pas moins de quatre reprises à travers une faille spatio-temporelle – provoquant de pénibles étirements corporels suivis d'écrabouillages tout aussi pénibles –, avait été avalé par un aspirateur, percuté par un camion, jeté dans un égout puis confronté à la fureur des Armées Infernales après avoir déjoué l'invasion de la Terre ourdie par le Mal Suprême. Pis encore : il s'était attiré les foudres de deux policiers – ces mêmes policiers qui le regardaient à présent d'un œil torve, entourés par quatre nains menaçants et un marchand de glaces myope.

Ce n'est vraiment pas juste, pensa Nouillh. Tout ce qu'il demandait, c'était une vie tranquille agrémentée, de temps en temps, de quelques bonbons et de quelques glaces.

L'agent Peel sortit son carnet d'un geste solennel, suçota la pointe de son stylo et, se préparant à écrire :

— Prêt, sergent, dit-il.

— Alors, liste des infractions : échappe à son arrestation, fuit une scène de crime (en l'occurrence, un lieu de culte pris d'assaut par toutes sortes de morts vivants), salit un véhicule de police.

— Je n'ai jamais sali votre voiture ! se défendit Nouillh.

— Elle empestait à cause de vous.

— J'étais tombé dans un égout !

— Peut-être, mais après ça notre voiture n'a jamais retrouvé son odeur normale. Ce qui donne fréquemment la nausée à l'agent Peel.

— Et mon uniforme cocotte, précisa Peel. Un uniforme qui pue, ce n'est pas crédible pour exercer mon autorité…

Nouillh fut tenté de faire remarquer à l'agent Peel que le principal facteur décrédibilisant son autorité n'était autre que l'agent Peel lui-même, mais il préféra se retenir. Sa situation était déjà assez compliquée comme cela.

— Quelles autres infractions ? demanda le sergent Rowan.

— Infraction aux lois sur l'immigration ? suggéra Peel.

— Exact. Entrée illégale sur le territoire britannique. Sans visa. Sans passeport. Étranger en situation irrégulière.

— Étranger, moi ? Pas du tout, je suis un démon, corrigea Nouillh.

— Ne jouez pas sur les mots. Vous étiez un immigré en situation irrégulière.

— Je n'ai pas *immigré*, j'ai été envoyé chez vous contre ma volonté.

— Ça, vous l'expliquerez au juge. Maintenant, venons-en au clou du palmarès : dégradation de propriété privée, vol d'un véhicule privé, conduite sans permis d'un véhicule non assuré, excès de vitesse, vol d'une voiture de police. Vous êtes bon pour passer un peu de temps à l'ombre, mon bonhomme ! Et quand vous sortirez, on sera tous partis vivre sur d'autres planètes...

Nouillh croisa les bras, sifflota, gratta son menton pointu avant de le tapoter des doigts, dans l'idée de transmettre le message suivant : *Hum hum... je réfléchis et j'ai bien l'impression que quelque chose dans votre raisonnement ne tient pas debout.*

— Désolé de vous le faire remarquer, messieurs les policiers, mais je ne savais pas que votre juridiction s'étendait à l'Enfer ? À Biddlecombe, sans doute. Mais en Enfer : certainement pas.

Il n'en fallait pas plus pour que Braillard vienne mettre son grain de sel.

— Il vous a eu, sergent ! lança-t-il joyeusement. Cette vieille Face de Lune a l'air de connaître son droit...

— Vous, la ferme ! rétorqua l'agent Peel. Vous et vos petits copains aussi, vous êtes dans de sales draps.

— Oooh oui, ironisa Roupillard. N'oubliez pas d'ajouter « vol de glaces » à notre liste. Ça nous vaudra perpétuité.

— Et vous, écoutez-moi bien..., dit Rowan en agitant l'index sous le nez de Nouillh et en s'efforçant d'ignorer les commentaires du chœur grec[1] composé de nains. Vous devez répondre de beaucoup d'infractions, alors vous avez intérêt à venir vous expliquer au commissariat.

— Vous savez quoi ? répondit Nouillh. Pour être franc, je serais ravi de venir dans votre commissariat. Seulement voilà, je suis comme vous, coincé en Enfer, et nous avons d'autres problèmes plus urgents à résoudre.

— Comme quoi ?

— Vous n'êtes pas les seuls humains en Enfer, vous savez ?

— Comment ça ? Il y en a d'autres ? Qui ?

— Samuel Johnson. Et son chien.

Le sergent fronça les sourcils. Pour un peu, Nouillh aurait pu entendre les engrenages tourner à l'intérieur de son crâne. Rowan avait été l'un des premiers officiels à arriver sur les lieux où le portail s'était refermé, mais il n'avait jamais réussi à prendre la mesure de toute l'histoire. Il savait une seule chose : Samuel avait bel et bien sauvé la Terre, aidé par une personne inconnue au volant d'une Aston Martin volée qui…

---

1. Dans la Grèce antique, les pièces de théâtre comprenaient toujours un groupe de comédiens, entre douze et vingt-quatre, chargé de commenter l'action se déroulant sur scène : le chœur. Si vous vous ennuyez et que vous ayez envie d'amuser vos parents (et par «amuser», j'entends «agacer prodigieusement»), vous pouvez former votre propre chœur grec d'une personne et suivre votre père et votre mère dans toute la maison en commentant les moindres de leurs faits et gestes. Du genre : «Maman sort la bouteille de lait du réfrigérateur. Maman se sert un verre de lait. Maman range la bouteille. Maman me demande d'arrêter de décrire tout ce qu'elle fait avec cette voix bizarre.» Ou : «Papa va aux toilettes. Papa baisse son pantalon. Papa déplie le journal. Papa me demande de partir sinon je peux dire adieu à mon argent de poche.» Avec cette astuce, les longues soirées d'hiver passeront à toute vitesse, je vous le garantis.

Qui avait courageusement foncé à travers le portail, provoquant sa destruction.

Le sergent avança vers le rocher mobile et l'examina de plus près. Tout particulièrement les roues. Puis il jeta un coup d'œil à l'intérieur de la voiture camouflée.

— Agent Peel, votre carnet est toujours ouvert?

— Oui, sergent.

— Vous pouvez aller à la page que vous venez de remplir, avec la liste de toutes les infractions commises par M. Nouillh ici présent?

— Oui, sergent. Je me suis appliqué pour l'écrire afin que le juge n'ait aucune difficulté à la lire.

— Arrachez-la et jetez-la, vous serez gentil.

— Mais...

— Il n'y a pas de «mais». Obéissez, c'est un ordre!

L'agent Peel s'exécuta de mauvaise grâce. Il arracha la page et la déchiqueta en minuscules morceaux qu'il laissa tomber par terre.

— Ordures sur la voie publique, cinquante-cinq livres d'amende, commenta une petite voix malicieuse située quelque part au niveau du nombril du policier.

— La ferme!

— Il semblerait que je vous doive des excuses, monsieur, reconnut le sergent Rowan.

— Non, pourquoi? répondit Nouillh. J'ai vraiment fait tout ce que vous avez énuméré... Enfin presque.

— Eh bien, quelque chose me dit que vous avez racheté votre mauvaise conduite. Et maintenant, expliquez-moi un peu: Samuel Johnson est ici?

Nouillh s'expliqua du mieux qu'il put: il avait senti la présence de son ami et il soupçonnait Mme Abernathy d'avoir attiré Samuel − et, par extension, les policiers, les nains et Dan-le-Marchand-de-Glaces − en Enfer.

— Et qu'est-ce qu'on devrait faire, maintenant, à votre avis ? lui demanda le sergent.

— Retrouver Samuel puis localiser le portail. Alors, nous pourrons tous rentrer chez nous.

— Vous semblez certain qu'il existe un portail.

— C'est obligé. Même un lieu comme l'Enfer obéit à certaines lois. Où qu'il soit, il est forcément à côté de Mme Abernathy. Ça n'a rien à voir mais… j'aimerais vous poser une question, sergent.

— Oui ?

— Quelle est cette musique *atroce* ?

— «Combien pour ce chien dans la vitrine ?», répondit l'agent Peel d'un air accablé.

— Ouaf, ouaf ! intervint Furibard par habitude, tel le nain de Pavlov[1].

— Je vous ai déjà expliqué, dit Dan. Je ne peux pas l'éteindre quand le moteur tourne et je n'ai pas envie de prendre le risque de couper le moteur pour qu'on se retrouve tous bloqués ici…

Pendant qu'il parlait, Trouillh ouvrit la portière, plongea la tête sous le tableau de bord et tripota quelques fils. Aussitôt, la musique cessa.

---

1. Ivan Pavlov (1849-1936) est un scientifique russe qui avait pris l'habitude de prévenir ses chiens que leur gamelle était pleine de croquettes en agitant une clochette – ou bien en leur envoyant une décharge électrique, ce qui n'était pas très gentil de sa part. Il s'aperçut que les chiens salivaient avant même d'avoir avalé la première croquette, simplement en entendant la clochette ou en recevant leur décharge. Ce procédé s'appelle le «conditionnement». On peut tout de même se demander si, à la longue, les chiens n'en ont pas eu assez d'entendre la clochette et de se prendre du jus sans jamais voir la couleur des croquettes, et n'ont pas manifesté leur mécontentement auprès de Pavlov par une réaction appelée la «morsure».

— Merci, dit l'agent Peel. Merci, merci, merci! Si vous ne ressembliez pas à un rongeur puant affublé de maladies possiblement contagieuses, je pourrais aller jusqu'à vous serrer dans mes bras.

— C'est la chose la plus gentille qu'on m'ait jamais dite, murmura Trouillh en reniflant et en essuyant une larme.

— Ah, ça fait du bien quand ça s'arrête! s'exclama le sergent Rowan. Et maintenant, où est ce Samuel?

Nouillh indiqua un point vers la gauche.

— Il doit être quelque part par là.

— Alors nous allons sans tarder quelque part par là. Ouvrez le chemin, je vous prie.

Nouillh et Trouillh retournèrent dans leur voiture pendant que les policiers et les nains grimpaient à l'arrière de la fourgonnette où Dan était prêt à repartir.

— Eh, c'était quoi, déjà, cette chanson? demanda Roupillard juste avant de prononcer les mots «Aïe» et «Désolé» tandis que l'agent Peel lui faisait sentir toute l'ampleur de sa désapprobation.

Nouillh mit le contact et l'Aston Martin s'élança devant la fourgonnette, qui ne tarda pas à bringuebaler derrière le rocher roulant.

Trouillh tapota Nouillh sur le bras.

— Regarde ce que j'ai trouvé chez le marchand de glaces.

Il tenait dans la main un sac rempli de guimauves.

— Si tu en parles à qui que ce soit, je nierai l'avoir dit, mais, Trouillh, tu es merveilleux!

22

OÙ L'ON APPREND QU'IL Y A TOUJOURS DE L'ESPOIR DÈS LORS QU'ON NE RENONCE PAS À Y CROIRE

P our la première fois depuis l'arrivée de Samuel dans ce lieu de perdition, un sourire illuminait son visage. Il se tourna vers le Forgeron et dit :
— Vous aviez raison ! Nouillh m'a entendu. Je le sais, il m'a entendu !

Mais, au lieu de s'en réjouir, le Forgeron attrapa Samuel et Boswell et les jeta derrière un char russe T-34 couché sur le flanc, les chenilles démantelées et le fond éventré. Un instant, Samuel se dit qu'il s'était trompé sur son compte et que, comme le Vieux Bélier, le Forgeron s'apprêtait à les trahir, mais ce dernier s'approcha et lui dit à mi-voix de ne plus faire le moindre bruit ni le moindre geste. Samuel vit des ombres se déplacer dans le ciel, aperçut des ailes en lambeaux, des yeux scrutateurs. Puis le sol se mit à trembler sous le choc sourd des sabots et une voix dit :
— Salut, Forgeron.

Samuel jeta un coup d'œil de derrière le char, muselant Boswell d'une main ferme pour l'empêcher d'aboyer. Devant le Forgeron se dressait un cheval noir aux ailes de chauve-souris cinq fois plus grand que lui. Ses yeux jaunes luisaient comme deux flaques d'or fondu creusées dans son crâne. Un sang noir coulait de ses babines à l'endroit où il mâchait son mors et sous ses sabots martelant le sol pierreux jaillissaient des étincelles. Son cavalier était un démon au crâne surmonté de deux cornes pâles semblables à celles d'un taureau, tellement longues et lourdes qu'il semblait impossible que sa tête reste sur ses épaules. Il avait de longs cheveux sombres, une peau translucide et des yeux vifs révélant une intelligence et une ruse qui rendaient encore plus terrible la cruauté de ses traits. Il portait une armure écarlate et dorée, ainsi qu'une cape rouge attachée à son cou par une défense en os. La cape flottait dans son dos malgré l'absence de vent de sorte qu'elle paraissait douée d'une vie propre. À elle seule, elle pouvait être une arme, un linceul capable d'étouffer sa victime, de l'annihiler. Mais d'autres armes lestaient la selle du cavalier : un sabre, une masse hérissée de piques et tout un assortiment de poignards aux lames sinueuses et richement décorées.

— Seigneur Abigor, dit le Forgeron, je ne m'attendais pas à recevoir un visiteur aussi illustre.

Abigor tira sur les rênes de son cheval, l'obligeant à se cabrer. Les monstrueux sabots frôlèrent la tête du Forgeron, mais l'homme ne bougea pas. Voyant qu'il ne se laissait pas aussi facilement impressionner, il fit redescendre son cheval.

— Pour un peu, je dirais que je décèle un ton de moquerie dans ta voix…

— Je n'oserais pas, seigneur.

— Oh, si, Forgeron ! N'oublie pas que seule ton habileté à me forger des armes te vaut mon indulgence. Attention à ne pas en abuser…

Le Forgeron inclina la tête en signe de soumission.

— Si je les ai forgées, c'est pour échapper à une douleur plus atroce encore que celle que vous m'infligiez. Sans cela, aucune arme ne serait sortie de mon atelier.

— Je me rappelle très bien ta folle tentative de rébellion. Si mes souvenirs sont bons, elle s'est évanouie quand j'ai menacé de t'arracher les orteils.

Le Forgeron serra les mâchoires et Samuel perçut toute l'ampleur de sa colère. Malgré l'apparence effrayante d'Abigor, on sentait que le Forgeron prenait sur lui pour ne pas l'attaquer. Abigor lâcha les rênes et écarta les bras, comme pour le mettre au défi de s'élancer contre lui, mais le Forgeron ne tomba pas dans son piège. Abigor reprit les rênes.

— La douleur développe les facultés de concentration de l'esprit. Veux-tu que je t'aide à nouveau à te concentrer, Forgeron ? J'en serais heureux, surtout si je constate que tu me caches quelque chose.

Le Forgeron leva la tête.

— J'ignore de quoi vous parlez, seigneur.

— Je cherche un garçon. Un intrus. Il ne doit sous aucun prétexte circuler librement en Enfer et j'ai de bonnes raisons de croire qu'il se trouve non loin d'ici.

— Je n'ai vu aucun garçon. Ni personne, d'ailleurs, depuis la dernière visite de Votre Seigneurie.

— Tu ne sembles pas triste quand tu évoques le temps si long qui s'est écoulé depuis notre entrevue.

— Je ne vous mentirai pas, seigneur. Vous venez me voir seulement quand vous avez besoin de nouvelles armes et forger ces objets me cause de nouveaux tourments. C'est pour cette raison que j'ai atterri ici et, à présent, je regrette d'avoir été si empressé à satisfaire les hommes de pouvoir dans mon ancienne vie.

— Les regrets sont une bien pauvre monnaie d'échange, Forgeron. On ne peut pas s'en servir pour racheter ce que l'on désire le plus.

Le Forgeron posa la question qu'Abigor semblait attendre :

— Et de quoi s'agirait-il, seigneur ?

— Du passé. Tu es puni pour les actes que tu as commis dans le passé. Si on pouvait racheter aussi facilement ses erreurs, l'Enfer serait désertique.

— Et ce serait une si mauvaise chose, seigneur ?

— Seulement pour ses démons, Forgeron. Sans des créatures à humilier comme toi, nos existences seraient nettement plus ennuyeuses.

Abigor passa en revue les armes et les machines éparpillées dans le sable.

— Et pourtant, de quelles inventions toi et tes semblables êtes capables ! Tout ce talent mis au service d'un seul but : la destruction de vos congénères. Parfois, je me demande si les vrais démons ne règnent pas déjà sur la Terre.

— Nous exerçons nos talents de bien d'autres façons : pour guérir, pour aider, pour protéger.

— Ah oui, vraiment ? Mais quel talent ceux de ton espèce placent-ils au-dessus de tout : la volonté d'aider son prochain ou la capacité de l'anéantir ?

Incapable de croiser le regard d'Abigor, le Forgeron baissa les yeux. Il remarqua alors les traces laissées dans le sable par Samuel et Boswell. Il changea discrètement de position afin de les cacher puis, reculant imperceptiblement, entreprit de les effacer avec les pieds.

— Tu t'écartes de moi, Forgeron. Je te fais donc si peur ?

— Oui, seigneur.

Abigor pianota sur le pommeau de sa selle avec ses doigts griffus.

— Tu vois, j'en doute un peu... Tu me détestes presque autant que tu te détestes toi-même, mais je ne pense pas que tu aies vraiment peur de moi, et je sais que tu n'as aucun respect pour moi. Tu es un homme singulier, Forgeron, mais peut-être cette singularité est-elle inévitable lorsqu'on possède un don tel que le tien. Ainsi, tu n'as remarqué aucun signe de passage d'un garçon?

— Aucun.

Les traces de pattes et les empreintes de pas étaient effacées désormais. Samuel remarqua le changement dans la voix du Forgeron, qui avait cessé de s'adresser à Abigor en l'appelant «seigneur».

— Dans le cas contraire, tu me le dirais, n'est-ce pas, Forgeron? J'ai toujours été sceptique concernant ta loyauté à mon égard. J'en viens même à me demander comment tu as pu te retrouver ici. J'ai bien peur qu'il y ait encore en toi une étincelle de bien, un reste de conscience qui a échappé à la destruction. On pourrait même l'appeler: l'espoir.

— Je n'ai plus aucun espoir. Il est resté dans mon ancienne vie.

Abigor se pencha vers le Forgeron. Il retroussa les lèvres, dévoilant deux rangées de crocs d'une blancheur aveuglante.

— Mais pas ton talent pour fabriquer des armes. La guerre est imminente, Forgeron. Tu as pu croire que les démons t'avaient oublié, mais la promesse d'un prochain conflit te rappellera à leur bon souvenir. Mes rivaux chercheront à exploiter tes dons. Que feras-tu alors, Forgeron?

— Je refuserai de les servir.

— Ah, tiens donc ? J'en doute fort. Leur capacité à infliger la souffrance est presque aussi grande que la mienne. Pas entièrement, mais presque. Même si tu m'es loyal — ce qui n'est pas le cas —, ta loyauté ne résistera pas à la douleur. Aussi, j'ai décidé de te montrer l'étendue de ma sagesse et de ma compassion en te soulageant du fardeau d'être forcé de me trahir pour mettre fin à tes souffrances.

Abigor tira son sabre et, d'un seul geste tranchant, décapita le Forgeron. La lame se dressa et s'abattit, se redressa et se rabattit, jusqu'à ce que le Forgeron s'écroule, taillé en pièces. Ses yeux clignaient encore et ses doigts grattaient nerveusement la terre, comme des pattes d'insecte. De ses plaies ne coulait aucune goutte de sang, mais son visage était crispé dans un rictus d'agonie. Du ciel descendit soudain un petit démon volant qui ramassa les mains coupées du Forgeron et repartit. Abigor, pendant ce temps, contemplait l'œuvre de son sabre.

— Même si quelqu'un parvenait à te reconstituer, tu ne pourrais rien faire sans tes mains. Adieu, Forgeron. Nous ne nous reverrons plus.

Piquant des deux, il lança alors son cheval au galop. Après quelques battements d'ailes, la monture et son cavalier s'élevèrent dans le ciel et disparurent derrière les nuages.

Samuel sortit de sa cachette et courut vers les restes du Forgeron.

— Vous auriez pu lui révéler ma présence, dit-il en caressant les cheveux de la tête décapitée. Vous auriez pu, et il vous aurait épargné. Je suis désolé. Tellement désolé…

— Tu n'as pas à l'être, car je ne le suis pas, répondit le Forgeron.

Tandis qu'il parlait, un changement s'opéra dans son expression. Il parut surpris et bientôt son visage s'éclaira dans un doux halo ambré, comme sous le reflet d'un lent coucher de soleil.

— Je ne sens plus de douleur, remarqua-t-il. Elle est partie...

Il sourit à Samuel.

— Je ne t'ai pas trahi. Je me suis racheté. À présent, je vais connaître la paix.

Peu à peu, les membres du corps mutilé du pauvre Forgeron disparurent et Samuel se retrouva de nouveau seul avec Boswell.

L'Aston Martin et la camionnette du marchand de glaces étaient cachées sous les chapeaux de champignons vénéneux géants jaillis d'une terre humide et toxique, qui formaient une véritable forêt longue de plusieurs kilomètres. Nouillh, Trouillh, les policiers et les nains observaient une nuée de démons voler au-dessus de leurs têtes. Certains tournoyaient au-dessus des champignons, fondaient en piqué pour examiner quelque chose qui avait attiré leur attention puis reprenaient leur ascension. Soudain, un grand destrier noir fendit les nuages et s'élança parmi les démons, son cavalier les galvanisant pour qu'ils continuent leur quête sans relâche. Sa voix parvint à l'étrange petit groupe épiant la scène sous les champignons.

— Trouvez le garçon! criait-il. Apportez-le-moi!

— Je n'aime pas sa tête, commenta Braillard.

— Je n'aime aucune de leurs têtes, renchérit Roupillard.

— C'est qui, le grand type sur le cheval? demanda Furibard à Nouillh.

— Le seigneur Abigor, répondit Nouillh d'une voix absente.

Ce n'était pas juste. Il supposait qu'Abigor et ses sbires étaient à la recherche de Samuel, mais seule Mme Abernathy avait pu attirer Samuel en Enfer ; or, Abigor haïssait Mme Abernathy, qui le lui rendait bien, et jamais il ne l'aurait aidée. Donc, s'il cherchait l'humain que Mme Abernathy détestait par-dessus tout, cela signifiait nécessairement qu'il voulait Samuel pour lui.

— Il est dans quel camp ? demanda Rowan.

— Dans le sien. Et il en a après Samuel.

— Pourquoi ?

— Peut-être parce que, s'il parvient à capturer Samuel, il contrecarre les plans de Mme Abernathy. Samuel est la seule façon qu'elle a trouvée de reconquérir le pouvoir, et Abigor n'en a pas envie. Abigor veut le pouvoir. S'il existait un moyen de se débarrasser du Mal Suprême, je suis sûr qu'il n'hésiterait pas à s'en servir, mais, comme ce moyen n'existe pas, il doit se contenter de viser le titre de lieutenant du Mal Suprême. Pour y parvenir, il doit écarter Mme Abernathy de sa route en la privant de son seul espoir de regagner la confiance du Mal Suprême. Et cet espoir est la capture de Samuel.

Le sergent Rowan lança à Nouillh un regard chargé de respect.

— Quand êtes-vous devenu si intelligent ?

— Quand j'ai compris que je n'étais pas aussi intelligent que je le croyais. Allons, en route ! Samuel est tout proche, j'en suis certain.

Mais au même instant, la sensation de la présence de Samuel s'atténua en lui et il sentit l'esprit du jeune garçon faiblir. Quelque chose ne tournait pas rond...

En pensée, Nouillh encouragea Samuel, l'exhortant à ne pas renoncer.

Tiens bon, Samuel. Tiens bon, juste encore un peu…

* * *

Samuel et Boswell avaient laissé derrière eux le cratère d'armes et le souvenir du courage du Forgeron. Au loin, Samuel apercevait des collines. Il décida de marcher dans leur direction. Peut-être lui et Boswell y trouveraient-ils un abri sûr car ici, au milieu de cette plaine, ils étaient bien trop vulnérables. Mais il se sentait si fatigué… Mettre un pied devant l'autre lui demandait des efforts surhumains, d'autant qu'il portait à présent Boswell car, à bout de forces, le chien s'était mis à boiter. Ses narines étaient en feu et ses poumons irrités par l'air toxique, chargé de la puanteur du soufre. Il baissait la tête et son moral semblait flancher lui aussi, car il avait l'impression que son seul espoir de rentrer chez lui passait par la femme qu'il voulait à tout prix éviter. Il comprenait le raisonnement du Forgeron, mais il ne voulait plus jamais se retrouver face à Mme Abernathy. Tout cela était trop injuste. Il aurait voulu n'avoir jamais vu ce stupide portail, n'avoir jamais essayé de sauver la Terre, n'avoir jamais rencontré Nouillh…

Il secoua la tête. Comment une telle pensée avait-elle pu le traverser ? Ce n'était pas vrai. Nouillh était son ami. Comment pouvait-il penser cela d'un ami ? En même temps, si Nouillh était son ami, où était-il passé ? Samuel l'avait appelé à l'aide, mais il n'était pas venu. Peut-être qu'il s'en fichait, peut-être était-il comme tout le monde après tout. Même son père l'avait abandonné et sa mère n'avait rien fait, *rien*, pour l'en empêcher.

À quoi bon continuer si même vos parents ne se comportaient pas comme des parents dignes de ce nom ?

Il s'arrêta. Devant lui s'ouvrait une vaste étendue de pur néant, un vide d'un noir abyssal – même s'il n'était pas vraiment noir, car être «noir», c'est déjà être *quelque chose*[1]. Le trou spatio-temporel que Samuel et Boswell contemplaient était un reste de non-existence, l'ultime trace de tout ce qui n'existait pas avant l'apparition du Multivers. En le regardant, Samuel sentait son crâne pris dans un étau car ce trou n'avait ni longueur, ni largeur, ni profondeur, ni gravité. Aucune espèce d'énergie ne pouvait le traverser. Ce qui s'étendait devant le garçon et son chien n'était pas seulement la fin de cet univers et de cette dimension, mais le début et la fin de tous les univers. Devant ce spectacle, ils se sentaient envahis d'une tristesse insondable, leur moral s'effondrait et avec lui leur détermination car les petits garçons intelligents et les chiens malins et loyaux n'étaient pas faits pour affronter la désolation du néant absolu. Lentement, Samuel se laissa glisser par terre, Boswell à côté de lui, et ensemble ils plongèrent leur regard dans le Vide. Et le Vide commença à prendre possession d'eux.

---

1. Quand nous voyons des couleurs, ce que nous voyons en réalité c'est une lumière frappant nos yeux selon une certaine fréquence et longueur d'onde. Les photons – une unité de lumière – doivent laisser une trace de leur passage pour que nous reconnaissions la couleur rose, ou bleue, ou ce brun bizarre commun à la terre humide et aux uniformes militaires. Le noir correspond à une absence de photons, mais nous avons choisi de décrire cette absence comme une «couleur». Un courant de philosophie appelé «existentialisme» considère que la vie n'est au fond qu'un vaste néant et que, par conséquent, nous sommes condamnés à n'éprouver que la plus grande tristesse. Inutile de vous dire que les existentialistes sont rarement invités aux fêtes d'anniversaire…

23

OÙ MME ABERNATHY PERD SON SANG-FROID ET OÙ L'ON RETROUVE UN PERSONNAGE DÉSAGRÉABLE APPARU AU DÉBUT DE CE CONTE

L a voix de Mme Abernathy se transforma en un cri perçant. Sa puissance et son intensité surprirent même le Guetteur.

— Nouillh? rugissait Mme Abernathy. *Nouillh?* Tu es en train de m'expliquer que cet imbécile, ce misérable démon à la petite semaine, est la cause de tous mes ennuis? Mais je l'avais banni. Je l'avais exilé dans la Contrée Désolée avec son imbécile de larbin, pour qu'il ne puisse plus embêter personne. Comment a-t-il…? Comment ai-je…? Ou plutôt comment…?

Pour la première fois sans doute de sa vie, Mme Abernathy ne trouvait pas ses mots. Nouillh? Un être si négligeable, si inepte… Du moins, à première vue. Comment avait-elle pu se tromper si gravement à son sujet? Elle commençait à éprouver ce qui pouvait s'apparenter à de l'admiration pour lui − cette sorte particulière d'admiration qui précède un terrible déchaînement de violence envers son objet même. L'ampleur de ce qu'il était parvenu à accomplir et du plan qu'il était arrivé à déjouer était presque inconcevable. L'espace d'un instant, la révélation du rôle joué par Nouillh éclipsa de l'esprit de Mme Abernathy la seconde nouvelle apportée par le

Guetteur – le Vieux Bélier détenait Samuel Johnson –,
mais elle y revint très vite.

— Je m'occuperai de Nouillh plus tard. Pour le
moment, notre priorité s'appelle Samuel Johnson. Tu
aurais dû venir me voir plus tôt, Guetteur. Je suis déçue.

Si le Guetteur avait été une créature d'un autre calibre,
la remarque injuste de Mme Abernathy lui aurait sans
doute arraché des protestations – façon, aussi, d'occulter
l'autre raison de son silence. Après tout, Mme Abernathy avait fait preuve d'une inconscience coupable,
prisonnière de sa propre vanité et trop obnubilée par
la recherche de ceux qui complotaient contre elle pour
prendre la peine de recevoir le Guetteur en temps voulu.
Ce n'était donc pas entièrement la faute du Guetteur s'il
avait tardé à lui transmettre le message du Vieux Bélier.
Mais le Guetteur n'était pas créature à se plaindre – et,
de toute façon, Mme Abernathy ne l'aurait pas écouté.
Il se garda donc bien d'émettre la moindre protestation,
tout en se demandant si *y penser* suffisait à faire de lui une
créature rebelle.

Mme Abernathy tourna des talons et le Guetteur
la suivit. Derrière son antre se trouvait une cour en
pierre au centre de laquelle se tenait un énorme basilic à crête[1] équipé d'une selle et prêt à partir. Il salua

---

1. Cette créature mythologique est aussi appelée « Roi des Serpents » à cause de sa crête en forme de couronne. On lui prêtait
le pouvoir de tuer d'un seul regard, d'un seul souffle ou d'un seul
cri. On prétendait aussi que, si un soldat transperçait le basilic
avec une lance, le poison contenu dans le sang de la créature glis-
serait le long de l'arme et tuerait son agresseur. Selon la légende,
le basilic serait né d'un œuf de coq couvé par un crapaud ou un
serpent – variante intéressante à l'éternelle question : « Qui est
arrivé en premier, l'œuf ou la poule ? » À ce propos, des scientifiques ont déterminé que la poule est arrivée en premier car une
protéine contenue dans la coquille d'œuf ne peut être produite

d'un sifflement sa maîtresse tandis qu'elle l'enfourchait. Des éperons d'os poussèrent aux talons de Mme Abernathy et elle piqua des deux, lançant sa créature en direction de la forêt des Arbres Tordus. Au-dessus d'elle, le Guetteur les accompagnait de son ombre.

Samuel n'était plus en colère contre sa mère. À vrai dire, il ne se rappelait même plus à quoi elle ressemblait. Il savait qu'il avait eu une mère, à une époque, mais il n'arrivait pas à se la représenter mentalement. De la même façon, son père n'était qu'un souvenir flou, mais ça n'avait pas d'importance. Rien n'avait vraiment d'importance. Le Vide s'engouffrait en lui, le délestait de tous ses souvenirs, de toutes ses sensations, pour le transformer en une simple carcasse, un être creux. À côté de Samuel, Boswell geignait en léchant la main de son maître, mais le corps du garçon se vidait peu à peu de ses forces. Les geignements tirèrent Samuel de sa torpeur. Il baissa les yeux et dut faire un effort pour se rappeler le nom de ce chien : Bos... quelque chose... Quoi, déjà ?

Et puis la lumière dans ses yeux faiblit, et même ce souvenir disparut.

Mme Abernathy arrêta son basilic à l'orée de la forêt des Arbres Tordus, non loin des ruines de la maison du Vieux Bélier. Elle en descendit et fouilla les décombres, s'attendant à y trouver le cadavre de Samuel Johnson. Aucune trace du garçon, ni du Vieux Bélier. Elle inspecta le sol et, remarquant les traces laissées par le Grand Chêne, comprit aussitôt ce qui s'était passé.

---

qu'à l'intérieur d'une poule. Ce qui laisse imaginer la surprise de la première poule à avoir pondu un œuf : «Euh... chéri ? Tu ne devineras jamais ce qui vient de me tomber du derrière...»

Talonnée par le Guetteur, elle pénétra dans la forêt. Terrifiés, les arbres s'écartaient sur son passage, lui dégageant un chemin qui la conduisit, chevauchant son basilic, jusqu'au Grand Chêne. Contrairement à ses frères plus frêles, il ne montra aucune peur. C'est plutôt Mme Abernathy qui paraissait impressionnée par son tronc massif, ses racines enchevêtrées et ses branches noueuses. Mme Abernathy avait beau être le mal incarné, capable d'actes de cruauté et de violence extrêmes, le Grand Chêne, si vieux, puisait dans ses vestiges d'humanité sa force et sa dangerosité.

Le Grand Chêne était également fou, résultat d'une croissance tortueuse et douloureuse de plusieurs millénaires. Sa folie le rendait imprévisible et il n'était pas impossible – Mme Abernathy le savait parfaitement – qu'il tente de la frapper ou de l'emprisonner dans ses racines aussi longtemps que cela l'amuserait. Alors, après avoir été si longtemps torturé, il pourrait la torturer à son tour, se venger de sa souffrance en infligeant à son tour la souffrance. Et Mme Abernathy, consciente d'être bien plus vulnérable maintenant qu'elle n'était plus protégée par le Mal Suprême, se sentait rassurée par la présence du Guetteur à ses côtés.

— Cela fait bien longtemps que tu n'as plus mis le pied dans cette forêt, dit le Grand Chêne. Tu n'étais pas la bienvenue hier, tu ne l'es pas davantage aujourd'hui.

— Qu'as-tu fait au Vieux Bélier?

— Rien de plus que ce qu'il méritait.

Le tronc du Grand Chêne s'ouvrit telle une plaie verticale sous sa bouche béante. À l'intérieur, Mme Abernathy vit le Vieux Bélier suspendu à un lierre, gémissant faiblement tandis que des racines plongeaient dans sa chair et que des branches le saisissaient pour le déchiqueter.

— Il y avait un garçon avec lui.

— Un garçon? répéta le Grand Chêne. Je n'ai pas vu de garçon.

Et Mme Abernathy entendit rire les arbres autour d'elle.

— Ne me mens pas. Tu as le garçon?

— Il n'y a pas de garçon ici, répondit le Grand Chêne, et Mme Abernathy sentit qu'il disait la vérité.

— Alors libère le Vieux Bélier.

— Et pourquoi donc, alors que je m'amuse beaucoup avec lui?

— Je dois l'interroger et je ne peux pas le faire pendant que vous le torturez.

Le lierre se dénoua, les racines et les branches se rétractèrent et le Vieux Bélier put échapper à leur étreinte. Il s'extirpa du trou dans le tronc du Grand Chêne et s'agenouilla devant Mme Abernathy.

— Merci, dit-il en caressant ses pieds du bout griffu de ses sabots, merci pour votre bonté, maîtresse, merci…

— Le garçon! dit Mme Abernathy. Raconte-moi ce qui s'est passé avec lui.

— Le Vieux Bélier l'avait capturé, lui et son chien, pour vous le livrer. Il avait gagné sa confiance si bien que le garçon dormait… Mais le Grand Chêne est arrivé et a détruit la demeure du Vieux Bélier, permettant au prisonnier de s'échapper. Le Vieux Bélier l'a vu s'éloigner mais n'a rien pu faire pour le retenir. Tout ça à cause du Grand Chêne et de lui seul. Punissez-le! Punissez-le!

Mme Abernathy se tourna vers le Grand Chêne.

— C'est vrai?

Le Grand Chêne grinça, tremblant de toutes ses feuilles.

— Nous avons tant souffert à cause du Vieux Bélier !
C'était à lui d'être puni. Je ne savais pas que le garçon
était pour vous. Ce qui est arrivé... est de ma faute.

Le Grand Chêne baissa deux de ses plus grosses
branches, comme deux bras tendus en un geste suppliant. Mais soudain, ils se précipitèrent sur Mme Abernathy et des branches plus petites, aiguisées comme des
couteaux, jaillirent de leurs extrémités. Les racines du
Grand Chêne s'arrachèrent de terre pour venir enserrer
ses jambes. Le Guetteur tenta d'agripper Mme Abernathy et de s'envoler, mais les arbres s'étaient tellement
rapprochés qu'il n'avait plus la place de déployer ses
ailes. Le basilic cracha son venin, putréfiant instantanément branches et racines, mais les arbres étaient trop
nombreux : des vrilles de lierre s'enroulèrent autour de
la gueule du reptile pour la lui refermer, et son regard
mortel fut aveuglé par de la boue et de la terre. Pendant ce temps, le Vieux Bélier s'aplatissait au sol, sabots
rabattus sur sa tête, poussant des bêlements effrayés
et craintifs.

Six épais tentacules émergèrent alors du dos de
Mme Abernathy, s'achevant chacun par un bec acéré
qui coupait les branches et les racines, mais cela ne
suffisait pas : le Grand Chêne était trop fort, comme
sa volonté de faire souffrir Mme Abernathy à présent
qu'elle était à sa portée. Peu à peu, elle se retrouva
cernée avec le Guetteur. Les membres du Guetteur
étaient déjà plaqués contre son corps, et l'étreinte
féroce des racines immobilisait Mme Abernathy sous
la taille.

— Venez vers le Grand Chêne, dit l'arbre. Venez,
rejoignez-nous !

Les yeux de Mme Abernathy s'animèrent d'une
lueur aveuglante. Elle ouvrit la bouche, claqua la

langue et une petite flamme bleue apparut entre ses dents. Elle prit une respiration profonde puis souffla. Le feu jaillit de ses lèvres, un torrent de lumière et de chaleur qui frappa le Grand Chêne en plein cœur, l'embrasant à l'intérieur comme à l'extérieur. Il rugit de douleur et, aussitôt, ses branches et ses racines se dénouèrent, libérant Mme Abernathy et le Guetteur. Ce dernier put déployer ses ailes et s'envola, emmenant Mme Abernathy loin de la forêt pendant que les arbres se couchaient pour éviter les flammes, poussant des cris de terreur sous les myriades d'étincelles bleues envoyées par le Grand Chêne qui se débattait dans les flammes. Le basilic se libéra à son tour et se fraya un chemin parmi les arbres restants, suivi par le Vieux Bélier qui, au galop, finit par arriver devant les vestiges de sa maison. Mme Abernathy l'y attendait.

— Le garçon, reprit-elle, par où est-il parti?

Le Vieux Bélier indiqua une direction sur la droite.

— Il se cachait derrière ce grand rocher, et c'est la dernière fois que le Vieux Bélier l'a vu. Mais il n'a pas pu aller bien loin: c'est un enfant dans un territoire inconnu avec, pour seul compagnon, un chien. Laissez le Vieux Bélier vous accompagner. Le Vieux Bélier peut vous aider à le trouver. Le Vieux Bélier en a assez de cet endroit.

Il se retourna et regarda la forêt, d'où montait une gigantesque flamme bleue. Il frissonna.

— Et le Grand Chêne renaîtra de ses cendres, murmura-t-il, pour venir se venger du Vieux Bélier…

Mme Abernathy avança jusqu'à son basilic et monta en selle. Au même instant, elle remarqua deux démons volant en cercle au-dessus d'eux, sans doute attirés par la forêt en flammes. Elle sut qu'ils appartenaient aux troupes d'Abigor.

— Va où tu veux, répondit-elle, mais, si quiconque t'interroge sur le garçon, je t'interdis de lui dire que tu l'as vu. Si tu oses me désobéir, je finirai par l'apprendre et je te livrerai ligoté au Grand Chêne pour qu'il se charge de te punir.

Le Vieux Bélier hocha la tête et remercia de nouveau. Mme Abernathy et le Guetteur attendirent que les démons d'Abigor descendent vers la forêt pour se mettre en route à leur tour, d'une course rapide et sûre, jusqu'à ce que le basilic découvre des empreintes de pas et de pattes.

Alors, ils comprirent que Samuel et Boswell étaient tout près.

24

OÙ L'ON SPÉCULE SUR CE QUI POURRAIT ÊTRE PIRE QUE LE MAL, SI C'EST POSSIBLE

S'il existe quelque chose de pire que le Mal, c'est le Néant. Le Mal, au moins, a une forme, une voix et un but, si pervers soit-il. Il arrive même que le Bien naisse du Mal : un acte de violence terrible commis par un homme contre quelqu'un de plus faible peut amener d'autres hommes à agir pour qu'un tel acte ne soit plus jamais perpétré alors qu'auparavant ils n'auraient jamais envisagé qu'un individu puisse agir de cette façon ou auraient peut-être préféré se voiler la face. Et le Mal, comme l'épisode du Forgeron l'a démontré, contient toujours en lui-même la possibilité de sa propre rédemption. L'ennemi de l'espoir, ce n'est pas le Mal : c'est le Néant.

Quand Nouillh sentit les forces vitales de Samuel refluer, il prit conscience de l'endroit où se trouvait le garçon. De toutes les régions lugubres et dévastées de l'Enfer, une seule pouvait provoquer un tel sentiment de perte de soi, dévorer la substance d'un individu, tout ce qu'il aimait et détestait, tout ce qu'il était et serait jamais : le Vide. Le Mal Suprême lui-même le craignait – le Néant, l'Absence éternelle. Nouillh écrasa la pédale d'accélérateur et, bientôt, l'Aston Martin distança la camionnette du marchand chargée de nains et de policiers (mais de moins en moins de glaces). À mesure que Nouillh se rapprochait de Samuel, la lueur dans l'esprit du garçon faiblissait. Nouillh avait l'impression d'essayer d'attraper la flamme d'une bougie avant son ultime vacillement, pour mettre ses mains en coupe autour d'elle et lui procurer l'oxygène nécessaire à sa survie. Si Samuel continuait à regarder le Vide, il s'y perdrait entièrement et plus personne ne serait capable de l'en ramener. Samuel et Boswell se transformeraient en statues de chair, et l'endroit où se trouvait autrefois leur esprit serait à jamais désert (car les animaux aussi ont un esprit, ne laissez personne vous dire le contraire). Après avoir surmonté ensemble tant d'épreuves et avoir été séparés dans l'espace et le temps pour se voir finalement offrir l'occasion de se retrouver grâce à l'esprit vengeur de Mme Abernathy, Nouillh n'avait pas envie de voir l'essence de son ami sacrifiée au Vide, ce principe fondateur du chaos de l'Enfer.

Il roulait de plus en plus vite. Soudain, Trouillh posa la main sur son bras pour le mettre en garde : le sol était à présent jonché de pierres coupantes et traîtresses. En cas de crevaison ou, pis, de casse du moteur ou d'un essieu, il ne pourrait plus sauver Samuel et Boswell. À contrecœur, il leva le pied pendant qu'au-dessus d'eux, des yeux invisibles surveillaient leur progression pour en tenir informé Abigor.

* * *

Samuel entendit crier un nom, encore et encore, avant de s'apercevoir qu'il s'agissait du sien.

Il leva les yeux et aperçut quatre nains, deux policiers et un homme vêtu de blanc qui lui tendait un cornet de glace. Il vit Boswell dans les bras de ce qui ressemblait à un rongeur chauve en bleu de travail. Le petit chien léchait le visage du rongeur.

Et Samuel vit Nouillh. Alors, il enfouit sa tête contre la poitrine de son ami et, pour la première fois depuis son arrivée dans cette terrible contrée, il s'autorisa à pleurer.

Le Vieux Bélier avait quitté la forêt sans cesser de maugréer et de ressasser son mécontentement, entièrement absorbé dans ses propres tourments. Parfois, choisir d'aider quelqu'un peut se révéler une très mauvaise idée car ce quelqu'un peut en venir à détester celui qui l'a aidé. Mme Abernathy avait évité au Vieux Bélier de souffrir davantage et lui avait permis de quitter le lieu de son bannissement, mais le Vieux Bélier voulait davantage : il voulait être influent, il voulait être reconnu. Il voulait le pouvoir. Au lieu de ça, il avait été abandonné, errant seul dans ces régions sauvages. Il commençait à se dire que sa situation actuelle était bien pire qu'auparavant. Après tout, jadis il avait un toit au-dessus de la tête, du bois pour alimenter son feu, alors qu'à présent il n'avait plus ni toit ni bois, et le froid s'insinuait jusque dans ses os. Il tenait Mme Abernathy pour responsable de tous ses malheurs.

— Elle déteste le Vieux Bélier, murmurait-il. Elle pense que le Vieux Bélier ne vaut rien, mais c'est faux. Le Vieux Bélier était puissant, à une époque, et il pourrait l'être à nouveau mais personne n'offre au Vieux Bélier l'opportunité qu'il mérite. Pauvre Vieux Bélier ! Pauvre Vieux Bélier abandonné de tous !

Il était tellement submergé par l'amertume qu'il ne remarqua pas le cheval ailé qui venait de se poser face à lui, ni la nuée de démons qui descendaient silencieusement derrière lui. Il fallut que le cheval lâche un hennissement menaçant pour que le Vieux Bélier relève la tête et voie le seigneur Abigor au-dessus de lui.

— Tu es bien loin de chez toi, Vieux Bélier. N'as-tu pas été banni, avec l'interdiction de quitter le périmètre de la forêt ?

— En effet, seigneur, mais Mme Abernathy m'a libéré.

— Ah, tiens donc ? Et pourquoi aurait-elle fait une chose pareille ?

Se rappelant que Mme Abernathy lui avait ordonné de garder le silence sur les circonstances de sa libération, le Vieux Bélier ne répondit rien mais Abigor était aussi intelligent qu'impitoyable. Il en savait long sur le Vieux Bélier et notamment que, comme tous les bannis des Régions Infernales, son point faible était la vanité. Si Abigor l'avait menacé ou torturé, le Vieux Bélier aurait très bien pu endurer son supplice en serrant les dents pour prouver à son bourreau que, si humble fût-il, il n'en avait pas moins sa fierté. Non, il existait d'autres moyens, bien plus simples, de parvenir à ses fins avec le Vieux Bélier.

— Bah, peu importe, reprit Abigor avec désinvolture. Je suis juste frappé de t'entendre si mécontent malgré la fin de ta longue période d'exil. L'esprit généreux et magnanime de Mme Abernathy mériterait un peu plus de gratitude, tu ne crois pas ?

Il observa le Vieux Bélier qui se tordait, se contorsionnait en une pantomime de souffrance, d'envie et de dégoût.

— De la gratitude ? cracha le Vieux Bélier. Pour quoi ? Ça ne lui a rien coûté, et ça n'a rien apporté au Vieux Bélier. Le Vieux Bélier a essayé de l'aider. Ce n'est pas la faute du Vieux Bélier si…

Le Vieux Bélier s'interrompit. Mme Abernathy l'avait menacé s'il venait à parler du garçon, mais après tout elle n'était pas là. Le seigneur Abigor, lui, était là, et le Vieux Bélier se demanda la raison de sa présence. Il y avait peut-être, se dit-il, un avantage à en tirer.

— Continue, l'encouragea Abigor, je t'écoute.

— Le Vieux Bélier est resté trop longtemps seul, seigneur, reprit le Vieux Bélier avec précaution. Le Vieux Bélier se cherche un maître. Le Vieux Bélier serait un bon serviteur.

— J'ai déjà plus de serviteurs que je n'en ai besoin ! Il faudrait que tu me proposes quelque chose d'unique…

Les yeux jaunes du Vieux Bélier se plissèrent en une expression rusée.

— Mme Abernathy a fait promettre au Vieux Bélier de ne pas en parler, mais il est possible que le Vieux Bélier ait eu tort de promettre…

— Les promesses sont faites pour être rompues. En particulier quand elles sont extorquées sous la menace.

— Le Vieux Bélier n'est tenu par aucun serment de loyauté envers Mme Abernathy.

— Non, en effet. Pourquoi devrais-tu être soumis à celle qui t'a banni ? C'est elle qui est coupable de la plus grande faute, pas toi. Alors, qu'as-tu à me proposer en gage de ta loyauté ?

— Je peux vous proposer une information, seigneur Abigor. Une information sur un enfant humain…

Le basilic atteignit le bord du Vide juste derrière le Guetteur. Mme Abernathy lui fit aussitôt détourner la tête pour qu'il ne le regarde pas trop longtemps. Même le Guetteur baissa les yeux et s'en tint à examiner les empreintes laissées sur le sol. Mme Abernathy entendit les mots résonner dans sa tête car elle lisait les pensées de la créature.

Le garçon et le chien... Ils étaient ici... Mais d'autres sont venus et les ont emmenés.

— D'autres ? répéta Mme Abernathy. Qui ça ?

Le Guetteur flaira le sol.

Nouillh. Et des humains. Sept humains.

— Tu peux suivre leur trace ?

Le Guetteur examina le sol rocheux, cherchant les endroits où les pierres avaient été repoussées, reconnaissant la trace des roues de voitures.

Oui, mais ils se déplacent rapidement.

— Alors nous serons encore plus rapides.

Elle repartit sans même prendre le temps de vérifier que le Guetteur la suivait. De sorte qu'elle ne vit pas la créature marquer un temps d'arrêt ni son front rougeâtre se plisser. *Quelque chose ne va pas*, pensa le Guetteur. *Nous perdons le contrôle de la situation. Mon maître est fou et ma maîtresse peut-être plus folle encore. Il faut réagir. Les cloches n'ont pas sonné depuis trop longtemps. Peut-être le moment est-il venu de les entendre à nouveau.*

Une fois assouplie, la langue du Vieux Bélier se débarrassa du fardeau de tous ses secrets. Il raconta à Abigor sa rencontre avec le garçon, l'attaque par le Grand Chêne, l'irruption de Mme Abernathy dans la forêt. Il lui expliqua qu'il avait vu Samuel se cacher, lui indiqua la direction vers laquelle lui et son chien avaient dû prendre la fuite. À mesure qu'il parlait, il voyait le visage d'Abigor s'empourprer de fureur.

— Le Forgeron a menti ! Il a dû voir le garçon mais n'a pas voulu m'en parler.

Il se tourna vers un des démons qui venaient de se poser à côté de lui et lui ordonna d'aller ramasser les restes du Forgeron pour pouvoir le punir plus cruellement encore. En commençant par les mains sectionnées, pour les écraser afin qu'il ne puisse plus jamais s'en servir, mais le sac contenant les mains était vide. Un second démon qui revenait d'une patrouille pour repérer le garçon s'approcha craintivement et annonça que le Forgeron lui-même avait disparu; en survolant le cratère d'armes, il n'avait vu aucune trace du cadavre. Par ailleurs, il avait remarqué une odeur étrange : l'odeur de la bonté, de la dignité, de l'humanité. Pour le démon, le Forgeron était parti à jamais. Son âme n'était plus en Enfer.

Abigor s'étouffa de rage. Il avait toujours perçu une imperfection chez le Forgeron, un résidu d'espoir et de dignité qui aurait dû être annihilé depuis longtemps, mais il n'aurait jamais imaginé que cela aurait suffi pour effacer ses fautes. Le Forgeron avait une âme pétrie de regrets et il s'était sincèrement repenti, sans même l'espoir que cela mettrait un terme à ses souffrances puisqu'il avait dû se croire condamné à l'Enfer pour l'éternité. La repentance n'aurait de toute façon pas suffi : un sacrifice était nécessaire. Samuel avait sauvé le Forgeron en lui permettant de se sacrifier à sa place — un geste à la hauteur de la pureté du garçon. Samuel Johnson était une âme pure car seule une âme aussi pure peut survivre en pareil lieu — survivre et donner les moyens de survivre à l'âme d'un autre. Le garçon était dangereux, bien plus que Mme Abernathy le pensait. Sa présence en Enfer était un péril contagieux. Il fallait l'enfermer à l'écart, le dissimuler. Impossible de le tuer : un mortel ne peut pas mourir en Enfer. Rien ne peut mourir. L'Enfer est un lieu de tourment éternel, et le tourment éternel requiert l'impossibilité de mourir.

Une ombre passa au-dessus d'Abigor et un nouveau démon se posa près de lui. Il annonça qu'il avait suivi deux véhicules mobiles à travers le paysage rocheux menant au Vide. Là, il avait vu le garçon et son animal réunis, sains et saufs, puis était resté à les observer jusqu'à être certain de la direction qu'ils prenaient. Alors seulement, il était revenu informer son maître.

— Vite ! s'écria Abigor. Repartez, repartez ! Arrêtez le garçon et ramenez-le-moi !

Les démons s'envolèrent comme des corbeaux effrayés par un coup de feu. Abigor s'apprêtait à les suivre quand le Vieux Bélier retint sa monture par les rênes.

— Et le Vieux Bélier ? Le Vieux Bélier vous a dit tout ce qu'il savait… Quelle récompense pour le Vieux Bélier ?

Le cheval d'Abigor se cabra et frappa d'un coup de sabot la tête du Vieux Bélier, qui s'effondra par terre.

— Comment puis-je faire confiance à une misérable créature qui rompt une promesse et trahit un maître pour un autre ? Pour les traîtres, je ne connais qu'une seule récompense…

Il leva un doigt griffu et l'univers du Vieux Bélier bascula un instant dans les ténèbres. Quand il se réveilla, il était pris au piège dans la glace et sa tête cornue émergeait seule de la surface du grand lac gelé de Cocyte. Aussi loin que portait son regard, l'étendue d'une blancheur glacée était parsemée par d'autres créatures qui, comme lui, avaient trahi – leur famille, leurs amis, leurs seigneurs et leurs maîtres.

Les dents du Vieux Bélier se mirent à claquer, car le Vieux Bélier détestait le froid.

25

OÙ UNE ODEUR FAMILIÈRE PROPULSE LES NAINS AU SEPTIÈME CIEL

Il y avait beaucoup de choses que Trouillh ne se serait jamais attendu à voir durant son existence. Un Autre Lieu Que l'Enfer, par exemple, ou un démon qui aurait envie d'une étreinte amicale et d'un gentil bavardage au lieu d'infliger la souffrance, de répandre l'affliction et, d'une façon générale, de se montrer particulièrement insupportable. Mais en première position sur sa liste se trouvait : Nouillh en proie à une émotion positive sincère. Pourtant, pendant qu'il observait Nouillh et Samuel – après avoir sauté dans les bras l'un de l'autre, ils se racontaient en parlant à toute vitesse ce qui leur était arrivé depuis leur séparation –, il vit une grosse larme sentimentale se former sous l'œil de Nouillh, rouler le long de son visage et exécuter un petit saut en atteignant la pointe de son menton. Et Trouillh songea que, si Nouillh était capable de pleurer de joie, alors tout était possible.

— J'ai un truc dans l'œil, dit Braillard devant les deux amis, tout à la joie de leurs retrouvailles.

Il renifla discrètement.

— Très émouvant, ajouta Furibard en s'essuyant le nez dans une manche qui avait apparemment souvent rempli cette fonction car elle ressemblait à une piste de stade pour escargots.

— Quand je vois des gens heureux, j'ai toujours envie de manger de la glace, constata Roupillard. Je suis sérieux, hein…

— Preilloi, dit Bredouillard – ce qui s'apparentait à une confirmation.

Ils se tournèrent vers Dan-le-Marchand-de-Glaces qui, en guise de réponse, brandit un cornet vide.

— Il n'y a plus de glace! Vous avez tout mangé. Je ne croyais pas ça possible mais vous l'avez fait. Espèces de monstres!

— Bon, tant pis, se résigna Roupillard. Je me contenterai d'être heureux sans rien manger, mais ce ne sera pas pareil.

Il se replongea dans la contemplation de Samuel et Nouillh.

— Allez, vous tous, venez par ici, intervint en souriant le sergent Rowan. Ce n'est pas un spectacle!

À regrets – car ils étaient malgré tout de petits hommes sentimentaux –, les nains se détournèrent de la scène.

Samuel et Nouillh allèrent s'asseoir à l'écart sur une pierre plate, suivis par Boswell qui trottinait joyeusement à côté d'eux. Chacun réfléchissait à ce que l'autre venait de lui raconter.

— Alors comme ça, pendant tout ce temps, tu t'es caché? demanda Samuel.

— Eh bien, je fuyais et je me cachais, oui. Tu comprends, je me demande toujours si Mme Abernathy sait que je suis responsable de l'effondrement du portail. Elle est au courant pour la voiture, bien sûr, mais pas pour moi. Alors Trouillh a eu l'idée de ce camouflage...

Samuel regarda l'Aston Martin transformée en rocher. La carapace – non pas un rocher mais une mince plaque de métal martelée et peinte – était maintenue en place par des étais fixés à la carrosserie. Le métal avait été découpé et remplacé par un voile de gaze au niveau des vitres et du pare-brise afin que le conducteur ait une vision parfaite dans les quatre directions. Tout cela avait été parfaitement pensé, et la métamorphose en rocher était une manœuvre brillante. Du moins tant que personne ne voyait ledit rocher se mettre en mouvement. En même temps, se dit Samuel, on était en Enfer et dans ses profondeurs devaient probablement se tapir des rochers mobiles, sans doute avec des crocs en diamant prêts à dévorer des rochers plus petits, incapables de se défendre...

— Mais comment as-tu réussi à me trouver ? demanda Samuel. L'Enfer est un endroit gigantesque, non ?

— J'ai entendu dire qu'il était infini, ou si près de l'infini que ça revient au même. Et s'il n'est pas infini, personne n'a encore trouvé *où* il se termine[1]. Et si on inclut le Vide dans le calcul, alors là...

---

1. Problème épineux, l'infini, et bien plus difficile à expliquer qu'on pourrait le croire. L'une de ses illustrations théoriques – et paradoxales – les plus intéressantes a été formulée par le mathématicien allemand David Hilbert (1862-1943) sous le nom de «Hôtel de Hilbert». L'Hôtel de Hilbert est toujours plein mais, chaque fois qu'un nouveau client arrive, l'hôtelier lui trouve une chambre libre car c'est un hôtel infini avec un nombre de chambres infini. Chaque nouvel arrivant prend la chambre 1, le précédent occupant s'installant dans la chambre 2, etc. Arrive

En pensant qu'il avait failli se perdre dans ce néant noir, Samuel eut un frisson rétrospectif. Il sentait encore, dans les régions reculées de son être, la trace froide laissée par le Vide et se demanda si elle resterait en lui à jamais.

— En tout cas, j'ai senti ta présence dès que tu es arrivé en Enfer. Il y a toujours eu quelque chose en moi qui est resté connecté à toi. Je ne sais ni comment ni pourquoi mais je m'en félicite, à présent.

— Parfois tu apparaissais dans mes rêves, répondit Samuel. On discutait tous les deux...

— Dans mes rêves aussi. Je me demande si nos conversations portaient sur les mêmes sujets ?

Avant qu'ils poursuivent, Trouillh approcha, l'air angoissé, suivi de l'agent Peel. Trouillh allait dire quelque chose mais Nouillh leva la main.

— Samuel, je voudrais te présenter quelqu'un dans les règles. Samuel Johnson, voici mon... eh bien, mon ami et collègue Trouillh.

---

ensuite un autocar infini transportant un nombre infini de passagers, mais l'hôtel parvient toujours à les accueillir. Chaque client de l'hôtel est déplacé dans une chambre dont le numéro est le double de celle qu'il occupait précédemment. Le client de la chambre 1 va dans la chambre 2, celui de la chambre 2 dans la chambre 4, celui de la chambre 3 dans la chambre 6 et ainsi de suite. Un nombre infini de chambres à numéro impair est donc disponible pour les passagers infinis de l'autocar infini. Malheureusement, l'Hôtel de Hilbert ne pourrait jamais exister dans le monde réel car, l'univers ne contenant que 1 080 atomes, il n'y a pas suffisamment de matière pour créer un hôtel de taille infinie. De toute façon, qui aurait envie d'y séjourner ? Le service d'étage est déplorable − le temps qu'on vous apporte le repas commandé par téléphone, il aura déjà refroidi − et mieux vaut ne pas avoir oublié ses clés en arrivant devant la porte de sa chambre : le retour à la réception prend un temps... infini.

Et Trouillh, que Nouillh avait baptisé de bien des noms par le passé mais jamais de celui d'«ami», s'immobilisa comme s'il venait de percuter un mur. Son visage rougit puis rayonna.

— Bonjour, Trouillh! Ça me fait plaisir de te rencontrer enfin.

— De même, monsieur Samuel.

— «Samuel» suffira. Désolé si j'étais un peu silencieux, dans la voiture. Je n'étais pas complètement moi-même.

— Pas la peine de t'excuser.

Samuel tendit la main et Trouillh la serra. Quand Samuel la retira, Trouillh remarqua qu'il n'essayait pas de l'essuyer sur son pantalon, sur le sol ou sur quelqu'un d'autre. Décidément, pour Trouillh c'était la journée des premières fois.

Une toux discrète de Peel accompagnée d'un index pointé vers le ciel ramena vigoureusement Trouillh à la réalité.

— Ah! oui. On doit partir. L'agent Peel a vu des créatures tournoyer dans le ciel. On nous observe.

Tous levèrent les yeux. Pendant que Samuel était plongé dans la contemplation du Néant, les nuages s'étaient faits plus sombres, plus lourds, le tonnerre plus fracassant et les éclairs plus cinglants.

— De toute façon, un orage se prépare, dit Nouillh. Mettons-nous à l'abri.

Au même instant, un démon traversa un banc nuageux. Samuel crut d'abord voir un oiseau au corps allongé mais, lorsque l'animal descendit un peu plus bas, il remarqua la queue fourchue, les ailes de chauve-souris et la paire de cornes sur la tête. Il eut le sentiment qu'il s'intéressait beaucoup à eux, puis il remonta brusquement dans les nuages.

— Là-bas ! s'écria Peel. La dernière fois, j'en ai repéré deux.

Nouillh eut un air soucieux. Si l'agent Peel disait vrai, cela signifiait qu'un des démons les surveillait pendant que l'autre allait informer son maître de leur progression. Question cruciale : qui était son maître ?

De là où se tenait le petit groupe, on distinguait des collines aux teintes rouges, ces mêmes collines vers lesquelles se dirigeaient Samuel et Boswell quand ils s'étaient retrouvés devant le Vide. Ils en étaient séparés par ce qui ressemblait à des marécages sur lesquels flottait une brume particulièrement toxique. Nouillh savait que ces collines étaient grêlées de grottes et de cavernes. Dans toute autre région de l'Enfer, des monstres innommables en auraient certainement fait leur repaire, mais même les habitants de l'Enfer préféraient se tenir à distance du Vide, visible des plus hautes collines.

— On peut se trouver une cachette là-bas, suggéra Nouillh. De là, on pourra réfléchir à un plan.

Ils s'entassèrent tous dans leurs véhicules respectifs et Nouillh ouvrit la voie en direction des collines, cheminant avec précaution à travers les marécages puants. Il était obligé de baisser les vitres pour pouvoir se guider et suivre pas à pas leur progression, et la voiture empestait. Samuel vit surgir du marais un œil brandi par une main.

— Qu'est-ce que c'est, Gertrude ? dit une voix.

— Nigel, on dirait bien qu'un *olibrius* conduit deux autres *olibrius* et une petite chose à travers notre jardin.

Un deuxième œil surgit du marais.

— Eh bien, messieurs, vous ne manquez pas de culot !

— Pardon, répondit Samuel, on ne savait pas que c'était votre jardin. On va essayer de ne rien déranger.

— C'est un *marécage*, Samuel! souffla Nouillh. Si on y dérangeait quoi que ce soit, ça ne pourrait que l'améliorer.

— Je vous ai entendu! dit Nigel.

Une main se dressa au-dessus du marais pour se transformer en poing, bientôt brandi en direction de la voiture de Nouillh.

— Vous méritez une bonne correction! Non seulement vous piétinez notre jardin, mais en plus vous vous moquez de mes talents horticoles! Bon sang, l'Enfer n'est plus ce qu'il était! Gertrude, je vais chercher mes armes.

— Bien parlé, Nigel!

La camionnette du marchand de glaces choisit ce moment pour traverser le rideau de brume.

— Regarde! Voilà un autre véhicule! Oh, celui-ci est rempli de petits hommes! Comme c'est mignon...

Les nains s'attroupèrent devant le passe-plat de la camionnette, rejoints par l'agent Pccl.

— Un œil comme ça, on n'en voit pas tous les jours, remarqua Braillard.

— C'est surtout qu'on les voit par deux, corrigea Furibard. Eh! Ma jolie, tu nous as à l'œil, c'est ça?

— Attention de ne pas le laisser tomber! ajouta Roupillard. Tu n'en aurais pas d'autre pour le chercher...

Lucide, Gertrude choisit de reconsidérer son opinion sur les nains.

— Quels horribles petits bonshommes! grinça-t-elle quand l'œil de son mari reparut près d'elle, accompagné de toutes sortes de mains brandissant des cannes, des matraques et, bizarrement, un long bâton de rhubarbe.

— Ne t'approche pas d'eux, chérie! Ce sont des êtres vulgaires et communs. Qui sait s'ils ne sont pas contagieux...

— Communs? répéta Furibard. Nous sommes peut-être communs mais nous avons gagné le droit d'être désagréables!

— À la sueur de notre front! renchérit Braillard. La grossièreté, vous en avez juste hérité. Nous, on s'est battus pour l'avoir!

— Bande de paysans! cria Nigel. Vandales! Fichez le camp de chez moi!

— Blablablablabla! hurla Furibard en tirant la langue et en agitant les mains derrière les oreilles, geste immémorial d'irrespect très prisé dans les cours de récréation du monde entier.

Laissant derrière eux les marécages, ils parvinrent à un pan de terre ferme. Les nains paraissaient très contents d'eux et même l'agent Peel et le sergent Rowan semblaient avoir beaucoup apprécié cette petite péripétie.

— Rien de tel qu'une bonne prise de bec de temps en temps! dit Braillard.

— On devrait repasser leur dire bonjour au retour, suggéra Roupillard. Je les aimais bien. Pas vrai, Braillard?

Mais Braillard n'écoutait pas. Il reniflait une odeur dans l'air.

— Vous sentez? demanda-t-il à la cantonade.

— Le marais, répondit Furibard.

— Non. C'est autre chose...

— C'est moi..., avoua Roupillard. Toute cette glace, ça m'a retourné. Désolé.

— Non, pas cette odeur. Celle-*là*.

Ils reniflèrent tous.

— Noooon, ce n'est pas possible..., dit Furibard.

— On rêve ! s'écria Roupillard.

— C'est...

Braillard était tellement submergé par l'émotion qu'il ne trouvait plus ses mots.

— C'est...

— Une brasserie ! compléta Bredouillard.

Dans la camionnette, tous les regards se tournèrent vers lui — y compris celui de Dan, qui dans ses meilleurs jours ne voyait pourtant pas le bout de son nez.

— Bredouillard, on a compris ce que tu as dit ! constata Braillard.

— Je sais. Mais cette fois, c'est important.

Et de fait, ça l'était.

26

OÙ L'ON APPREND QUE RECONSTITUER UN GOÛT
VRAIMENT RÉPUGNANT N'EST PAS À LA PORTÉE
DE TOUT LE MONDE

Nous avons déjà vu que son passage sur Terre avait quelque peu modifié Mme Abernathy, et pas forcément pour le meilleur selon ce qu'on pense des rideaux en crochet ou des pots-pourris floraux. Nouillh aussi avait été changé, qui avait découvert sa vraie nature de démon : démon de la vitesse. Mais d'autres citoyens de l'Enfer étaient rentrés différents de leur brève expédition dans le monde des hommes. Des requins vrilles s'étaient ainsi pris de passion pour le rugby, même s'ils y étaient asscz maladroits puisqu'ils finissaient toujours par déchiqueter le ballon ; un groupe de goules, après s'être enfermées dans une chocolaterie de Biddlecombe pour échapper à des jeunes gens plutôt vindicatifs, étaient devenues des expertes en cacao et avaient pris conséquemment une apparence boudinée beaucoup moins effrayante ; enfin, quelques diablotines ayant suivi, sur une télévision exposée en vitrine d'un magasin d'électroménager, une adaptation d'un roman de Jane Austen, s'étaient mises à porter des bonnets de dentelle et à jouer les marieuses les unes pour les autres.

Dans le chaos et le fracas qui avaient suivi l'échec de l'invasion, personne n'avait remarqué que deux phacochères nommés Shan et Gath avaient disparu, et qu'il y avait donc deux paires de bras en moins pour jeter des pelletées de charbon dans les grands brasiers de l'Enfer. De toute façon, puisque personne ne touchait de salaire pour ce travail et que les brasiers de l'Enfer ne montraient aucun signe d'extinction imminente, il avait été décrété que Shan et Gath avaient trouvé un autre emploi ailleurs et ils avaient été rapidement oubliés.

Avant l'ouverture des portes de l'Enfer, les deux démons menaient une vie relativement stérile et monotone. N'ayant jamais connu la faim ni la soif, ils n'avaient jamais éprouvé le besoin de manger ou de boire. De temps à autre, ils mordillaient bien un rocher spécialement intéressant, histoire d'éprouver sa consistance, et il leur arrivait aussi de grignoter des démons plus petits qu'eux (ne serait-ce que pour voir à quelle vitesse leurs membres repoussaient). Après tout, quand on est en Enfer, on s'amuse avec ce qu'on peut.

Mais leur séjour sur Terre leur avait ouvert les yeux et avait éveillé leurs papilles gustatives à un nouveau monde de possibilités. L'unique contribution de Shan et Gath à l'invasion de la planète par les légions infernales avait en effet consisté à passer une nuit au Fig & Parrot, un pub de Biddlecombe où ils avaient éclusé des pintes gratuites de ce qui n'était alors qu'une version expérimentale de la Spéciale de Spiggit's. Et si la Spéciale, comme nous l'avons déjà expliqué, était un peu forte voire agressive au palais, même pour des démons habitués à plonger des rochers dans les fleuves de lave de l'Enfer pour rehausser leur goût, Shan et Gath s'accordaient à reconnaître que cette nuit de dégustation avait véritablement transformé leur existence – de même que, provisoirement, leur acuité visuelle et le fonctionnement de leur système digestif. En retournant en Enfer, ils n'avaient plus qu'une idée en tête : trouver le moyen de recréer cette bière miraculeuse puis passer l'éternité à boire. Ils s'étaient donc retirés dans une caverne et mis au travail grâce à l'expérience acquise auprès des habitués du Fig & Parrot, buveurs de bière depuis si longtemps qu'ils n'étaient plus pour ainsi dire que des tonnelets sur pattes.

Hélas, comme Shan et Gath l'avaient rapidement compris, retrouver le goût unique de la Spéciale de Spiggit's était infiniment plus complexe qu'ils l'avaient espéré. Plusieurs dégustations, au début de leurs expériences, avaient déclenché des séismes dans leurs intestins et, passé trois verres, il leur fallait toujours un certain temps avant de retrouver le bon usage de leur langue et de leurs sinus. C'est pourquoi les deux phacochères avaient décidé de faire appel aux services d'un goûteur pour tester leurs différents breuvages. Brock, car tel était son nom, était un petit être sphérique et bleu doté d'une solide constitution, de deux jambes, deux bras, une bouche, trois yeux et de la faculté de se rétablir instantanément en cas d'accident physique.

Qualité qui n'avait pas tardé à se révéler précieuse. Dans leur caverne, Shan et Gath avaient installé des tubes, des bouteilles, des barils d'eau et des fagots d'herbes de toutes sortes – blé, avoine, orge. Pour s'approcher autant que possible du goût si caractéristique de la Spéciale de Spiggit's, Shan et Gath avaient également dû rassembler plusieurs acides, trois types de boue, tout un assortiment de teintures et de produits corrosifs, du gravillon, du mazout, des graisses rances et diverses sortes d'urine[1]. Chacune des variantes obtenues était soumise à Brock. Pour l'occasion, s'inspirant des déguisements de savants fous rencontrés lors de cette nuit fatidique au Fig & Parrot, Shan et Gath s'étaient confectionné des blouses blanches de laborantins et notaient scrupuleusement sur un bloc-notes les résultats de leurs expérimentations :

BIÈRE 1 : le sujet a le hoquet puis disparaît dans un nuage de fumée.

BIÈRE 2 : le sujet tombe de sa chaise. Mort apparente.

BIÈRE 3 : le sujet perd un œil.

BIÈRE 4 : le sujet perd les deux yeux.

BIÈRE 5 : le sujet prétend qu'il sait voler. Le sujet essaye. Le sujet se trompe.

BIÈRE 6 : le sujet prétend qu'il sait voler. Le sujet essaye. Le sujet a raison. À l'aide d'un balai, Gath le récupère collé au plafond.

BIÈRE 7 : le sujet supplie qu'on l'épargne. Le sujet menace de nous attaquer en justice. Le sujet s'endort.

BIÈRE 8 : le sujet devient vert. Puis violemment malade. À nouveau, mort apparente.

---

1. Si l'idée d'ajouter de l'urine dans la composition de ce breuvage vous semble dégoûtante, sachez que nos ancêtres en avaient pris l'habitude pour enrichir le goût de leur bière. Ils utilisaient aussi l'urine pour traiter la laine, nettoyer les sols ou réaliser des glaçages de pâtisserie («Ce gâteau a un drôle de goût, vous ne trouvez pas ? — Trop d'urine, peut-être ? — Non, justement, pas assez ! Attendez, je vais y remédier tout de suite… »). Encore plus bizarre : l'urine était utilisée pour préserver la fraîcheur de l'haleine, ce qui amène à se demander quel genre de mauvaise haleine on pouvait avoir à l'époque ! Mieux vaut ne pas savoir…

BIÈRE 9 : le sujet déclare que c'est le pire échantillon depuis le début. Le sujet voudrait vraiment mourir. Supplie à nouveau.
BIÈRE 10 : le sujet prétend que sa langue est en feu. Gath l'examine. La langue a vraiment pris feu.

Et ainsi de suite. À chaque échec, Shan et Gath, moroses, avaient noté un X en regard du mélange jugé imbuvable. Mais arrivés à la version 19 de la Spéciale de Spiggit's, ils étaient très optimistes. Cette fois, la boisson ressemblait vraiment à de la bière. Elle avait une belle couronne mousseuse, une teinte richement ambrée et l'odeur d'une boisson qu'on aurait pu avoir envie de boire sans un pistolet collé sur la tempe.

Ils tendirent la pinte à Brock qui examina le breuvage avec précaution. Il était devenu un véritable expert. Il huma et hocha la tête d'un air connaisseur.

— Ça ne sent pas mauvais du tout !

Shan et Gath acquiescèrent. Encouragé, Brock but une gorgée, la garda en bouche quelques instants puis l'avala.

— Eh bien ! Franchement, c'est tout à fait…

Puis il explosa. Des morceaux de Brock furent projetés sur les murs, sur l'alambic, sur Shan et Gath. Ils se nettoyèrent puis observèrent les fragments glisser le long des parois de la caverne ou ramper sur le sol pour venir reconstituer le corps de Brock. Une fois complet et apparemment remis de ses émotions, ce dernier jeta un coup d'œil inquiet au liquide à présent fumant répandu sur les pierres.

— A encore besoin d'être amélioré, décréta-t-il.

Shan se laissa tomber par terre et enfouit sa tête entre ses mains. Gath lâcha un grognement. Après tous ces efforts, ils n'étaient toujours pas arrivés à créer une bière buvable, et encore moins une imitation satisfaisante de la Spéciale de Spiggit's. Ils n'y arriveraient jamais, jamais! Une seconde pinte de Bière 19 avait été remplie, mais Gath n'avait plus qu'à la vider dans un trou pratiqué dans le sol. À cet instant, un nain pénétra dans la caverne suivi de trois autres individus d'à peu près la même taille.

— Bien le bonjour, messieurs! dit Braillard en se frottant les mains. Je prendrai une pinte de votre meilleure bière avec un paquet de chips.

— Moi aussi, ajouta Furibard.

— Pareil, renchérit Roupillard.

— Mchoz, dit Bredouillard qui était redevenu lui-même maintenant qu'ils avaient trouvé de la bière.

Shan et Gath s'interrogèrent du regard. Non seulement ces quatre nains leur rendaient une visite surprise, mais ils étaient apparemment animés d'une volonté suicidaire puisqu'ils voulaient goûter un échantillon de bière locale.

— Si j'étais vous, j'éviterais, leur conseilla Brock. Elle tape fort…

Braillard vit Gath sur le point de vider la pinte de Bière 19.

— Oh là, non, malheureux! Donnez-la-moi, plutôt.

Il avança vers Gath et retira la pinte de son sabot fendu, laissant Gath bouche bée, trop choqué pour réagir. Lui qui s'était toujours demandé si les nains existaient vraiment commençait à se croire intoxiqué par les vapeurs du brassage. Pourtant, ce nain paraissait bien s'adresser à lui et Gath ne tenait plus la pinte entre ses sabots, preuves que les nains étaient bel et bien réels – ou que Gath avait besoin d'une bonne sieste.

— Ce n'est pas comme ça que vous allez faire fortune, ironisa Braillard. Si elle est si mauvaise que ça, reversez-la dans le tonneau, personne ne le remarquera.

Il renifla le breuvage.

— Vous savez quoi? dit-il à ses camarades. C'est la Spéciale de Spiggit's, mais légèrement différente.

Il but une longue gorgée, la fit tourner dans sa bouche et l'avala. Shan et Gath se recroquevillèrent aussitôt en se couvrant la tête, pas exactement impatients de se retrouver couverts de morceaux de nain. Brock, lui, était déjà caché derrière un rocher.

Rien ne se passa. Braillard laissa juste échapper un rot avant de déclarer :

— Un peu trop douce, et le goût n'est pas encore assez... déplaisant.

Il tendit la pinte aux autres, qui goûtèrent chacun à leur tour.

— Un léger goût de poisson mort..., analysa Furibard.

— Ah oui, ça je ne me plains pas, on reconnaît bien le poisson mort, confirma Braillard.

— De l'essence? se hasarda Roupillard.

— Diesel, précisa Braillard. Une note subtile, mais bien présente.

— Flichrop, déclara Bredouillard.

Les trois autres nains se tournèrent vers lui.

— Ma parole, il a raison, admit Furibard.

— Bravo! s'exclama Braillard. Quelles papilles divines!

— Je crois que j'ai ce qu'il vous faut, annonça Roupillard.

Il fouilla dans ses poches et en extirpa un trognon de pomme si vieux qu'il aurait eu sa place dans la vitrine d'un antiquaire. Il le plongea dans la pinte et fit tourner le mélange avec son index.

— Goûtez-moi ça, dit-il en remarquant que son index se mettait à fumer (un très bon signe avec la Spéciale).

Braillard s'exécuta. L'espace d'un instant, il ne vit plus rien du tout et eut l'impression que sa tête venait de recevoir un piano lâché de très haut. Il tituba sur les talons et ne dut qu'à l'alambic de ne pas tomber à la renverse. Puis il recouvra peu à peu la vue et l'équilibre.

— Magnifique, croassa-t-il. Simplement magnifique!

Shan et Gath se matérialisèrent à ses côtés.

— Un fruit pourri, c'est tout ce qui manquait, reprit Braillard. Le mieux, ça reste les pommes, même si je donne ma préférence à la fraise. Plus c'est moisi, mieux c'est, mais ça reste une question de goût…

Il tendit la pinte à Shan, qui goûta avant de la passer à Gath. Tous deux grimacèrent, se retinrent l'un à l'autre puis retrouvèrent leurs sens.

— Hurh-hurh, dit Gath.

— Hurh-hurh, dit Shan.

Et ils se tombèrent dans les bras l'un de l'autre pendant que les nains les regardaient avec indulgence.

— Un moment Spiggit's! commenta Furibard.

— Ce moment privilégié…, dit Roupillard.

— …où on réalise qu'on va survivre, peut-être, compléta Braillard. Un moment magique, tout simplement magique!

27

OÙ L'ON ASSISTE À UNE CONFESSION SURPRENANTE

S amuel, Nouillh et Trouillh étaient assis devant
l'entrée de la grotte, Boswell somnolant entre
eux, et regardaient tomber la pluie acide. Elle était
vraiment acide : les nains y avaient jeté une pièce qui
avait rouillé et, en tombant sur le sol, les gouttes produisaient une vague odeur de brûlé. Ils avaient réussi
à mettre à l'abri l'Aston Martin et la camionnette de
Dan, et Nouillh leur avait assuré qu'ils étaient tous
hors de danger à présent. Pendant les orages acides,
aucune créature ne se risquait à voler ou à chasser.
Même les démons évitaient les douleurs inutiles –
en tout cas de s'infliger à eux-mêmes des douleurs
inutiles.

— Qu'est-ce qu'on va faire quand la pluie ces-
sera ? demanda Samuel. On ne peut pas se cacher
éternellement.

— Nous savons qu'il y a quelque part un portail
et que Mme Abernathy en a le contrôle, récapitula
Nouillh. Si on le trouve, vous pouvez rentrer chez vous !

Une expression qui ressemblait à du chagrin passa
sur le visage de Nouillh – et sur celui de Samuel.
Ils pensaient tous les deux la même chose : après avoir
été séparés puis, contre toute attente, réunis, il leur

semblait injuste de devoir à nouveau se quitter. Même si Samuel voulait désespérément retourner chez lui, même si Nouillh voulait que son ami fût en sécurité, leur affection mutuelle les condamnait à ressentir une grande tristesse lorsqu'ils auraient atteint leur but. Tout cela restait tu entre eux, mais ils en étaient l'un et l'autre parfaitement conscients.

— Je ne veux pas paraître grossier, intervint Trouillh, mais je ne serai pas mécontent de voir ces nains disparaître de mon horizon. Ils ont un certain potentiel... hum... désagréable.

Samuel et Nouillh comprirent que Trouillh tentait de faire diversion et lui en furent reconnaissants.

— Ce n'est pas un potentiel, corrigea Nouillh. Ils sont très activement désagréables. La dernière fois qu'ils l'ont été potentiellement, c'était avant leur naissance.

Pendant ce temps, les nains trinquaient joyeusement avec la nouvelle variante de la Bière 19 de Shan et Gath, enrichie de quelques fruits surgelés récupérés dans la camionnette de Dan. Dan, qui s'était résigné à l'idée que la vente de cornets de glace avait peu de chances de repartir dans les circonstances actuelles, étant donné la disparition de toute sa glace et de la quasi-totalité de ses copeaux de chocolat, s'était joint à la dégustation et commençait à se sentir un peu chancelant. Même l'agent Peel, avec l'autorisation du sergent Rowan, avait accepté d'en boire « une petite ». À cette occasion, le sergent était tombé d'accord avec Braillard, qui lui avait expliqué que le comportement criminel des nains était provoqué par la société. Rowan partageait ce point de vue : la société avait effectivement échoué à trouver le moyen de mettre les nains derrière les barreaux et de jeter la clé.

Pendant ce temps, Furibard initiait l'agent Peel aux subtilités de l'art du pickpocket — non par désir de partager ce savoir secret avec le policier mais après avoir été surpris en flagrant délit de vol de menottes.

— Je ne peux pas m'en empêcher, expliquait Furibard avec des accents de sincérité dans la voix, je suis né comme ça. Ma mère racontait qu'en me ramenant de la maternité, elle avait trouvé dans mes couches un stéthoscope et deux thermomètres. Je trouve toujours le moyen de chaparder. C'est un don. En quelque sorte…

— J'ai volé quelque chose, moi aussi, un jour, confessa brusquement l'agent Peel.

Furibard, comme Roupillard et Bredouillard qui avaient écouté leur échange, eut l'air stupéfait.

— Vraiment ? demanda Roupillard.

Peel hocha lentement la tête. Ses joues étaient brûlantes de honte, et aussi d'une projection de quelques gouttes de Bière 19 qui commençaient à attaquer son épiderme.

— J'avais quatre ans. J'étais assis à côté de Briony Andrews au jardin d'enfants. On avait toujours un cookie au goûter et j'avais mangé le mien, mais elle n'avait pas encore touché au sien. Alors…

Peel se couvrit les yeux d'une main et ravala un sanglot. Furibard lui donna une tape réconfortante dans le dos en essayant d'étouffer un rire.

— Allez-y, dites ce que vous avez sur le cœur. Se confesser, c'est bon pour l'âme.

L'agent Peel parvint à trouver les ressources nécessaires pour continuer son récit.

— Alors…

— Je crois que je devine la suite, commenta Roupillard.

— Mlapuf ! dit Bredouillard.

— C'est sûr. Briony Andrews n'a plus qu'à dire adieu à son cookie.

— Alors…

— Quel suspense, intervint Furibard.

— … je lui ai volé son cookie ! conclut l'agent Peel.

— Non ! s'écria Roupillard, feignant presque parfaitement la surprise.

— Vous nous faites marcher…, dit Furibard sans y parvenir du tout.

Braillard y alla aussi de sa remarque ironique :

— Un vrai délinquant. Voler le cookie d'une petite fille ? C'est moche.

— Tordu, dit Roupillard.

— Sournois, ajouta Furibard.

— Je sais, je sais, répondit Peel. Et il y a pire : j'ai fait comme si elle l'avait perdu. J'ai même supervisé les recherches !

— Oh, quelle hypocrisie ! s'exclama Furibard qui, en réalité, applaudissait à la rouerie criminelle du jeune Peel.

Voilà qui était admirable. Il commençait même à se demander s'il n'avait pas mal jugé le policier.

L'agent Peel retira les mains de ses yeux, révélant la lueur fanatique dans son regard.

— Mais ce soir-là, quand je suis rentré à la maison, j'ai fait le serment de ne plus jamais me rendre coupable d'activités illégales, qu'elles impliquent des cookies ou toute autre chose. De ce jour, je suis devenu policier dans l'âme et la Loi était ma seule maîtresse : Bob Peel, policier en culottes courtes, terreur des crapules de cour de récréation.

Pendant un bref moment de silence, les nains réfléchirent à cet aveu avant que Braillard conclue d'une voix sombre :

— Vous deviez être mortellement ennuyeux.

L'agent Peel lui lança un regard pénétrant. Son menton frissonna. Ses poings se crispèrent. Un instant plana dans l'air une odeur de meurtre.

— Eh bien, pour être honnête : oui.

Les rires qui accueillirent cette réponse firent trembler les parois de la caverne, au point qu'un peu de terre tomba dans les pintes, améliorant de façon notable la saveur de la Bière 19.

Devant l'entrée de la caverne, Trouillh mâchouillait une guimauve tout en essayant de faire le point sur la situation avec Nouillh, Samuel et le sergent Rowan.

— La voiture a pas mal souffert et la camionnette ne va pas durer beaucoup plus longtemps. Sans compter qu'on est presque à court d'essence, et que ça va nous prendre du temps pour en synthétiser suffisamment.

— Et du côté des bonnes nouvelles ? s'enquit Nouillh.

— Il nous reste des guimauves.

— On peut s'en servir pour faire tourner notre moteur ?

— Non.

— Alors, ce n'est pas vraiment une bonne nouvelle, n'est-ce pas ?

— Non, pas vraiment. Oh ! Regardez, la pluie se calme.

Il fronça les sourcils.

— Hum… ça non plus, ce n'est pas une bonne nouvelle, pas vrai ?

Nouillh se frotta les yeux d'un geste fatigué.

— Non, en effet.

Bientôt le ciel serait à nouveau rempli d'yeux hostiles et avides. Leurs ennemis les avaient localisés dans cette région et, dès que la pluie cesserait, ils fondraient sur eux. Sans armes, Nouillh et le petit groupe avaient peu de chances de leur résister. Décidément, certains jours, les difficultés semblaient s'amonceler sans fin. Avoir retrouvé Samuel aurait dû être un moment lumineux, tant il avait rêvé de revoir son ami. À présent qu'il était face à lui, Nouillh aurait voulu qu'il parte. Il ne fallait pas souhaiter n'importe quoi non plus : il n'avait pas voulu que Samuel fût traîné en Enfer pour avoir le plaisir de discuter à nouveau avec lui. Les nains et l'agent Peel les rejoignirent et, ensemble, ils regardèrent la pluie s'amenuiser, jusqu'à s'arrêter totalement.

— C'est le moment ou jamais, déclara Nouillh. Maintenant qu'il ne pleut plus, l'obscurité et le silence vont se maintenir pendant quelque temps encore. Ça se passe toujours comme ça en Enfer. En l'absence d'éclair, nous pouvons reprendre la route sans nous faire remarquer.

— Le plan, c'est bien de retrouver cette femme, enfin ce démon, enfin peu importe, pour qu'elle nous renvoie chez nous ? demanda Furibard.

— Ou alors de retrouver cette femme pour qu'elle vous atomise et que vous n'ayez plus à vous inquiéter de rentrer à la maison, répondit Nouillh. Ça dépend, en fait…

— De quoi ?

— De votre rapidité à la course une fois qu'elle vous aura repérés.

— Ça ne ressemble pas vraiment à un plan, observa Braillard. Et avec nos petites jambes, on n'est pas vraiment faits pour le sprint.

— Dommage, répondit Nouillh. La vitesse peut se révéler utile dans ce genre de situation.

— Que je sache, vous n'avez rien d'un sprinteur, remarqua Furibard. Grosses bottes, une bonne petite brioche... Vous aussi vous allez avoir du mal à semer Mme Abernathy si elle nous court après.

— Mais ce n'est pas *elle* que je devrai distancer, répondit Nouillh d'une voix pleine de bon sens. Juste vous.

28

Où la situation devient brusquement critique

I ls se préparaient à partir lorsque Samuel observa les nuages qui tournoyaient. Ils se déplaçaient moins violemment qu'auparavant, comme fatigués de leurs efforts, et l'on distinguait difficilement leurs visages. Le ciel était rehaussé d'un faible halo jaune et, si le paysage qui s'étendait devant Samuel n'était toujours pas beau, il dégageait une impression de sérénité. Un versant rocailleux descendait jusqu'à des tourbières boueuses traversées par une route en pierres. Une brume épaisse et puante planait toujours sur le paysage et Samuel était convaincu qu'elle leur permettrait d'échapper aux regards scrutateurs pendant qu'ils rouleraient.

Il pensa à sa mère. Elle devait se faire du souci pour lui. Il avait perdu toute notion du temps depuis qu'il était arrivé ici, mais au moins un jour et une nuit s'étaient écoulés, peut-être davantage. En Enfer, le temps passait différemment. Cette notion y avait-elle même cours ? Samuel n'en était pas certain. Si l'éternité était la seule perspective, alors les minutes, les heures et les jours n'avaient plus aucune signification ici. Mais, pour lui, ces mots avaient un sens : ils représentaient des moments séparés de ceux qu'il aimait – sa mère, ses amis, même son père. Nouillh était là, heureusement : c'était déjà ça.

À côté de lui, Boswell lâcha un petit jappement et se redressa pour renifler l'air. Ses oreilles frémirent ; il paraissait inquiet.

— Qu'est-ce qu'il y a, Boswell ?

Au même moment, une ombre fondit sur Samuel, le Guetteur plaqua une main sur sa bouche pour l'empêcher de crier et l'emporta dans le ciel dans un grand battement d'ailes. Le temps que Nouillh et les autres comprennent ce qui venait de se passer, Samuel disparaissait déjà dans les nuages bas, fermement enserré par le Guetteur. Boswell dévala le versant de la colline en aboyant et en sautant, comme s'il espérait attraper l'énorme monstre rouge et le ramener sur terre.

Mais Samuel n'était plus là. C'est Nouillh qui alla chercher le petit chien et le prit dans ses bras pour l'empêcher de se perdre ou de se faire dévorer. Boswell se débattait sans cesse, tentant désespérément de suivre Samuel, de le sauver...

Un pic crénelé se dressait au loin. Nouillh aurait juré y voir une créature perchée sur le dos d'un basilic. La créature le regardait, et il entendit la voix de Mme Abernathy aussi distinctement que si elle se tenait juste à côté de lui :

Je vais venir m'occuper de toi, Nouillh. Je n'ai pas oublié ton rôle dans ma défaite. Pour le moment, ta punition consiste seulement à savoir que ton ami est entre mes mains et que je compte le sacrifier à mon maître. Ensuite, ce sera ton tour.

Mais Nouillh se moquait bien de ses menaces et encore plus de son propre sort. Il se préoccupait seulement de Samuel, et de trouver un moyen de le récupérer.

* * *

Le Guetteur planait dans les hauteurs. Il tenait Samuel et celui-ci s'accrochait à lui car il craignait la chute plus encore que la créature. Sa peau, qui sentait le soufre et la cendre, était striée de cicatrices de plaies profondes. Samuel sentait la conscience de la créature tenter de forcer la sienne pour découvrir qui il était, explorer ses forces et ses faiblesses. Mais, cherchant à percer à jour sa proie, le Guetteur se dévoilait lui-même et Samuel était choqué par la nature du monstre. Il se rendait compte que, même parmi les habitants de l'Enfer, le Guetteur était un être singulier et solitaire, aussi différent de lui que des autres démons.

Enfin, pas exactement. Il avait un allié parmi les démons et c'était…

Une fraction de seconde, Samuel entrevit le Mal Suprême et put, pour la première fois, mesurer l'ampleur de sa folie, de sa détresse et de sa cruauté. C'était une vision tellement atroce que l'esprit de Samuel érigea toute une série de barrages pour préserver sa santé mentale. L'effet fut immédiat : bloqué aux portes de la conscience de Samuel, le Guetteur interrompit momentanément son vol, comme tétanisé par la force de la volonté du garçon. Resserrant son étreinte, il le plaqua contre son épaule. Samuel distingua au loin, entre les filaments nuageux, les collines où il avait été enlevé et où Boswell et Nouillh étaient désormais invisibles.

D'un nuage au-dessus d'eux se profila une créature pâle et émaciée. Ses côtes apparaissaient sous la peau, son ventre était creusé, son crâne chauve, ses oreilles longues et pointues, et ses dents, saillantes et ébréchées, dépassaient de ses lèvres, comme s'il y en avait trop pour tenir dans sa bouche. Elle suspendit son vol, apparemment surprise de cette rencontre, puis changea de position et se lança à leur poursuite. C'était un Courroux, un démon chauve-souris légèrement plus grand que Samuel. Ses ailes étaient attachées à ses bras, qui se terminaient par des griffes crochues. Il sortit ses serres, tel un faucon fondant sur sa proie.

Samuel tapa dans le dos du Guetteur et parvint à pousser un cri pour l'avertir du danger. Instinctivement, le Guetteur tourna sur sa droite et les serres du Courroux le manquèrent de quelques centimètres – seule une aile vint frapper le visage de Samuel. Le Guetteur fit passer le garçon sous son bras gauche et Samuel sentit qu'il allait tomber. Il planta ses ongles dans la peau épaisse et serra les jambes autour du torse du démon.

Le Courroux les attaqua de nouveau, cette fois par en dessous, en poussant des hurlements pour appeler en renfort d'autres Courroux. Le Guetteur lui assena un coup du bras droit et ses griffes creusèrent un trou dans le ventre de son assaillant. Aucune effusion de sang, mais les ailes du Courroux cessèrent de battre et, dans un terrible cri d'agonie, il descendit en vrille à travers les nuages pour s'écraser au sol tel un avion de chasse déchiqueté par un canon antiaérien.

Attirés par les cris de leur congénère, deux autres Courroux apparurent et plongèrent de concert vers le Guetteur. L'un frappait le Guetteur à la tête pour faire diversion pendant que l'autre tendait d'arracher Samuel à son étreinte, mais en vain. D'une main libre, le Guetteur agrippa le Courroux qui lui écorchait les yeux et lui brisa le cou, puis décapita presque le second, dont la tête ne tenait plus au corps que par un fragment de chair. L'attaque était terminée, le Guetteur et Samuel se retrouvaient à nouveau seuls dans le ciel. Samuel ferma les yeux, soulagé, de sorte que ni lui ni le Guetteur ne virent l'autre Courroux qui, au-dessus d'eux, les suivait depuis le début, s'éloigner pour aller raconter au seigneur Abigor ce qu'il venait de voir.

29

OÙ PLUSIEURS PERSONNAGES PASSENT À L'ACTION

L e basilic de Mme Abernathy avançait d'un pas lourd sur les pierres encore chaudes, à travers les nuages de vapeur provoqués par les récentes pluies. L'air était encore chargé d'une odeur âcre, la puanteur de la chair, du bois et des végétaux brûlés et corrodés par les gouttes d'acide. Pourtant, ce qui en cette contrée tenait lieu de vie commençait déjà à renaître. Des touffes d'herbes desséchées devenaient légèrement moins brunes ; des buissons rabougris, encore fumants et noircis, retrouvaient leurs mornes coloris habituels ; et tout un assortiment de petits démons qui n'avaient pas été assez rapides pour échapper à l'averse voyaient leurs bras, jambes, orteils ou têtes repousser. Certains y ajoutaient même, pendant qu'ils y étaient, un ou deux membres supplémentaires – cela pouvait toujours servir. Tapis dans leurs terriers ou derrière les fourrés, ils regardaient passer Mme Abernathy et remarquaient l'expression triomphale sur son visage, comme la lueur d'un bleu glacial dans ses yeux. Tous ne savaient pas qui elle était car, dans certains recoins de l'Enfer, le Mal Suprême était à peine plus qu'une présence légendaire cachée dans le secret de sa montagne. Quant à ses seigneurs, généraux et légions, ils auraient aussi bien pu être des héros de contes anciens tant leur influence sur l'existence de ces entités primitives était faible. Cependant, elles sentaient obscurément que cet étrange personnage avait un pouvoir immense et qu'il valait mieux s'efforcer de l'éviter.

Puis Mme Abernathy disparut et les créatures l'oublièrent aussitôt car elles avaient des préoccupations plus immédiates : que faire de cette nouvelle tête qui venait de pousser sur leur torse. À quand les prochaines pluies acides ?

Mme Abernathy ne s'apercevait même pas des mouvements autour d'elle. Elle sentait le Guetteur aux prises avec des assaillants, au-dessus d'elle, mais elle n'avait jamais douté de sa capacité à détruire tout ennemi passant à sa portée. À un moment seulement, elle avait craint que le Guetteur ne lâche Samuel Johnson, ce qui aurait ruiné tous ses espoirs de regagner les faveurs du Mal Suprême. Elle n'aurait pas eu grand-chose à montrer du garçon s'il avait fait une chute de mille mètres sur un sol rocheux. Certes, sa conscience aurait survécu, mais elle n'était pas sûre de pouvoir reconstituer un humain aussi facilement qu'un démon, et un amas répugnant de sang, os en morceaux et fragments de peau n'était pas exactement facile à reconnaître. Elle aurait sans doute pu mettre ses restes dans un bocal avec l'étiquette «SAMUEL JOHNSON (presque entier)» et le donner au Mal Suprême, mais ça n'aurait pas eu le même impact que de présenter le garçon, en pleurs mais intact, à son maître et de partager avec lui sa vengeance contre ce néfaste petit humain.

Mme Abernathy avait beau se représenter en pensée et en détail l'humiliation imminente de Samuel Johnson, elle n'en était pas moins troublée par l'intervention du seigneur Abigor. Abigor avait toujours envié sa position mais elle était surprise par la rapidité avec laquelle il avait ligué des troupes contre elle après l'échec de l'invasion. Elle avait reconnu parmi les alliés d'Abigor certains de ses anciens alliés, comme Guares et Borym, et leur trahison la blessait. Elle s'amusait à passer en revue tous les supplices qu'elle leur infligerait lorsqu'elle siégerait à nouveau à la gauche de son maître, puis balaya ces agréables images de son esprit afin de lui permettre de se concentrer sur des sujets plus cruciaux.

Abigor prenait de grands risques en s'opposant à elle : certes, le Mal Suprême lui avait interdit de paraître en sa présence, mais elle n'avait subi aucune sanction officielle et, en théorie du moins, elle commandait toujours les Armées Infernales. Autrement dit, Abigor se rendait coupable de trahison, même si elle aurait eu du mal à en administrer la preuve puisque Abigor n'avait encore rien tenté directement pour saper sa position.

S'il avait capturé Samuel Johnson, qu'en aurait-il fait ? L'aurait-il offert en trophée au Mal Suprême, comme Mme Abernathy l'avait prévu ? Dans ce cas, il aurait eu quelque difficulté à expliquer comment il avait attiré sa proie en Enfer. Non, c'est un tout autre plan qu'ourdissait désormais Abigor, et Mme Abernathy commençait seulement d'en percevoir l'ampleur. Le chancelier Ozymuth avait partie liée avec Abigor et, apparemment, il avait l'intention d'affaiblir le Mal Suprême en prolongeant et en intensifiant son chagrin. Son idée était à peine concevable, et pourtant : loin de chercher à supplanter Mme Abernathy, Abigor voulait bel et bien destituer le Mal Suprême en personne, régner sur l'Enfer en lieu et place de son roi dérangé. Maintenant qu'il avait enrôlé plusieurs autres seigneurs dans son plan — même si ceux-ci n'étaient pas pleinement conscients de son ampleur –, il n'avait pas d'autre choix que de l'accomplir jusqu'au bout. Si Abigor renonçait maintenant et si le Mal Suprême, ayant recouvré la raison, découvrait ne serait-ce qu'une infime partie du complot – ce qui ne manquerait pas de se produire puisque Mme Abernathy lui en parlerait, et peut-être avant elle d'autres démons complices d'Abigor espérant sauver leur peau –, alors l'ensemble des traîtres se retrouveraient sans tarder gelés dans le lac Cocyte. Et cela, seulement si le Mal Suprême faisait preuve d'une compassion inattendue.

Abigor était allé trop loin pour faire machine arrière. Il devait miser tous ses espoirs sur la folie du Mal Suprême et la défaite de Mme Abernathy. Les deux étaient liés à Samuel Johnson, car recevoir en cadeau son ennemi enchaîné pourrait tirer le Mal Suprême de sa torpeur et réduire à néant le plan d'Abigor. Si Samuel Johnson lui demeurait caché, le Mal Suprême continuerait de s'abîmer dans la douleur et la démence et Mme Abernathy resterait à jamais maudite.

C'était une phase charnière. Mme Abernathy détenait le garçon et devait le protéger d'Abigor jusqu'au moment où elle pourrait l'emmener dans la montagne du Désespoir. L'attaque menée par les Courroux contre le Guetteur n'était qu'un début. Le pire restait à venir.

Comme pour confirmer ses soupçons, le sol sous ses pieds se craquela et une immonde bête sans yeux, frémissante, au corps jaune, émergea d'un trou. C'était un Fouilleur, avec un torse d'homme greffé sur un corps annelé de lombric. Son visage évoquait un rat ou un campagnol. Il avait des pattes de mille-pattes, sauf à l'avant et à l'arrière de son corps où elles étaient remplacées par de puissantes griffes palmées. Il vivait en surface mais, en cas de nécessité, se réfugiait sous terre. Il avait la particularité de partager avec ses congénères une conscience commune, de sorte que chacun pouvait bénéficier du savoir acquis par les autres. Bien qu'aveugle, le Fouilleur pouvait identifier la présence d'autres êtres vivants en surface grâce aux vibrations produites par leurs déplacements ou grâce à son acuité olfactive et gustative extrême. Avec de tels dons, le Fouilleur était un espion de choix et Mme Abernathy s'était assurée de sa loyauté en lui livrant parfois ses ennemis. Le Fouilleur s'en emparait et les enfouissait sous terre pour les dévorer.

— Maîtresse, nous vous apportons des nouvelles, commença le Fouilleur. En ce moment même, des légions se rassemblent. Nous avons surpris des conversations. Il est question d'un garçon. Vos ennemis veulent prendre d'assaut votre repaire pour récupérer votre prisonnier. Vous devez être punie pour avoir comploté contre le Mal Suprême.

— Me punir ?

Mme Abernathy était estomaquée par une telle impudence.

— Oui, maîtresse. Un tribunal constitué de juges choisis par le seigneur Abigor a siégé en votre absence et, à l'unanimité, vous a jugée coupable de trahison. Vous êtes accusée d'avoir ouvert un portail entre ce monde et le monde des hommes afin de régner sur la Terre et d'y créer un royaume opposé à notre Royaume de Feu. Vous allez être arrêtée pour être emmenée au point le plus reculé du lac Cocyte, où un trou a été creusé pour vous dans la glace.

Mme Abernathy était sous le choc. Ils étaient passés à l'action si rapidement !

— Combien de temps me reste-t-il ? demanda-t-elle.

— Très peu, maîtresse. Les forces liguées contre vous ne se sont pas encore rassemblées à leur point de rencontre, dans la plaine de la Désolation, mais quatre légions ont déjà été envoyées pour s'emparer de votre palais.

— Quelles légions ?

— Celles des seigneurs Duscias et Peros.

— Et mes alliés ? Mes armées d'Infernaux ?

— Ils attendent vos ordres.

— Dis-leur de se réunir à l'ombre des Collines Abandonnées. Avertis les seigneurs qui sont encore neutres que le garçon est entre mes mains et que le moment est venu pour eux de choisir leur camp. Leur loyauté sera amplement récompensée. Leur trahison, jamais pardonnée.

— Oui, maîtresse. Et les légions en marche vers votre palais ?

Mme Abernathy réfléchit un instant.

— Toi et les tiens, enfouissez-les sous terre et dévorez-les.

Elle piqua des éperons et son basilic s'élança, laissant le Fouilleur qui, déjà, se léchait les babines en songeant au festin de chair fraîche.

30

Où le Guetteur est en proie à un dilemme

L e Courroux du seigneur Abigor suivit l'évolution du Guetteur jusqu'à ce que le palais de Mme Abernathy fût en vue, puis vira sur l'aile pour aller rendre compte à son maître. Mais le Guetteur avait senti sa présence et, sitôt l'espion reparti, il changea de direction en se cachant derrière les nuages, pour arriver aux Collines Abandonnées. Là, perché sur un pic rocheux, il déposa Samuel en plaçant une patte sur son torse afin qu'il ne s'échappe pas. De son point d'observation, il voyait les armées de Mme Abernathy se regrouper. Des démons surgissaient de terre, émergeaient de leurs cavernes, descendaient des nuages ou rampaient hors de leurs mares obscures. Ils se formaient à partir de tas de cendres, de sable, de neige, de molécules d'eau et d'atomes invisibles. Créatures à cornes, à ailes ou à nageoires ; créatures familières ou informes ; créatures de feu ou de pierre, d'eau ou de glace, de crocs ou de griffes, d'esprit ou d'énergie ; toutes avaient répondu à l'appel de Mme Abernathy.

Certaines avaient accouru par loyauté, d'autres par peur, d'autres enfin parce qu'elles s'ennuyaient, tout simplement. En venant, elles faisaient un pari sur l'issue de la bataille, même si la défaite éventuelle se paierait du prix de la souffrance. Mais tout valait mieux que l'ennui de la damnation. Des éclairs illuminèrent le paysage, arrachant à la pénombre des fers de lance, des lames de couteau dentelées et des milliers d'armes blanches. Le Guetteur tourna son regard vers la droite : au loin, les pierres crépitaient d'étincelles sous des sabots farouches, et des bottes frappaient le sol en cadence dans un cliquètement d'acier à mesure qu'approchaient les premières légions des seigneurs qui avaient choisi de se ranger dans le camp de Mme Abernathy.

Le Guetteur projeta sa conscience encore un peu plus loin et vit les quatre légions de Duscias et Peros traverser d'un mouvement impérieux cette grande plaine fissurée où, jadis, avant même la conception du temps, se trouvait un grand lac d'eau empoisonnée alimenté par les fleuves toxiques s'écoulant des cimes environnantes. Le Mal Suprême avait détourné leur cours pour former le lac Cocyte, et la plaine s'était rapidement asséchée. Désormais, seule la poussière la survolait, avant de tomber dans d'étroites crevasses menant dans les profondeurs de la terre.

Les quatre légions progressaient avec précaution à travers ce paysage jalonné d'embûches. Les fantassins − des rangées de démons alignées à perte de vue − étaient vêtus d'épaisses armures et brandissaient de longues piques surmontées d'une lame effilée mais solide autour de laquelle s'enroulait une tige métallique en forme de tire-bouchon. Plongée dans le ventre d'un ennemi, l'arme devait être tournée puis retirée violemment, lui arrachant les organes internes pour le laisser agoniser sur le champ de bataille. Car même un démon mettait du temps à se relever d'une blessure si atroce. De courtes épées complétaient leur armement au même titre que leur armure dont les plaques de métal noir étaient hérissées de pointes, ainsi que leurs gants et leur heaume.

À côté des fantassins, leurs capitaines et lieutenants montaient des chevaux écorchés dont la chair mise à nu et les muscles élancés luisaient. L'armure des cavaliers était richement ornée, leurs armes incrustées de pierreries, ce qui ne les empêchait pas d'être redoutables. Des bannières claquaient au vent glacé – de gueules, d'or et de sinople, les couleurs des Maisons de Peros et Borym – mais un grand étendard flottait sur les troupes, frappé d'une main de feu sur fond de sable. C'était l'emblème de la Maison du seigneur Abigor. La bannière des Armées Infernales – la tête cornue du Mal Suprême – n'apparaissait nulle part. Les seigneurs avaient officiellement choisi leur camp et ils ne servaient plus le Mal Suprême, mais le démon qui entendait lui succéder.

Ce furent les chevaux, aux yeux et à la bouche rougis par les feux brûlant en eux, qui sentirent les premiers l'approche d'un danger inconnu. Ils geignirent, hennirent puis se cabrèrent, manquant renverser leur cavalier. Une onde de panique remonta les rangs des soldats lorsque Ronwe, un démon mineur qui avait rallié ses dix-neuf légions aux hommes de Borym et avait été promu commandant en second, se retourna pour lancer un ordre qui ne devait jamais être entendu car le sol s'ouvrit au même instant sous lui, l'engloutissant ainsi que sa monture. La crevasse devant la première rangée de démons s'élargit, obligeant l'ensemble des troupes à s'arrêter. Des profondeurs monta un gaz vert puant et la bordure de la crevasse se mit à s'effondrer, avalant deux dizaines de légionnaires. Les témoins directs de la scène, conscients du danger, tentèrent de battre en retraite mais, cernés par les rangées de soldats qui s'étaient remis en mouvement, basculaient à leur tour dans le précipice. Les capitaines hurlaient des ordres pour stopper la marche de leurs soldats et permettre aux premières lignes de reculer, mais leurs chevaux tentaient de les désarçonner et la panique gagnait peu à peu les troupes. Pendant ce temps, le sol continuait de se crevasser, isolant des cohortes complètes de légionnaires sur des îlots de terre aride qui se mettaient à leur tour à s'effondrer.

Alors, les créatures souterraines passèrent à l'attaque. Des tentacules massifs rehaussés sur toute leur longueur de barbelures empoisonnées jaillirent des profondeurs, entraînant les démons dans les abysses. Des insectes rouges géants, capables d'avaler en une fois une tête humaine, se déversaient par les fissures, claquant des mandibules et cisaillant avec leurs palpes. Les bras des soldats n'étaient pas assez forts pour percer leur carapace et leur armure ne résistait pas à la violence de leurs morsures. Des vers cachés depuis l'éternité sous terre ouvraient grand leurs mâchoires et ce qui, quelques secondes plus tôt, paraissait être la terre ferme se transformait en un gigantesque piège rempli de dents. Les pieds étaient coupés des jambes, et les têtes arrachées des torses…

Quelques-uns des meilleurs combattants du seigneur Peros s'étaient repliés sur un fragment de terre stable, au bord de l'ancien lac, et contournaient avec précaution le lieu du carnage tout en repoussant leurs assaillants à force de volonté et de discipline. Ils étaient arrivés à mi-parcours de la circonférence du lac, à l'endroit où les collines se redressaient brusquement comme les pentes d'un volcan, quand des monceaux de terre s'abattirent sur eux. Sur les pentes apparaissaient de grands trous bien nets d'où sortaient des griffes palmées, qui se mirent à les tirer par les pieds, les bras, le cou. Les Fouilleurs attaquaient. Et le lit du lac, desséché depuis longtemps, se remplit du sang rouge et noir des démons.

Le Guetteur assistait de loin à la scène. Cet affrontement menaçait de ravager l'Enfer, mais il se demandait toujours quelle attitude adopter, car l'écho des hurlements du Mal Suprême parvenait toujours à ses oreilles, et ils semblaient ne jamais devoir s'arrêter. Quand un roi devient fou, comment ses sujets sont-ils censés réagir[1] ? Si le Mal Suprême cessait d'inspirer la terreur parmi eux, il semblait inévitable que ses subordonnés se battent les uns contre les autres pour obtenir le pouvoir. Mais Abigor représentait une menace plus terrible encore, car il cherchait moins à provoquer le désordre qu'à se rebeller ouvertement contre son maître.

---

1. En général, les sujets doivent juste supporter la folie de leur souverain en attendant que quelqu'un l'assassine. Ainsi, l'empereur romain Caligula (12-41 apr. J.-C.), qui voulait désigner consul de Rome son cheval Incitatus, fut tué de trente coups de couteau. Éric XIV de Suède (1533-1577) mourut après avoir ingéré de la soupe aux pois assaisonnée à l'arsenic. À vrai dire, la folie semble être un problème récurrent dans les monarchies, tant la santé mentale d'un nombre incalculable de rois a pu être sujette à caution. Parmi les cinglés royaux, on peut citer Charles VI de France (1368-1422), également appelé « Charles le Fol » (mais uniquement dans son dos), qui était persuadé d'avoir des os en verre et faisait donc doubler ses vêtements de barres de fer pour ne pas risquer de se briser. Le même roi décida un jour de ne plus se laver ni changer de vêtements — et cela dura cinq mois... Toujours en France, Robert de Clermont (1256-1318), fils cadet de Louis IX, perdit la raison après avoir reçu un coup de masse d'armes sur la tête lors d'un tournoi — mais, fils de roi ou pas, quiconque reçoit un coup de masse d'armes sur la tête a de grandes chances de devenir fou...

Les rangs des démons continuaient à grossir à mesure que les habitants de l'Enfer se rassemblaient sous la bannière de Mme Abernathy. Le grand-duc Aym était arrivé à la tête de vingt-six légions ; Ayperos, prince de l'Enfer, en dirigeait trente-six et Azazel, le porte-étendard des Armées Infernales, avait pris position sur un grand surplomb rocheux et déployé le drapeau du Mal Suprême.

Toujours coincé sous la patte du Guetteur, Samuel parvint à se tourner et vit les légions se réunir avec un mélange de terreur et de stupeur. Le Guetteur l'observait attentivement, et ses huit yeux noirs étaient comme des planètes sur le ciel rouge de sa peau. Même si le démon était plus répugnant que toutes les créatures réunies dans la plaine, Samuel trouva le courage de défier son regard.

— Qu'est-ce que tu attends ? lui demanda le garçon. Fais ce que tu as prévu, et finissons-en.

Il entendit une voix résonner dans sa tête et, malgré l'immobilité des mâchoires d'insectes du Guetteur, il sut qu'il s'agissait de la voix du démon.

Nous attendons.

— Nous attendons qui ?

Même dans cette situation périlleuse, Samuel gardait sa lucidité.

Mme Abernathy.

Tout le courage accumulé par Samuel s'évanouit brusquement. Son corps se dégonfla et ses forces menacèrent de l'abandonner. Il avait été fou de croire qu'il pourrait échapper à sa fureur, fou de croire Nouillh capable de le sauver. Son destin tragique était scellé depuis le soir où il avait vu Mme Abernathy et ses ignobles compagnons s'échapper de leur monde pour entrer dans celui des humains — en l'occurrence, une cave semblable à tant d'autres.

Tout ça pour toi, reprit le Guetteur, et sa voix laissait transparaître son émerveillement. *Tout ça à cause d'un garçon…*

— Ce n'est pas moi qui ai commencé, se défendit Samuel. Ce n'est pas moi qui ai obligé Mme Abernathy à tuer des gens. Je ne lui ai pas demandé d'envahir la Terre. Je voulais juste récupérer des bonbons d'Halloween en avance…

Mais maintenant, regarde ! Des armées se rassemblent. Les alliances d'hier se sont défaites et de nouvelles se forgent. D'anciennes inimitiés sont oubliées, de nouvelles voient le jour. Et pendant tout ce temps, mon maître se lamente. Les cloches doivent sonner. Il n'y a pas d'autre choix.

— Ton maître ?

Samuel avait perçu dans la voix du démon une intonation qui pouvait être de l'amour, mais un amour tellement tordu et dévoyé qu'il en était presque méconnaissable.

— Mais tu ne sers pas Mme Abernathy ? Et qu'est-ce que c'est que cette histoire de cloches ?

Le Guetteur ne répondit pas et Samuel, se rappelant le flash durant lequel il avait entrevu la réalité du Mal Suprême, comprit que la créature était tiraillée entre deux maîtres.

— Ou alors tu sers le diable *et* Mme Abernathy ?

Oui. Non. Peut-être.

— Tu as intérêt à vite choisir ton camp.

Sans doute.

— Je me demandais qui pousse ces hurlements. Tu me dis que ce sont les lamentations du Mal Suprême ?

Oui.

— Pourquoi ?

Parce que, après tout ce temps passé en Enfer, il était sur le point de fuir sa prison. Après tout ce temps, il avait retrouvé

275

l'espoir, puis l'espoir lui a été retiré, et il se déteste d'avoir cédé aux promesses de l'espoir. Lui dont la raison d'être est de tuer l'espoir chez les autres n'a pas réussi à détruire l'espoir en lui. Il sombre dans la folie, et c'est pour cela qu'il pleure.

— Je ne vais pas pleurer sur son sort, répondit Samuel tout en pensant «Quelle chochotte!».

Le Guetteur inclina légèrement la tête et Samuel se demanda, inquiet, si le démon avait entendu sa pensée. Si c'était le cas, il n'en laissa rien paraître.

— Pourquoi tous ces monstres nous ont attaqués dans les nuages?

Parce qu'ils servent le seigneur Abigor. Et Abigor ne veut pas que tu tombes entre les mains de Mme Abernathy.

— Pour quelle raison?

Parce qu'elle veut te livrer au Mal Suprême afin de le tirer de sa folie et d'entrer à nouveau dans ses faveurs. Alors, il lui pardonnera l'échec de l'invasion de la Terre et sa vengeance s'abattra sur toi. Si Abigor parvient à en empêcher Mme Abernathy, il prendra sa place. Il prendra…

Le Guetteur se tut, incapable de formuler ses pires craintes.

— Si Abigor parvenait à me capturer, me renverrait-il chez moi? demanda Samuel, plein d'espoir.

Non. Abigor t'enfermerait dans l'obscurité totale et tu y resterais à jamais, car la Mort n'exerce aucune emprise sur l'Enfer.

— Ah.

Comme tu dis: Ah.

— Et toi? Qu'est-ce que tu veux?

Je veux que mon maître cesse de se lamenter. C'est pour cela que je laisserai Mme Abernathy te livrer à lui.

Alors l'espoir de Samuel commença à s'évanouir.

31

OÙ L'ON DÉCOUVRE QUE COMMANDER ENTRAÎNE DES RESPONSABILITÉS ET QU'OBÉIR EXPOSE AU DANGER

L e seigneur Abigor abattit un poing ganté de cotte de mailles sur la table en os, qui explosa sous le choc. Aussitôt, les crânes crièrent au vandalisme, se plaignant que «les démons, de nos jours, ça ne respecte même plus les antiquités», ironisant sur le fait que «les os, ça ne pousse pas sur les arbres», etc., etc. Abigor prit un crâne délogé de la table, toujours en train de marmonner jusqu'à ce qu'il s'aperçoive que son destin s'apprêtait à connaître un net revers, chose qui jusqu'à récemment semblait impossible dans la mesure où un crâne serti dans un pied de table ne peut guère espérer une quelconque évolution de carrière.

— Au temps pour moi, dit le crâne. Désolé pour le dérangement...

Abigor resserra sa poigne, laissant juste le temps au crâne de dire «Doucement...» avant d'être réduit en poudre.

Abigor avait revêtu sa plus belle armure de combat, ornée de motifs de serpents qui sinuaient sur les plaques de métal et pouvaient au besoin se dresser et mordre l'ennemi. Sa cape rouge flottait furieusement dans son dos, en fonction de ses changements d'humeur.

— Quatre légions! cria-t-il. Nous avons perdu quatre légions!

Face à lui, les seigneurs Peros et Borym étaient livides. C'étaient deux démons replets et doucereux, ambitieux et opportunistes, auxquels manquaient juste la cruauté et l'énergie indispensables pour passer dans la catégorie supérieure. Peros évoquait vaguement un cierge qui serait resté trop longtemps près d'une source de chaleur : son visage semblait avoir fondu de sorte que des plis de peau étaient suspendus à son crâne, et tout ce qui avait pu ressembler à une époque à des oreilles, un nez, des pommettes et ainsi de suite avait disparu. Ne restait plus qu'une paire d'yeux verts enfoncés profondément dans le mastic de sa chair. Quant au visage de Borym, il était entièrement enfoui sous une épaisse barbe brune, des sourcils broussailleux et une chevelure si intrépide qu'elle combattait vaillamment toute tentative de coupe – nombreux en Enfer étaient les coiffeurs à l'avoir appris à leurs dépens. Quelque part dans les boucles rétives de Borym étaient restés coincés quatre paires de ciseaux, d'innombrables peignes et deux minuscules diablotins envoyés en mission pour les récupérer mais dont on était depuis sans nouvelles.

Les armures des deux seigneurs étaient bien plus ornementées que celle d'Abigor, mais beaucoup moins pratiques, car Peros et Borym appartenaient à cette race de commandants pour qui les batailles doivent être menées par les soldats, pas par leur seigneur. Les seigneurs s'attribuent les mérites de la victoire et répartissent le butin ; les soldats, eux, jouissent de la gloire de la guerre et, plus tard, lèvent leurs verres à leurs exploits sur le champ de bataille, à supposer que leurs mains soient suffisamment attachées à leurs bras pour leur permettre de lever autre chose qu'un moignon.

Aussi, contrairement à l'armure d'Abigor qui était à la fois belle et marquée par les chocs des combats, celles de Peros et de Borym étaient décorées de plumes, rubans, médailles imméritées et scènes représentant des versions beaucoup plus minces des deux seigneurs terrassant de façon improbable d'innombrables ennemis. Autant dire qu'elles n'entretenaient qu'un rapport très éloigné avec la réalité...

— Seigneur, commença Borym qui était assez perspicace pour sentir les ennuis arriver mais pas assez perspicace pour se mettre à couvert, nous ne faisions que suivre vos ordres. C'est vous qui nous avez demandé de traverser le lac des Larmes Asséchées afin de prendre Mme Abernathy par surprise.

Abigor se frotta les mains pour faire disparaître de ses gants les dernières traces d'os. À ses pieds, la poudre et les fragments commencèrent à bouger, glissant sur les pierres pour reprendre la forme d'un crâne.

— Ouille, dit le crâne.

— Tu suggères donc que tout est ma faute ? demanda Abigor d'une voix douce.

— Non, pas du t..., commença le crâne avant que la botte métallique d'Abigor ne l'écrase, le pulvérisant à nouveau.

— Bien sûr que non, seigneur, répondit Borym. Je ne me serais pas permis une telle impertinence.

— Dans ce cas, qui est le fautif ?

— Moi, seigneur, dit Borym dans une tentative désespérée pour sauver une situation déjà vouée à l'échec.

— Et moi, ajouta Peros qui était trop stupide pour rester silencieux.

— C'est très noble à vous d'accepter la responsabilité de votre échec, ironisa Abigor.

Il claqua des doigts, et huit membres de sa garde rapprochée — démons de fumée sanglés dans des tuniques de métal noir frangées d'or, dont seuls les yeux rouges trahissaient une étincelle de vie — cernèrent aussitôt Peros et Borym.

— Enfermez-les dans un cachot. Puis jetez la clé. Le plus loin possible.

Borym et Peros n'essayèrent même pas de protester tandis qu'on les escortait hors de la salle. Abigor serra les mains dans son dos et ferma les yeux. Au-dessus de lui s'élevait un plafond voûté aussi haut que celui d'une cathédrale. Des ondes de feu le traversaient et se mêlaient aux flammes qui surgissaient des fissures dans le sol, couvrant les murs de tentures blanches et jaunes donnant l'impression que toute la salle était en feu. Là se trouvait le cœur du palais d'Abigor, la salle la plus intime de cette vaste résidence. En comparaison, l'antre de Mme Abernathy paraissait presque modeste, mais Abigor partait du principe que rien n'impressionne autant que le déploiement ostentatoire de signes de richesse et de pouvoir.

Il n'aurait jamais dû compter sur Borym et Peros pour déjouer la méfiance de Mme Abernathy et capturer le garçon qu'elle détenait. C'étaient deux imbéciles, incapables de prendre ne serait-ce que froid ! Abigor avait un problème : il s'était entouré de seigneurs habitués à trahir. S'il avait envoyé l'un de ses plus redoutables alliés, le seigneur Guares, attaquer Mme Abernathy, ce dernier aurait été capable de le trahir en scellant un pacte avec elle ou en gardant pour lui le garçon. Au moins la loyauté de Peros et Borym ne faisait-elle aucun doute — seulement leur compétence. Quoi qu'il en soit, Abigor était parfaitement conscient d'être en partie responsable de la perte des quatre légions, même s'il n'était pas près de l'admettre. Quand les chefs commencent à reconnaître leurs erreurs, leurs subordonnés se cherchent rapidement d'autres chefs moins faillibles ou moins lucides.

Un panneau s'ouvrit dans le mur est de la salle et le chancelier Ozymuth apparut dans l'embrasure. Abigor ne se tourna pas pour réagir à sa présence mais se contenta de demander :

— Toi aussi, Ozymuth, tu es venu pour me critiquer ?

— Non, seigneur. J'écoutais tandis que vous régliez le sort de vos commandants et je n'ai aucun désir de les accompagner dans leurs nouveaux quartiers.

— Ton instinct de conservation est toujours aussi affûté, dit Abigor. En attendant, Mme Abernathy est plus intelligente que je l'avais cru et tous ses alliés ne l'ont pas trahie.

— C'est une adversaire digne de vous.

— À t'entendre, on dirait que tu la respectes.

— Il vaut toujours mieux respecter ses ennemis, mais je ne la respecte pas autant que vous, seigneur.

Abigor laissa éclater un rire dépourvu de toute joie.

— Tu as une langue de serpent, Ozymuth. Je ne crois aucune des paroles qu'elle prononce. Que devient le garçon ?

— Il est avec le Guetteur. Ils attendent le retour de Mme Abernathy.

— Et où se trouve-t-elle ?

— J'espérais que vous le sauriez, seigneur.

— Elle a semé mes espions, à moins qu'ils n'aient été découverts car je n'ai plus aucune nouvelle d'eux.

Ozymuth changea de position, mal à l'aise. Il devait poser la question qui lui brûlait les lèvres, au risque de rallumer la colère d'Abigor.

— Seigneur, pardonnez-moi de vous le demander mais… vous contrôlez toujours la situation, n'est-ce pas ?

Ozymuth était tendu. Derrière lui, la porte dans le mur était restée ouverte et, si Abigor se retournait contre lui, il se tenait prêt à s'enfuir et à se perdre dans le dédale de couloirs reliant le palais à la montagne du Désespoir. Mais Abigor prit le temps de réfléchir à la question.

— Tant que l'enfant n'a pas été remis au Mal Suprême, la victoire reste à ma portée. Les seigneurs Aym et Ayperos sont restés fidèles à Mme Abernathy ainsi que certains comtes, mais nos légions sont deux fois plus nombreuses que les leurs. Si nous devons les affronter sur le champ de bataille, elles n'ont aucune chance de nous battre.

— Une armée est en train de se former au pied des Collines Abandonnées. Beaucoup de démons répondent à l'appel de Mme Abernathy.

— Des démons de dernière catégorie, objecta Abigor. Mal entraînés, indisciplinés…

— Certes, mais nombreux.

Un instant, Abigor parut ébranlé.

— Quel est son plan, Ozymuth ?

— Elle constitue son armée, chargée de protéger le garçon, puis elle se rendra à la montagne du Désespoir avec son trophée.

— Alors nous devons nous assurer qu'elle ne l'atteindra jamais. Va, Ozymuth, continue de répandre ton poison dans l'oreille de notre vieux maître. Entretiens sa folie. Quand je régnerai sur l'Enfer, je m'assurerai personnellement qu'on s'occupe bien de lui.

Ozymuth s'inclina et quitta la salle. La porte se referma en silence derrière lui. Une fois le chancelier parti, Abigor claqua de nouveau des doigts et le capitaine de sa garde apparut.

— Informe les seigneurs qu'ils doivent rassembler leurs troupes à l'entrée de la montagne du Désespoir. Dis-leur de se préparer pour la bataille!

32

Où Samuel et Mme Abernathy se retrouvent, pour le plus grand plaisir de seulement la moitié des personnes concernées

L e basilic de Mme Abernathy était attaché à un poteau, les écailles de sa peau couvertes de salive, les yeux vitreux, épuisé. Mme Abernathy ne l'avait pas ménagé et la chevauchée avait été longue et intense, jalonnée d'obstacles que sa maîtresse avait admirablement négociés. Parmi eux, cinq espions du seigneur Abigor dont les têtes étaient désormais suspendues à la selle du basilic et continuaient de se disputer, se rejetant mutuellement la responsabilité de leurs malheurs. Mme Abernathy ne leur prêtait aucune attention. Elle était tout entière absorbée dans la contemplation du garçon assis dans une grande cage dorée non loin d'une porte menant à son palais – modeste, mais parfaitement conçu.

Samuel l'observait avec attention. Un verre de ses lunettes s'était fêlé lorsqu'il avait tenté d'échapper au Guetteur, juste avant l'arrivée de Mme Abernathy. À présent, face à la femme qui le détestait plus qu'aucune autre créature dans le Multivers, il l'examinait méticuleusement dans l'espoir de découvrir une faille en elle. Pour tout dire, Mme Abernathy n'avait pas l'air en grande forme. Quelques-unes des agrafes qui maintenaient la peau de son visage en place avaient cédé, révélant le monstre qui se cachait en dessous, et sa peau s'était décolorée. Par endroits, elle avait une teinte verdâtre comme des taches de moisissure sur une tranche de pain. Ses vêtements étaient crasseux et en lambeaux, ses cheveux hirsutes et emmêlés. Elle tournait autour de la cage en se rongeant un ongle et parut surprise quand il tomba de son doigt.

— Comment vas-tu, Samuel ? finit-elle par lui demander.

— Ça pourrait aller mieux : je suis en Enfer, et avec vous en plus !

— C'est de ta faute. Je t'avais prévenu : ne te mêle pas de mes affaires une fois rentré chez toi.

— J'étais bien obligé de m'en mêler : vous avez envoyé des démons pour me tuer !

— Des démons très décevants, je dois dire, puisqu'ils ont échoué. Difficile d'avoir des collaborateurs efficaces, de nos jours. C'est pourquoi j'ai décidé de t'attirer directement en Enfer et, ô merveille, te voilà devant moi ! Si seulement j'avais pris le temps de te tuer à Biddlecombe, je me serais épargné bien des soucis... La Terre serait réduite en cendres et en flammes à l'heure qu'il est.

— Eh bien... vous m'en voyez navré pour vous.

— Garde tes sarcasmes pour toi, Samuel. C'est la forme la plus médiocre de l'esprit[1]. Tu sais, maintenant que je t'ai devant moi, je te trouve tellement peu à la hauteur de mes efforts pour te retrouver ! Pendant tout

---

1. Les gens qui décrivent le sarcasme comme la forme la plus médiocre de l'esprit sont généralement les premiers à s'en servir contre les autres. Le sarcasme, bon pour les médiocres ? Vous m'en direz tant...

ce temps, j'étais folle de rage contre toi, j'imaginais les supplices que je t'infligerais quand tu serais mon prisonnier et j'oubliais qu'en fait, tu n'es qu'un petit garçon. Un petit garçon qui, l'espace d'un instant, a eu de la chance, mais sa chance s'est envolée. Pourtant, tu m'as causé tellement de problèmes... tellement de détresse et d'humiliations...

— C'est pour ça que vous tombez en morceaux?

Mme Abernathy examina l'index qui venait de perdre son ongle.

— Oui, en quelque sorte. Coupée de mon maître, je suis comme un arbre sans soleil, une fleur sans eau, un chaton sans lait, une...

Elle s'interrompit en s'apercevant que les exemples choisis étaient indignes du Prince des Démons de l'Enfer. Des fleurs? Des chatons? Elle était plus malade qu'elle le craignait...

Elle tendit la main vers l'immense armée infernale qui s'était rassemblée et attendait ses ordres.

— C'est toi qui as provoqué tout cela. Des armées sont en marche à cause de toi. Des démons vont affronter des démons, des seigneurs se dresser contre des seigneurs. J'ai ordonné la destruction de quatre légions pour te protéger. L'Enfer n'a jamais connu une telle guerre, un tel chaos. Tout cela à cause d'un enfant qui n'a pas pu s'empêcher de fourrer son nez dans les affaires des autres et d'un diablotin qui pensait pouvoir échapper à ma colère dans une voiture de sport...

Samuel ne put dissimuler sa stupeur.

— Ah, tu m'écoutes plus attentivement, maintenant, n'est-ce pas? jubila Mme Abernathy. Tu croyais que je n'étais pas au courant pour ton ami Nouillh, le soi-disant Fléau des Cinq Démons?

— Il n'utilise plus ce surnom, rectifia Samuel. C'est juste Nouillh. Contrairement à vous, il n'a pas un ego surdimensionné.

Il avait entendu sa mère utiliser cette formule en parlant de M. Browburthy, qui présidait à peu près toutes les associations de Biddlecombe et les dirigeait avec la poigne d'un dictateur. Samuel n'était pas mécontent d'avoir trouvé une occasion de la replacer.

— Un ego surdimensionné? Non, tu te trompes. J'ai vraiment eu un pouvoir immense, autrefois... Puis on me l'a retiré, mais je serai à nouveau puissante, crois-moi, et tu seras le butin qui me vaudra de retrouver une place digne de moi. Quant à Nouillh, je le pourchasserai sans relâche dès que je t'aurai remis à mon maître. Il sera torturé, comme toi, mais mon supplice le plus terrible sera de vous empêcher de vous revoir un jour. Tu auras l'éternité pour pleurer son absence, et lui la tienne – à supposer que vos souffrances vous laissent le temps d'éprouver d'aussi délicats sentiments...

Elle se pencha près des barreaux et murmura à Samuel :

— Et tu es incapable ne serait-ce que d'imaginer ce que je vais faire subir à ton ignoble petit chien... Mais je m'assurerai que tu entendes ses hurlements de douleur où que tu te trouves.

Mme Abernathy tourna le dos à Samuel et s'approcha du bord de la falaise surplombant ses armées. Elle leva la main droite et ouvrit la bouche.

— Écoutez-moi tous!

Les Infernaux amassés dans la plaine se turent et se tournèrent vers leur chef.

— Le moment de notre triomphe est proche. Je détiens Samuel, le garçon qui a provoqué l'échec de notre invasion, le garçon à cause de qui nous continuons de souffrir en Enfer. Nous l'emmènerons à notre maître, le Mal Suprême, et nous lui offrirons le garçon comme on offre une mouche juteuse à une araignée. Alors, notre Prince des Ténèbres oubliera son chagrin et ceux qui lui ont été loyaux seront récompensés. Ceux qui, en revanche, ont pris les armes contre moi et, ainsi, trahi notre maître, seront punis éternellement.

Une acclamation féroce monta des rangs des soldats, dans un éclat de lames, de griffes et de dents.

— Mais d'abord, nous devons terrasser nos ennemis. Déjà, ils se regroupent devant l'entrée de la montagne du Désespoir, impatients d'instituer un nouvel ordre en Enfer, comme si leur ambition pouvait égaler la pureté de la cruauté de notre maître ! Leur chef est le traître Abigor et, lorsque nous l'aurons vaincu, il endurera des souffrances atroces. Et maintenant, admirez notre butin !

Le Guetteur s'envola en saisissant l'anneau scellé en haut de la cage. La cage dorée s'éleva dans les airs et, soudain, Samuel se retrouva flottant au-dessus des démons amassés par centaines de milliers. Tous hurlaient leur haine envers lui, brandissant leurs lances, poignards et griffes tranchantes tandis que la cage passait à quelques centimètres au-dessus de leur tête. On aurait dit qu'ils voulaient épargner au Mal Suprême le souci de l'écorcher vif. Samuel vit des démons chevauchant des dragons, des serpents, des crapauds, des araignées et des fossiles vivants. Il vit des machines de guerre : catapultes, canons, chariots hérissés de piques. Au milieu du chaos des démons inférieurs, il distingua les rangées bien alignées des légions derrière les bannières de chaque seigneur et, dominant toutes ces oriflammes, l'étendard frappé d'un personnage à cornes sur fond noir.

Enfin, la cage de Samuel fut déposée dans un chariot à fond plat où l'attendait déjà Mme Abernathy. Elle ordonna qu'on recouvre la cage d'un drap noir, « un avant-goût de l'obscurité totale que tu vas connaître », et son sourire triomphant fut la dernière image que Samuel emporta avant de plonger dans la nuit.

Le Guetteur retourna sur son perchoir. Il vit les légions prendre la tête du long cortège tortueux qui se mettait en route vers la montagne du Désespoir, les masses indisciplinées piétinant lourdement derrière les troupes. Une nouvelle monture avait été amenée à Mme Abernathy, énorme croisement entre un cheval et un serpent. La gueule du serpent mordait sa bride lorsque Mme Abernathy monta en selle, en amazone. Pour l'occasion, elle inaugurait une nouvelle tenue, une ravissante robe bleue avec col en dentelle. Le chariot transportant la cage recouverte était entouré par un détachement de légionnaires offert à Mme Abernathy par les seigneurs alliés, et doté d'un nouveau blason : un sac à main orné d'une pâquerette jaune.

Curieux, se dit le Guetteur. *Plutôt bien trouvé mais curieux.*

33

OÙ UNE TROISIÈME FORCE PREND PART AU CONFLIT

Avec ses roues rudimentaires grondant sur le sol cahoteux, le chariot avançait en bringuebalant, projetant Samuel en tous sens dans sa cage. Les chocs répétés meurtrissaient son corps, et il s'accrochait aux barreaux pour éviter de se blesser davantage. Le drap noir était assez épais mais Samuel apercevait une minuscule portion de paysage à travers un trou dans le tissu et, à la faveur d'un éclair, on pouvait distinguer de l'extérieur la silhouette du prisonnier. Quand le chariot se mit à rouler sur un sol plus régulier, Samuel se colla au trou, accroupi, et regarda.

Sa position surélevée par rapport à la horde de démons qui l'entourait lui permettait de voir assez loin à travers la plaine de la Désolation. La montagne du Désespoir s'élevait devant lui, si immense qu'elle bouchait l'horizon. Il était impossible de déterminer la taille de ses contreforts et sa cime se perdait dans les nuages tourmentés. Au pied de la montagne apparut une ouverture, dérisoire en comparaison de la masse de roche noire mais suffisamment grande pour permettre à une pyramide de cent hommes d'y pénétrer – et l'homme au sommet aurait encore eu de la place pour ne pas se cogner le front. Samuel avait déjà vu cette ouverture : c'est par là que le Mal Suprême était brièvement sorti lorsque l'invasion de la Terre semblait encore sur le point de réussir. Ce souvenir rappela à Samuel ce qu'il s'apprêtait à affronter : la vengeance de l'être le plus terrifiant du Multivers, une entité incarnant le mal absolu, une créature qui ignorait tout de l'amour, de la pitié ou de la compassion.

Bien que terrifié, Samuel ne flanchait pas. Être courageux devant les autres, éventuellement pour ne pas être traité de lâche et perdre de son crédit à leurs yeux, est une chose ; être courageux en l'absence de témoins est une tout autre affaire. Il s'agit alors de la bravoure absolue, mélange de tempérament et de force de caractère, véritable révélation de l'essence même de son être. Accroupi dans sa cage pendant que le chariot approchait du lieu où son triste sort serait scellé, Samuel arborait un visage serein, son âme était en paix. Il n'avait rien fait de mal. Il avait combattu pour ce qu'il croyait juste afin de protéger ses amis, sa mère, sa ville et la Terre. Il ne se lamentait pas de ce qui l'attendait car il savait dans son cœur que cela ne servirait à rien et ne rendrait que plus intolérable son supplice.

Si Mme Abernathy avait eu une âme à sonder ou si sa perspicacité n'avait pas été obscurcie par son orgueil et sa soif de pouvoir, elle aurait pu finir par comprendre qu'elle ne détestait pas Samuel Johnson : elle le craignait. Il y avait en lui une bonté existentielle qu'elle ne pouvait appréhender, une dignité qui n'avait pas été souillée malgré tout ce qu'il avait déjà vécu. Samuel Johnson était un humain, avec toutes les faiblesses et les défauts inhérents à son espèce. Il pouvait être jaloux, triste, en colère, égoïste, mais en lui une infime partie de ce que l'humanité compte de meilleur brillait d'un éclat vif, de cet éclat qui illumine chacun de nous lorsqu'on accepte de le laisser briller. Ce que Mme Abernathy ne comprenait pas, c'était que, quoi qu'elle ou son maître puisse infliger à Samuel Johnson, ils ne parviendraient jamais à le vaincre ; quel que soit le cachot sombre et profond où ils l'enfermeraient, son âme ne cesserait jamais de briller.

Le chariot gravit une côte et, en arrivant au sommet, Samuel ne put retenir un halètement de surprise : la plaine devant lui était entièrement occupée par une autre armée tout aussi impressionnante, d'interminables alignements de démons légionnaires sur les boucliers desquels se reflétaient les éclairs, de plus en plus nombreux et violents, crevant la masse nuageuse. On aurait dit que les esprits furieux du ciel exhortaient les forces adverses à s'affronter, comme s'ils cherchaient sur le champ de bataille l'expression de leur courroux céleste. Des chevaliers prenaient position parmi les troupes, les yeux de leur monture sans peau semblables à des charbons ardents sertis dans la cendre, leurs sabots jetant des nuées d'étincelles en frappant le sol rocailleux.

Derrière les premières rangées de combattants allaient et venaient les monstres des abysses : cyclopes, minotaures, hydres à tête de serpent, prédateurs à corps d'homme et à tête de bête vicieuse, gorgones géantes au visage couvert d'un masque d'or attendant l'ordre de le retirer — mais les frétillements des serpents de leur chevelure en disaient long sur leur impatience à en découdre. Beaucoup de ces créatures paraissaient familières à Samuel car elles faisaient à l'origine partie de l'énorme armée envoyée sur Terre pour l'envahir. C'étaient les monstres qui sous-tendaient toutes les mythologies et toutes les religions terrestres, les êtres qui apparaissaient aux anciens dans leurs cauchemars et s'étaient frayé un chemin jusque dans nos légendes et contes de fées.

En revanche, les entités qui s'étaient greffées sur leurs troupes n'avaient jamais été imaginées auparavant car seule la folie aurait pu conjurer de telles visions : têtes aux crocs tranchants montées sur pattes, trottinant de travers comme des crabes, hybrides de requin et d'araignée, de crapaud et de chauve-souris, de chien et de perce-oreille, comme si des fragments de tous les animaux ayant un jour peuplé la Terre avaient été mélangés dans une grande cuve et autorisés à s'assembler entre eux.

D'autres monstres enfin ne présentaient aucune espèce de ressemblance, même fugace, avec la faune du monde de Samuel : masses de matière fluide d'où saillait l'ombre d'antennes à la recherche de proies ; globes charnus troués de mille bouches ; êtres dont la présence se signalait uniquement par des bruits douloureux ou des odeurs toxiques. Aucune force ne semblait pouvoir s'allier à de telles horreurs et triompher, et pourtant des créatures de ce genre, et pis encore, s'étaient réunies pour servir Mme Abernathy. Cette armée était sans doute plus hirsute et moins disciplinée que celle d'Abigor, ses légions moins nombreuses et moins bien entraînées pour se mettre impeccablement en ordre de bataille, mais Samuel estimait la puissance des troupes de Mme Abernathy globalement supérieure. La bataille à venir verrait s'affronter la stratégie et la force, la discipline militaire et la supériorité numérique.

Mais peu importait, finalement, le vainqueur : Samuel serait toujours perdant, puisque les deux camps voulaient sa perte.

* * *

Le Guetteur planait au-dessus du champ de bataille, plus haut encore que les espions de Mme Abernathy et d'Abigor, si haut que la masse des combattants avait disparu, laissant la place aux bancs de nuages et aux sommets de la montagne du Désespoir. Le Guetteur avait pris sa décision : il ne pouvait pas attendre et assister à la destruction de l'Enfer. Il ne serait loyal qu'à un seul maître : le Mal Suprême.

Les cloches allaient sonner.

À l'entrée de la montagne du Désespoir, Tromblon et Tronchard regardaient ces armées formidables, le rassemblement de forces le plus spectaculaire jamais observé durant la longue histoire de l'Enfer, d'un air quelque peu morose, comme deux hommes assistant à la rediffusion d'un match de football dont ils connaissent déjà le résultat final et qui n'était déjà pas très excitant en direct.

— Ça s'active, aujourd'hui, on dirait, remarqua Tronchard.

Si ce dernier n'aurait eu aucun problème à se réassembler après avoir été disloqué par Mme Abernathy, il avait décidé de rester une tête décapitée posée à côté d'une pile de membres et de fragments de torse. La seule différence résidait dans le fait qu'il était désormais posé sur un coussin, conséquence d'un geste de compassion inhabituel chez Tromblon. Tronchard avait pris cette décision car : 1° il prétendait que cette expérience avait modifié sa perception de l'Enfer et qu'il voyait désormais le monde sous un autre angle (littéralement) ; 2° il n'avait plus à se soucier de laver son linge ou de lacer ses chaussures ; 3° il pouvait repérer les toutes petites créatures qui tentaient d'entrer dans la montagne du Désespoir. Toutes ces raisons avaient convaincu Tromblon, qui de son côté voulait s'épargner la corvée de travailler avec un nouveau garde.

— On dirait, oui, répondit Tromblon en se curant les dents. Il y en a que ça amuse, il faut croire.

— Ça change de l'ordinaire, quand même, non? Tous ces démons qui s'agitent... C'est même plutôt excitant, je trouve.

— Je n'aime pas le changement. Ni l'excitation.

Tromblon se balançait d'un pied sur l'autre, apparemment incommodé.

— Tu sais quoi? Je n'aurais pas dû me resservir du thé. Je l'ai bu d'un seul coup, et résultat, je ne vais pas tarder à avoir un problème. Écoute, garde la boutique pendant cinq minutes, le temps que j'aille... tu sais... m'alléger en liquide.

— Tu as bien raison, le rassura Tronchard. En attendant, j'ouvre l'œil.

Malgré l'urgence à se soulager, Tromblon marqua une pause.

— C'est une grande responsabilité, j'espère que tu en es conscient.

— Absolument.

— Interdiction de laisser entrer quiconque n'a pas d'autorisation. Et comme personne n'est autorisé à entrer − ordres du chancelier Ozymuth −, tu ne dois laisser entrer personne, point final.

— Compris.

— Personne.

— Personne ne passera, répondit Tronchard d'une voix ferme.

— Aucun passage. Pas un.

Tromblon s'éloigna, pour revenir aussitôt.

— Personne, compris?

— Per-sonne. Personne.

— Bien.

Tromblon partit d'une démarche traînante, laissant Tronchard siffloter joyeusement. C'était la première fois qu'il gardait seul l'entrée de la montagne du Désespoir, et il aimait avoir la situation sous contrôle. Un bon garde, ce Tronchard. Pas du genre à quitter son poste pour s'offrir une petite sieste. Il prenait son travail à cœur et l'effectuait avec sérieux, avec le bon état d'esprit.

Mais, malheureusement, pas le bon corps – puisqu'il n'avait pas de corps.

Il entendit un battement d'ailes et deux grandes pattes rouges apparurent devant lui. Comme il ne pouvait pas bouger la tête, il tenta de lever les yeux en haussant les sourcils et plissa les paupières. Les huit yeux du Guetteur le regardaient avec amusement.

— Entrée strictement interdite, l'ami, dit Tronchard. Mais si tu veux laisser un message…

Le Guetteur sembla réfléchir à cette possibilité, avant de simplement contourner Tronchard et de pénétrer au cœur de la montagne.

— Eh! cria Tronchard. Reviens! Tu n'as pas le droit de passer! Je suis le garde! Je garde ccttc cntrée! Tu n'as pas le droit de me contourner, ce n'est pas juste! Et mon autorité, alors? Reviens! Si tu reviens, ça restera entre nous…

Les bruits de pas du Guetteur s'éloignaient.

— Entre nous…, répéta Tronchard.

Il y eut un silence, puis d'autres bruits de pas, cette fois plus légers, qui se rapprochaient avec ce frottement traînant caractéristique de quelqu'un qui retourne travailler à contrecœur.

— Entre nous, intervint Tromblon, ça fait du bien! Je me sens beaucoup mieux, merci. J'ai oublié de me laver les mains, mais tant pis. Rien de notable pendant mon absence?

Tronchard se donna le temps de la réflexion avant de répondre :

— Non. Rien du tout...

34

OÙ L'ON DÉCOUVRE CERTAINS DÉGUISEMENTS
PARTICULIÈREMENT HABILES

T outes sortes d'étranges et inquiétants véhicules par-
semaient le champ de bataille, d'un côté comme
de l'autre. Chariots militaires aux roues d'acier hérissées
de piques et de lames, renforcés par des plaques de métal
protégeant le conducteur et les archers ; tanks primitifs
à longue tourelle à travers laquelle était pompée de l'essence pour être propulsée devant une flamme et transformée en un jet de feu ; machines de siège en forme
de serpents, de dragons, de monstres marins ; catapultes
maniées par tout un équipage et prêtes à l'emploi, leur
fronde remplie de pierres.

Un mot à propos des pierres, d'ailleurs ou plutôt, un
mot des pierres *elles-mêmes*. Comme nous l'avons déjà vu,
en Enfer, certaines entités − arbres, nuages, etc. − sont
douées de raison alors qu'en temps normal elles ne le
sont pas. Parmi elles, certains types de pierres étaient
dotés de petites bouches, d'yeux rudimentaires et d'une
conscience sans doute excessive de leur importance dans
ce que l'on pourrait appeler «l'écosystème de l'Enfer[1]».

---

1. Comme d'autres organismes désireux d'atteindre un certain
degré de sophistication, une catégorie de pierres nommée «roc»
avait décidé de créer sa propre musique. Vous voyez d'ici le jeu
de mots ?

Celles qui attendaient dans les catapultes se plaignaient bruyamment de leur situation, déplorant qu'en percutant leurs cibles elles voleraient en éclats, réduites à l'état de cailloux voire de gravier – une déchéance comparable à celle d'un roi ou d'une reine vivant dans une tente avec pour seul revenu des allocations chômage. Naturellement, personne ne prêtait attention à leurs jérémiades car ce n'étaient que des pierres, dont le pouvoir de nuisance se limitait à celui qu'on voulait bien leur donner en les lançant violemment sur quelqu'un ou sur quelque chose. Comme elles étaient destinées à être projetées incessamment sous peu sur l'ennemi, elles pourraient aussi bien se plaindre aux principaux intéressés du camp adverse, à supposer que ces individus 1° survivent aux jets de projectile, 2° soient d'humeur à écouter leurs récriminations, ce qui semblait peu probable.

Aussi, lorsqu'un grand rocher à quatre yeux se mit à traverser les rangs des démons de Mme Abernathy, personne ne prit la peine de l'examiner, même s'il paraissait grommeler plus fort que les pierres des catapultes. Le véhicule qui le suivait de près n'éveillait pas davantage l'attention, même si son efficacité en tant que machine de guerre était sujette à caution puisque son unique armement consistait en quatre pieux en bois répartis à l'avant et à l'arrière. Sa partie centrale était recouverte d'une bâche blanche imperméable dans laquelle avaient été pratiquées des fentes au niveau des yeux. Ce qui ne faisait aucun doute, en revanche, c'était la férocité des quatre petits démons qui le chevauchaient. Des cornes saillaient de leur front et leur visage dégoulinait d'un fluide rouge et vert d'origine indéterminée. Ils parvenaient même à être plus terrifiants que les deux démons phacochères escortant le grand rocher, qui dissuadaient les créatures imprudentes cherchant à voir ce qui se trouvait sous la bâche en les frappant de toutes leurs forces avec de grosses masses.

— Place, place! criait Braillard. On s'écarte!

Il donna un coup de coude à Roupillard.

— Et toi, arrête de lécher la sauce framboise-pistache sur ton visage, tu vas détruire ton camouflage!

— Une de mes cornes se décolle…, grogna Furibard.

— Alors remets un chewing-gum! Tiens, prends le mien.

Il retira de sa bouche une boule rose visqueuse et la tendit à Furibard, qui la prit d'un air dégoûté et s'en servit pour recoller le cornet de glace sur son front.

— Grafff! dit Bredouillard en brandissant une des agrafeuses de D. Laflèche d'un geste menaçant.

— Qu'on leur rentre dans le lard! gronda Roupillard. On arrachera leur tête et on s'en servira comme d'une boule de bowling!

— Bandes de chochottes! cria Furibard qui commençait à s'échauffer et adressait des gestes de plus en plus vigoureux aux démons d'Abigor en espérant qu'au moins l'un d'eux serait reconnu comme insultant par l'ennemi.

— Du calme, messieurs.

C'était la voix de l'agent Peel, et elle provenait de la bâche.

— Essayons de ne pas attirer l'attention…

— Quel genre d'attention? demanda Furibard.

Il reçut sa réponse sous la forme d'une flèche noire qui passa en sifflant près de son oreille et se ficha dans la carrosserie de la camionnette du marchand de glaces.

— Ah, oui. Bon, d'accord…

Le petit convoi parvint tant bien que mal à côté du chariot transportant la cage drapée de Samuel.

Roupillard et Bredouillard sortirent des gobelets en carton, les remplirent puis les distribuèrent aux démons qui escortaient le prisonnier.

— À votre santé, les gars ! dit Roupillard. Et les filles, aussi. Et... euh... ce que vous voudrez. Vous connaissez cette tradition de trinquer avant la bataille ?

Pendant que les démons buvaient, sacrifiant temporairement leurs capacités visuelles, leur équilibre et leur instinct vital à quelques gorgées d'imitation-pas-totalement-convaincante-mais-pas-si-ratée-que-ça-non-plus de la Spéciale de Spiggit's, Furibard et Braillard sautaient dans le chariot. Bredouillard leur lança un sac et, ainsi équipés, les deux nains se glissèrent en silence sous le drap noir.

Mme Abernathy leva une main pour stopper la progression de ses troupes. Trois cavaliers de la garde personnelle d'Abigor s'étaient détachés des lignes ennemies et avançaient à sa rencontre. Leur chef, le capitaine de la garde, tenait une bannière blanche. Arrivés suffisamment près de Mme Abernathy pour pouvoir être entendus, ils s'arrêtèrent.

— Par ordre du seigneur Abigor, nous demandons la capitulation de Mme Abernathy, coupable de trahison.

Au loin, Mme Abernathy distinguait Abigor monté sur son grand étalon, sa cape rouge flottant derrière lui comme une nappe de sang. Capituler ? Il était sérieux ? Elle ne le pensait pas. Il prenait juste ses précautions au cas où, plus tard, sa conduite serait remise en question. Oui, dirait-il, je lui ai donné la possibilité d'éviter l'affrontement, mais elle a décliné mon offre et je n'avais plus d'autre choix que de déclencher les hostilités.

— Je ne connais qu'un traître, répondit-elle, et il se nomme Abigor. C'est lui qui a pris les armes contre le commandant des Armées Infernales. Si *lui* accepte de capituler et ordonne à ses démons de déposer les armes, alors je peux lui garantir… eh bien, rien du tout, en fait. De toute façon, il est condamné. La seule chose que je peux choisir, c'est à quelle profondeur du lac Cocyte il sera plongé.

— Il demande aussi que vous lui remettiez le garçon, Samuel Johnson, reprit le capitaine comme si Mme Abernathy n'avait pas parlé. C'est un intrus, un corps étranger, un ennemi de notre royaume. Le seigneur Abigor veillera à ce qu'il soit emprisonné, sous bonne garde, et qu'il ne puisse plus jamais nous nuire.

— Je refuse également, répondit Mme Abernathy. Autre chose ?

— Eh bien, oui. Le seigneur Abigor exige que vous révéliez tous les détails concernant le portail entre les deux mondes. Ce portail, créé à l'insu de notre maître le Mal Suprême, a été ouvert sans qu'il en ait donné l'autorisation et menace désormais la stabilité de l'Enfer.

Mme Abernathy garda le silence quelques instants, comme si elle réfléchissait à une réponse. Finalement, le capitaine en eut assez d'attendre.

— Quelle réponse dois-je rapporter au seigneur Abigor ? Parlez, ou sa fureur se déchaînera contre vous.

— Eh bien, dites-lui que… Oh, et puis non, je vous laisse improviser.

De son dos surgirent les tentacules mortels qui enveloppèrent les trois cavaliers avant qu'ils aient le temps de réagir. Quelques secondes plus tard, ils étaient déchiquetés, et avec eux leur monture. Mme Abernathy ramassa leurs restes puis les pétrit en une boule de chair, d'os, de cuir et de métal qu'elle lança en direction des lignes ennemies. Le répugnant projectile atterrit devant le cheval d'Abigor, frappa ses pattes antérieures et s'immobilisa.

— Je crois que c'est un non, conclut Abigor. Je n'en espérais pas moins. Parfait, parfait… Que le carnage commence.

Le Guetteur se déplaçait avec fluidité dans le dédale de la montagne du Désespoir. Les voûtes et les alcôves où avaient résonné rires et railleries lors de la dernière visite de Mme Abernathy étaient désormais silencieuses. Les créatures qui y vivaient s'étaient tapies dans la pénombre, craignant d'attirer l'attention du Guetteur, et elles attendaient qu'il fût passé pour se risquer à jeter un coup d'œil au-dehors. Le Guetteur n'avait plus traversé ces grandes salles depuis bien longtemps mais il en avait gardé le souvenir. Sa présence dans ces lieux évoquait un ordre ancien et, à mesure que le Guetteur avançait, il paraissait gagner en taille et en puissance, comme s'il absorbait une énergie qui l'attendait, lui et lui seul.

Le chancelier Ozymuth l'attendait lui aussi à l'extrémité d'une passerelle. Il leva sa crosse et le Guetteur s'arrêta.

— Retourne d'où tu viens, vieille créature ! Ta place n'est pas ici. Ton temps est révolu. Une nouvelle force s'est levée.

Les yeux noirs du Guetteur le fixaient, implacables. Ozymuth y était reflété en huit exemplaires, visage livide sur fond obscur, comme déjà perdu.

— Le Mal Suprême est fou, reprit le chancelier. Un autre va régner à sa place jusqu'à ce qu'il recouvre la raison. Mme Abernathy doit accepter l'inéluctable, et tu ferais mieux de te trouver un coin reculé et poussiéreux de l'Enfer où ton souvenir pourrait s'effacer de nos mémoires, à moins que tu ne veuilles partager le sort funeste de ta maîtresse. Le lac Cocyte est vaste et profond et une place t'y attend si tu continues à refuser l'issue inévitable de cette situation. Le temps passé à servir ta maîtresse s'achève.

La voix du Guetteur résonna dans la tête d'Ozymuth.

Mme Abernathy n'est pas ma maîtresse.

Les traits desséchés d'Ozymuth s'animèrent en un semblant de sourire.

— Tu as enfin compris, on dirait ?

Je sers un autre maître.

— Tu parles sans doute du seigneur Abigor ? Il pourrait certainement te trouver une utilité.

Non. Un autre encore.

Ozymuth fronça les sourcils.

— Tu réponds par énigmes. Peut-être l'âge a-t-il finalement embrouillé ton cerveau. Pars ! Je n'ai plus rien à faire avec toi. Nous n'avons plus rien à faire avec toi. Ta chute sera spectaculaire.

Ozymuth allait se retourner quand une main du Guetteur le saisit à la gorge et le souleva de terre. Ozymuth essaya de parler mais la poigne du Guetteur était trop ferme : il ne put que gargouiller tandis que celui-ci l'approchait du bord de la passerelle. Quand il comprit ce qui allait se passer, ses yeux s'écarquillèrent. Au-dessous de lui, un tourbillon rouge furieux semblable à un cratère de volcan, dont le centre était une masse noire terrifiante à contempler.

Tu as empoisonné mon maître. Tu nous as amenés au seuil d'une guerre.

Ozymuth parvint à secouer la tête. Il agitait les pieds en tous sens et ses mains tentaient d'agripper les bras du Guetteur lorsqu'il entendit les derniers mots qu'il entendrait jamais :

C'est ta *chute qui va être spectaculaire.*

Le Guetteur le lâcha et la chute éternelle d'Ozymuth commença.

35

Où la bataille commence, tandis qu'une mission de sauvetage s'organise

En entendant secouer les barreaux de sa cage, Samuel se retourna. Une allumette s'enflamma et, à sa lueur, il connut un instant de terreur pure à la vue de deux personnages démoniaques – jusqu'à ce qu'un cornet de glace tombe du front de Furibard et que Braillard nettoie le « sang » de son visage, lèche ses doigts et déclare : « C'est juste de la sauce framboise ! Avec de la sueur, bien sûr… »

— Ça va, fiston ? demanda Furibard. On va te libérer en deux temps trois mouvements. À condition que les éclairs nous laissent quelques minutes de répit…

Il extirpa de nulle part un trousseau d'ustensiles métalliques et entreprit de crocheter la serrure.

— Qu'est-ce qui se passe ? demanda Samuel. D'ici, je ne vois pas grand-chose.

— Eh bien, répondit Braillard en s'éclairant d'une nouvelle allumette car la première venait de s'éteindre, des messagers sont venus proposer à cette Mme Abernathy de se rendre et de te livrer à son ennemi, mais comme ça ne lui disait trop rien, elle les a massacrés, transformés en boule et les a renvoyés d'où ils venaient. Une sacrée bonne femme. Des comme ça – à supposer qu'on puisse définir quel genre de femme c'est au juste –, on n'en trouve plus ! Du coup, quelque chose me dit qu'autour de nous ça ne va pas tarder à hurler, poignarder et, d'une façon générale, se faire la guerre.

— Et Nouillh, Boswell et les autres ?

— Ils vont bien et ils ne sont pas loin.

Il y eut un « clic » sourd et la porte de la cage s'ouvrit.

— Et on appelle ça un verrou ! ironisa Furibard. J'ai connu des canettes de bière plus difficiles à ouvrir...

— Alors, quel est votre plan ? s'enquit Samuel en s'extrayant de la cage.

— C'est surtout le plan de M. Nouillh, corrigea Braillard. Et c'est génial !

Il ouvrit le sac et révéla son contenu au garçon.

— C'est une blague ? demanda Samuel.

Mais ce n'était pas une blague.

Le seigneur Abigor leva une main et un cor se fit entendre, immédiatement suivi, derrière lui, du bruit de mille flèches sorties de leur carquois et de mille cordes d'arc tendues.

— À mon commandement ! cria Abigor.

Et il laissa retomber sa main. Le ciel s'obscurcit sous une nuée de flèches tirées vers les rangs ennemis.

— Ouh, fichtre, cela fait beaucoup de flèches ! dit l'agent Peel en jetant un coup d'œil par la fente dans la bâche qui recouvrait la camionnette du marchand de glaces.

Mais au moment où les flèches, parvenant au sommet de leur parabole, allaient s'abattre sur les troupes de Mme Abernathy, elles prirent feu. Un cri de joie monta des rangs de démons qui venaient de voir leur maîtresse, juchée sur une éminence, bras levés, des flammes jaillissant de ses doigts.

— Je préfère la savoir de notre côté, commenta Peel.

— Jusqu'à ce qu'elle découvre qu'on est du sien, répondit le sergent Rowan. Alors, elle verra les choses différemment…

Une nouvelle volée de flèches fut tirée contre les Armées Infernales, cette fois en si grand nombre que quelques-unes parvinrent à traverser la défense de feu de Mme Abernathy et vinrent se ficher dans la chair de quelques démons. Ces derniers ne paraissaient du reste pas terriblement gênés par leurs blessures, et regardaient les flèches d'un air modérément agacé.

— Elles ne leur font pas mal, on dirait, remarqua Peel.

Au même moment, une créature bossue, toute de fourrure noire et de dents gâtées, arracha une flèche plantée dans son torse et explosa dans une gerbe de chair et de lumière blanche.

— Enfin, pas trop…

Abigor donna ensuite l'ordre d'attaquer aux premières rangées de sa cavalerie et les chevaux sans peau, cravachés par leur maître, fondirent sur l'armée de Mme Abernathy. Les cavaliers brandissaient de lourdes lances dotées de nombreuses piques. La moitié d'entre eux s'écroula sous une pluie de javelots, flèches et pierres furieuses, mais l'autre moitié percuta les rangs ennemis avec une force incroyable, ouvrant une brèche dans le bouclier défensif et empalant les soldats avant de les finir brutalement à coups de masses d'armes et de glaives.

Une seconde vague de cavaliers déferla, suivie par les démons emmenés par Abigor et sa garde personnelle. Pendant ce temps, deux légions opéraient un mouvement de prise en tenaille afin d'encercler entièrement l'armée de Mme Abernathy. En guise de riposte, des torrents de flammes et de flèches se déversèrent sur les assaillants, et Mme Abernathy en personne semait la mort dans les rangs ennemis. Ses tentacules s'agitaient et fouettaient les démons, arrachaient les cavaliers de leur monture, les écartelaient comme de vulgaires insectes. Les gorgones révélaient enfin leur visage hideux, transformant en statue de pierre tous ceux qui ne détournaient pas le regard assez vite. Ceux qui se cachaient le visage devenaient à leur tour vulnérables. Les cyclopes géants faisaient tournoyer leur fléau qui écrasait dix démons à la fois. Dans chaque camp, des dragons embrasaient les cheveux et la peau des combattants, des sirènes s'abattaient sur l'ennemi tels des oiseaux de proie, plongeaient leurs serres dans les armures et les corps, et les plaies atroces noircissaient aussitôt sous l'effet d'un poison. Le combat se rapprochait de plus en plus du rocher motorisé et de la camionnette camouflée, cernés par les démons impatients.

— Gardez la cage! hurlait Mme Abernathy, car les légions ultradisciplinées d'Abigor commençaient à faire la différence et elle sentait la bataille tourner à leur avantage.

Une seconde ligne de démons vint entourer le chariot, toutes lames dehors, formant une muraille impénétrable d'acier tranchant et de crocs plus tranchants encore. Seuls certains remarquèrent que les gardes tenaient difficilement sur leurs jambes et paraissaient éprouver quelques problèmes de concentration… Mais de nouvelles flèches s'abattirent sur eux et ils ne se préoccupèrent plus que d'une chose : éviter l'empalement.

Il y avait du sang, des cris, et l'Enfer se déchirait dans la lueur violente des éclairs striant le ciel.

36

OÙ UNE CERTAINE PERSONNE SE RÉVEILLE AVEC UN TERRIBLE MAL DE TÊTE

C e fut Roupillard, en sécurité (toute relative) dans la camionnette après avoir aidé Braillard et Furibard à le rejoindre une fois leur mission de sauvetage accomplie, qui le remarqua le premier.

— Vous avez entendu ? demanda-t-il.

— Tout ce que j'entends, ce sont les bruits de la guerre, répondit l'agent Peel.

— Non, il y avait autre chose. Comme un écho, mais sans le bruit qui le déclenche...

Lentement, le bourdon sourd de cloches se fit entendre au cœur de la montagne, de plus en plus fort. Elles résonnaient si violemment, avec une telle insistance, que tous ceux qui les entendaient se bouchaient les oreilles. Les vibrations faisaient trembler le sol, qui se lézardait à travers la plaine. Dans les Collines Abandonnées, des cavernes s'effondraient et des avalanches dévalaient les pentes des montagnes du Nord, engloutissant la tête des malheureux prisonniers du lac Cocyte. Des tremblements de terre secouaient le lit de la mer du Mécontentement et des tsunamis d'eau noire s'abattaient sur les rivages arides. Sur le champ de bataille, des armes tombaient des mains des soldats, les chevaux désarçonnaient leur cavalier. Le sang coulait des oreilles, les dents se déchaussaient, les démons apeurés gémissaient. Les cloches sonnaient, encore et encore, jusqu'à ce que la notion même d'Enfer se réduise à une expression essentielle : l'effroyable fracas des cloches, qui s'étaient tues si longtemps et ne se faisaient entendre que dans les plus graves moments de crise.

Brusquement, elles s'interrompirent. Les Infernaux de toute forme et de toute apparence tournèrent la tête vers la montagne du Désespoir. Des flammes s'agitaient en son cœur lorsqu'une silhouette apparut à l'entrée. C'était le Guetteur. Il était beaucoup plus grand et imposant qu'auparavant et sa peau rougeoyait comme s'il venait d'être forgé dans les brasiers, un être de métal ou de pierre qui peu à peu se refroidirait pour prendre une couleur grise ou noirâtre.

— Comment il est entré, celui-là ? demanda Tromblon à Tronchard d'une voix sifflante tandis que l'ombre du Guetteur avançait vers eux.

— Il a dû... se faufiler discrètement, répondit Tronchard en essayant de ne pas croiser le regard de son collègue.

— Il mesure douze mètres de haut ! Comment il a pu être discret ? En portant un chapeau et des lunettes noires ? Quel garde tu fais...

Mais les interrogations sur le Guetteur et la stupéfaction provoquée par sa nouvelle apparence auprès des gardes, des deux armées, de Mme Abernathy et du seigneur Abigor s'évanouirent lorsque tous comprirent qu'une autre créature allait émerger de la montagne. Le Guetteur surplombait la plupart des démons réunis sur le champ de bataille, il paraissait minuscule à côté de cette créature. La puanteur du soufre se répandit rapidement sur toute la plaine et la lumière provenant de la montagne s'éteignit car les flammes disparaissaient derrière la carrure de la créature. Tous les démons s'étaient figés, silencieux. Même les nains se taisaient, comme si ce spectacle les rendait muets et les paralysait. Dans l'Aston Martin de Nouillh, Boswell enfouit son museau contre le bras de Samuel et ferma les yeux, terrifié. L'odeur nauséabonde qu'il avait flairée venait de former dans son cerveau de chien une image à jamais indélébile.

Le Mal Suprême était tellement gigantesque qu'il dut s'accroupir pour passer dans l'embrasure de la porte de la montagne. Quand il put se relever, il dégageait une impression de grandeur à la fois terrible et admirable pour tous les témoins de la scène. Il ne s'agissait pas seulement de la forme la plus ancienne et la plus féroce du Mal, mais bien de l'incarnation de son essence même. De cette entité découlait tout ce qui était vicié, perverti, tout ce qui anéantissait l'espoir, à travers les mondes et les univers. Des éperons osseux, ébréchés et jaunâtres, poussaient sur son crâne, formant sa couronne. Il portait encore l'armure qu'il avait revêtue pour envahir la Terre, sur laquelle étaient gravés les noms de chaque homme et de chaque femme nés sur Terre ou appelés à naître, car il les haïssait tous et voulait se souvenir de sa haine. Cette grande litanie de noms ne cessait de s'allonger à chaque naissance, alors que les noms des damnés brûlaient car, par leurs actes, ils étaient destinés à rejoindre le Mal Suprême.

Presque toute la peau sur le visage du Mal Suprême s'était décomposée il y a bien longtemps, laissant sur ses os une mince pellicule d'épiderme brun, tanné comme du cuir, déchiré au niveau des pommettes de sorte qu'apparaissaient au travers les muscles et les os.

Deux rangées de dents abîmées étaient plantées dans des gencives noircies et gâtées. Une langue de serpent rose pâle passait sur les lèvres pourries.

Mais, si terrible son visage fût-il, c'était surtout ses yeux qui glaçaient le sang. Au plus profond se lisait un sentiment presque humain, mélange de fureur débridée et de tristesse effroyable, contagieuse. Assis dans la voiture de Nouillh, Samuel regardait le Mal Suprême et comprenait enfin pourquoi il haïssait autant les hommes et les femmes : parce qu'ils lui ressemblaient, parce que le pire de ce qu'ils étaient se reflétait en lui. Le Mal Suprême était la source de toutes leurs failles, mais il n'avait ni la grandeur ni l'élégance dont ils étaient aussi capables. La seule façon pour lui de diminuer sa souffrance et ses regrets était de les corrompre, ce qui rendait son existence plus supportable.

Le Guetteur à ses côtés, il balaya d'un regard circulaire le champ de bataille. Lorsqu'il prit la parole, les démons étaient tétanisés.

— QUI A OSÉ LEVER DES ARMÉES ENNE-MIES DANS MON PROPRE ROYAUME ? QUI A DRESSÉ LES DÉMONS CONTRE LES DÉMONS ?

Comme sur un signe implicite, les armées se sépa-rèrent de leurs chefs, prenant leurs distances autant que possible de Mme Abernathy et du seigneur Abigor qui se retrouvèrent bientôt isolés.

— Mon seigneur et maître, commença Abigor en baissant la tête, je suis heureux de vous voir rendu à nous. Sans votre main pour nous guider, nous étions perdus et des traîtres se sont glissés dans nos rangs. J'ai été obligé de passer à l'action pour protéger ce noble royaume contre la trahison d'un de vos servi-teurs, un de ceux que vous aimiez le plus. Cette…

Il indiqua Mme Abernathy d'un geste dégoûté.

— ... créature immonde, cette femme rafistolée...

Il semblait sur le point d'en dire plus, mais le Mal Suprême leva un doigt griffu et Abigor se tut tandis que son maître se tournait vers Mme Abernathy.

— ABIGOR MENT-IL ?

— Non, mon maître. Car nous étions bien perdus et la trahison a surgi parmi nous, mais elle n'est pas de mon fait. Regardez les étendards : je me bats sous le vôtre, et Abigor seulement sous le sien.

— Permettez-moi de m'expliquer..., commença Abigor, mais ses paroles se transformèrent en grosses mouches noires tournoyant dans sa bouche et sous sa langue.

Mme Abernathy s'autorisa un sourire narquois en voyant son ennemi tenter de recracher les insectes, mais chaque fois qu'il se débarrassait d'un deux autres entraient dans sa bouche, qui en fut bientôt remplie.

— J'ai cherché un moyen de me faire pardonner mes erreurs et je l'ai trouvé, dit-elle à présent qu'elle avait réduit Abigor au silence.

— TES ERREURS ONT ÉTÉ IMMENSES, IMMENSE DOIT ÊTRE LA RÉPARATION.

— Elle l'est. Car je t'ai amené l'enfant qui a saboté tout notre travail. Je t'ai amené Samuel Johnson !

Elle fit signe au conducteur du chariot qui mit en marche ses chevaux, apportant la cage recouverte jusqu'à la clairière du champ de bataille. À côté de Mme Abernathy, Abigor était parvenu à disperser les mouches et reprit la parole.

— Elle ment, maître ! J'ai levé une armée sous mon propre étendard car elle s'est servie du vôtre pour déguiser sa trahison. Elle a ajouté la traîtrise à la traî-trise. Elle m'a volé le garçon. C'est moi qui ai trouvé le moyen d'ouvrir le portail, mais elle a enlevé mon prisonnier afin de pouvoir s'attribuer sa capture.

Le chariot avançait encore et le trophée allait être révélé. Un éclair illumina le paysage, laissant deviner la forme dans la cage.

— Et ce portail, seigneur Abigor, où se trouve-t-il ? demanda Mme Abernathy. Montrez-le-nous, que nous puissions tous l'admirer. Ouvrez-le pour notre maître, afin que nous puissions l'exploiter en vue d'une nouvelle invasion.

— Il a disparu, répondit Abigor en bafouillant. Je n'ai pas réussi à le maintenir ouvert assez longtemps. J'ai juste pu capturer l'enfant avant qu'il se referme…

Mme Abernathy leva les bras.

— Permettez que j'administre la preuve de sa trahison, maître. Car je sais où se trouve le portail. Je le sais car il est… en moi !

Une lueur bleu glacé s'empara de ses yeux, puis de sa bouche. L'air autour d'elle parut tourbillonner, formant une colonne de terre et de cendres où se reflétait la lumière émanant de Mme Abernathy, de sorte qu'elle devenait le centre de son propre monde bleu. À mesure qu'elle grandissait, elle était à la fois Mme Abernathy et celui qu'elle était auparavant, le vieux démon Ba'al. Ses tentacules s'agitaient furieusement, sa tête massive apparaissait sous la peau étirée de Mme Abernathy, comme une image transparente superposée à une autre. Ses mâchoires s'ouvraient toujours plus grand – trente, soixante, quatre-vingts centimètres de large –, révélant un tunnel de lumière noire avec un cœur bleu.

— Regardez, maître ! cria-t-elle. Voici le portail ! Et voici… Samuel Johnson !

Le conducteur du chariot retira le drap noir et l'assistance retint son souffle en voyant le Roi des Cônes sourire de sa grande bouche en plastique aux forces infernales réunies au grand complet.

Et à cet instant, un rocher à quatre yeux fendit les rangs, suivi de près par un véhicule couvert d'une bâche et équipé de cornes bien peu impressionnantes. Les déguisements s'envolèrent, révélant Dan-le-Marchand-de-Glaces, cramponné au volant de sa camionnette bien-aimée, encouragé par le sergent Rowan, l'agent Peel et quatre nains déterminés ; révélant Samuel Johnson dans l'Aston Martin qui avait jadis appartenu à son père, serrant fermement Boswell au creux de son bras et posant sa main libre sur un Trouillh aux yeux exorbités.

Et révélant Nouillh. Non plus Nouillh le crétin, Nouillh le lâche, Nouillh le Fléau des Cinq Démons. Non, c'était un nouveau Nouillh, métamorphosé. Nouillh le Vainqueur. Nouillh le Triomphant.

Nouillh le Mort de Trouille.

Avant que Mme Abernathy eût le temps de réagir, la voiture conduite par Nouillh avait foncé dans sa bouche, talonnée par la camionnette du marchand de glaces. Ils franchirent le portail et disparurent. L'écho lointain de « Combien pour ce chien dans la vitrine ? » s'échappa des mâchoires de Mme Abernathy et flotta sur la grande plaine.

Même sur le champ de bataille où deux armées gigantesques se faisaient face et où le diable en personne les observait en essayant de comprendre ce qui avait bien pu se passer, deux véhicules motorisés s'engouffrant dans la gorge d'un démon, elle-même récemment transformée en un portail entre deux univers, était un spectacle qui sortait quelque peu de l'ordinaire. Rien ne se passa pendant quelques secondes. Sauf pour les occupants des deux véhicules qui tombèrent dans une sorte de trou de ver, avec ce que cela suppose d'étirement atrocement douloureux suivi d'une compression tout aussi insoutenable, mais les citoyens de l'Enfer n'en virent rien. Ils continuaient à regarder Mme Abernathy, se demandant comment elle allait réagir à la tournure des événements.

Mme Abernathy avait certes gardé en elle les ferments de ce portail, mais elle n'avait jamais pensé qu'il serait utilisé comme Samuel, Nouillh et compagnie venaient de le faire. Elle avait envisagé de le matérialiser au-dehors d'elle puis, avec l'aide de son maître, d'absorber d'un seul coup le maximum d'énergie possible du Grand Collisionneur de Hadrons pour inverser la direction de passage du portail. Ainsi, au lieu d'attirer en Enfer des éléments provenant de la Terre, il les transporterait de l'Enfer vers la Terre. Comme il n'était pas assez grand pour faire passer toute une armée, seuls le Mal Suprême et Mme Abernathy pourraient s'en servir et ils se retrouveraient dans le monde des humains où ils recréeraient, à eux deux, un nouvel Enfer. Hélas, ce plan semblait devoir être mis en veilleuse, car Mme Abernathy avait à présent des préoccupations plus urgentes.

Son corps fut pris de tremblements. Elle manqua s'étouffer, puis s'étrangler, comme lorsqu'on avale un morceau de viande qui tombe dans le mauvais embranchement (ce qui était plus ou moins le cas, d'ailleurs). La lumière bleue se fit plus intense, plus vive, si vive que l'ensemble des démons et le Mal Suprême lui-même durent détourner les yeux, si vive que de bleue elle devint bientôt blanche, incandescente au point d'arracher à Mme Abernathy un cri de douleur.

Le portail s'effondra et Mme Abernathy implosa. Tout son être se retourna sur lui-même, toute sa substance se mit à tourbillonner de l'extérieur vers l'intérieur à mesure que les atomes de son corps se dissociaient les uns des autres. Son déguisement en peau humaine s'envola, dévoilant le vieux monstre qui se cachait en dessous. Ses mâchoires furent aspirées dans sa gorge, ses tentacules se refermèrent sur son corps comme pour le protéger puis, avec un petit bruit sec, le portail se referma tandis que les derniers fragments de Mme Abernathy s'éparpillaient à travers le Multivers.

37

OÙ ARRIVE LA PARTIE « ET ILS VÉCURENT HEUREUX »...

Il y eut un éclair bleu sur Ambrose Bierce Drive puis deux véhicules se matérialisèrent : une Aston Martin aux vitres tellement craquelées qu'il était impossible de rien voir à travers et aux roues pliées sur les côtés comme les pattes d'un animal évanoui ; une camionnette de marchand de glaces totalement cabossée contenant quatre nains également cabossés, recouverts de sauce framboise de la tête aux pieds, deux policiers dont les casquettes avaient fondu et un vendeur de glaces abasourdi aux cheveux fumants.

— La prochaine fois, on prend le train, dit Braillard en sortant de la camionnette d'un pas mal assuré. J'ai l'impression d'être passé dans un lave-linge qui tournait à l'envers !

Les autres nains le rejoignirent. Roupillard utilisait sa corne pour récupérer un reste de sauce quand une fumée âcre se mit à sortir de sous la camionnette, rapidement suivie de flammes crépitantes. Dan-le-Marchand-de-Glaces regardait d'un air triste les restes de son outil de travail se consumer.

— Peut-être qu'au fond je n'étais pas fait pour ce métier, admit-il. J'espère au moins que l'assurance couvrira les dégâts.

Braillard lui donna une tape sur le bras.

— Si c'est le cas, vous comptez acheter une autre camionnette ?

— Probablement. Même si je ne sais pas encore pour quel usage.

— C'est drôle que vous me parliez de ça…

Il prit son air le plus digne de confiance.

— Que diriez-vous d'assurer le transport de quatre individus motivés et laborieux sur leurs différents lieux de travail ?

— Ça me paraît intéressant, répondit Dan.

— N'est-ce pas ? Ah, si seulement nous connaissions quatre individus motivés et laborieux… En attendant, vous ne voudriez pas plutôt nous servir de chauffeur ?

Le sergent Rowan et l'agent Peel aidèrent Nouillh, Trouillh, Samuel et Boswell à s'extraire de l'Aston Martin dont les portières avaient été malmenées lors du passage dans le portail.

Nouillh caressa tristement le toit de la voiture.

— J'ai bien peur qu'elle ait fait son dernier voyage, dit-il à Trouillh en essuyant une larme.

Trouillh en était venu à aimer l'Aston Martin presque autant qu'il aimait Nouillh – plus, même, car la voiture ne l'avait jamais frappé avec un sceptre, traité de tous les noms ou menacé de l'enterrer tête la première dans le sable pour l'éternité.

— Au moins vous avez encore une voiture, du moins ce qu'il en reste, remarqua Peel. Comment allons-nous expliquer la disparition de notre véhicule de patrouille, sergent ? Et d'abord, où est-il passé ?

— Nous ne le saurons jamais, fiston[1].

Soudain, il y eut du mouvement dans la camion-nette en feu et, quelques secondes plus tard, Shan et Gath émergèrent de l'incendie en frottant quelques fragments de pelage en flammes.

— Je les avais oubliés, dit Furibard du ton dégagé de quelqu'un qui a oublié de lacer ses chaussures plutôt que deux créatures dans un brasier infernal de métal et de plastique.

— Comment ils sont arrivés jusqu'ici? demanda Peel.

— On les a cachés dans les frigos quand vous êtes monté à l'avant avec le sergent et Dan, expliqua Braillard.

---

1. Quelque part dans les profondeurs de l'Enfer, un démon géant et invisible nommé Fred venait de rentrer chez lui, où l'attendaient son épouse invisible, Félicité, et leur fils invisible, Petit Fred.
— Où tu étais passé? le questionna sa femme. Je me demande vraiment où tu te crois! Toute la journée, tu te promènes comme si tu n'avais rien d'autre à faire en Enfer, et tu me laisses toute seule à m'occuper de Petit Fred. J'ai l'impression que tu n'es jamais là!
En tant qu'être invisible, Fred fut tenté de faire remarquer à Félicité que, même lorsqu'il était là, elle pouvait le croire absent, mais il se ravisa : bien qu'invisible – et, par conséquent, difficile à viser pour sa bien-aimée –, il avait observé qu'elle avait le don de le toucher en plein dans le mille quand elle lui jetait divers usten-siles domestiques. Il préféra poser une voiture de police et une camionnette devant Petit Fred, du moins à l'endroit où il pensait que son fils se trouvait. Comme tous les enfants du monde, Petit Fred prit aussitôt les véhicules et les cogna l'un contre l'autre avant de les faire rouler par terre en imitant des bruits de moteur avec sa bouche.
— Normalement, il y a des petits personnages avec, mais il ris-querait de les perdre, expliqua Fred.
— Et moi, alors? demanda Félicité.
— Pour toi, mon amour, un petit bécot...
Il claqua un baiser sonore en l'air.
— Je suis derrière toi, idiot...

Désolé. Mais on ne pouvait quand même pas les laisser en Enfer, surtout après que l'autre type ailé a trouvé Samuel dans leur grotte. Ça n'aurait pas été juste.

— Nous avons ramené quatre démons sur Terre! se lamenta le sergent Rowan, livide. Je vais y laisser mes galons…

L'agent Peel eut un large sourire.

— Moi, je n'ai aucun galon!

— Je sais. Vous, c'est vos tripes que vous allez y laisser, et la hiérarchie en fera des fixe-chaussettes.

— Ah?

— Oui. Tiens, on est beaucoup moins souriant, tout à coup, pas vrai?

— Mais, sergent, on va au-devant de graves problèmes, et j'en ai déjà eu assez la dernière fois. Le directeur ne va pas être content quand il saura qu'on est revenus de l'Enfer accompagnés de plusieurs démons. Déjà qu'il déteste partir en vacances à l'étranger parce que… eh bien, c'est plein d'étrangers! Si on lui avoue ce qu'on a fait, on est bons pour régler la circulation jusqu'à la fin de nos jours…

Le sergent Rowan regarda Shan et Gath. Maintenant qu'ils avaient éteint leur pelage en feu, ils se remettaient d'aplomb en vidant les dernières chopes de leur propre bière locale.

— Alors on ne lui dira rien, répondit-il.

— Mais on ne peut pas laisser Nouillh et Trouillh seuls dans la nature. Ce ne serait pas juste.

— On ne va pas non plus les laisser seuls dans la nature, agent Peel. Voyez-vous, j'ai un plan…

Nouillh regardait le ciel bleu au-dessus de sa tête. Les nuages y glissaient, scintillant sous les reflets ambrés d'un beau soleil couchant. Il respirait le parfum des fleurs, de l'herbe, des cornets de glace en train de brûler. Il vit un chat se frotter le dos contre une colonne, un oiseau picorer des graines sur une mangeoire. Il se sentait exalté, libre.

Et terrifié. Sur Terre, c'était une créature étrangère, un démon. Les humains pouvaient le détester, ou le craindre, ou l'enfermer. Et Trouillh ? Il était déjà incapable de faire attention à lui en Enfer. Sans Nouillh, il serait perdu, mais Nouillh lui-même se demandait s'il allait survivre dans le monde des hommes.

Une main prit la sienne, la serra fermement. Nouillh baissa les yeux et vit Samuel. À côté de lui, Boswell remuait la queue.

— Ça va bien se passer, dit le garçon. Regarde, c'est tout un nouveau monde que tu vas pouvoir explorer.

Le séjour de Samuel en Enfer, avec ses drames et ses triomphes, n'avait duré que trois heures en temps terrestre. Sa mère, si elle commençait à s'inquiéter, n'avait pas encore sombré dans la panique. Ce qu'elle fit dès que Samuel lui eut raconté les événements qu'il venait de vivre. Le thé l'attendait toujours, mais, cette fois, Mme Johnson sortit elle-même acheter le lait pendant que son fils prenait un bain. Quand elle rentra à la maison, Trouillh barbotait dans la baignoire et Nouillh, qui avait enfilé un des vieux peignoirs de M. Johnson, soufflait dans une petite pipe en plastique.

— Et ces deux-là, qu'est-ce qu'on va en faire ? demanda Mme Johnson en installant sur un plateau les tasses de thé et un petit cake. Ils ne peuvent pas rester ici éternellement. On n'a pas assez de place.

— J'ai un plan, répondit Samuel.

Et quel plan !

Le matin suivant, Samuel se rendit comme d'habitude à l'école. Ceux de ses camarades qui, comme Tom et Maria, étaient assez sensibles pour percevoir les changements en lui eurent l'impression, avant même qu'il leur raconte son aventure, qu'il avait pour ainsi dire grandi, qu'il était devenu plus fort, plus déterminé. Ensuite, ses lunettes de rechange fermement campées sur son nez, il se rendit à la cantine où, installées à une table, Lucy Highmore et deux de ses amies terminaient leurs devoirs.

— Salut, dit Samuel à Lucy. Je peux te parler un instant ?

Lucy hocha la tête. Ses amies ramassèrent leurs affaires et s'éclipsèrent en gloussant. Pour la première fois, Lucy regarda Samuel attentivement. Elle n'avait jamais été désagréable envers lui par le passé, mais n'avait jamais non plus pris le temps d'échanger avec lui plus de quelques mots. Ils étaient dans des classes différentes et se retrouvaient seulement lors des activités collectives. À présent, face à face et sans source de distraction, elle se dit qu'il était plutôt mignon, à sa façon. Bien que du même âge, il y avait en lui une maturité qu'elle lisait dans ses yeux − un éclat de tristesse mais aussi de sagesse.

— Je m'appelle Samuel.

— Je sais.

— Hier, j'ai demandé à une boîte aux lettres de sortir avec moi en pensant que c'était toi.

— Parce que je ressemble à une boîte aux lettres ?

— Non, pas vraiment. Pas du tout, en fait.

— L'erreur est humaine, pas vrai ?

— Oui.

— Ce qui veut dire que tu es humain.

— C'est bon à savoir.

Le silence se fit entre eux pendant quelques secondes.

— Et donc ? reprit Lucy.

— Donc, j'espérais que tu m'accorderais le plaisir de t'offrir une tarte dans la pâtisserie de Pete, vendredi après l'école ? Si tu n'es pas trop occupée, bien sûr…

Lucy réfléchit à la proposition puis, avec un sourire désolé :

— Malheureusement, non, j'ai des trucs à faire vendredi.

— Oh, dit Samuel.

Il se mordit la lèvre et tourna les talons. Au moins j'ai essayé, pensa-t-il.

— Mais je suis libre samedi…

— Comment ça s'est passé ? demanda Maria quand elle croisa Samuel dans un couloir, quelques heures plus tard.

— Elle a accepté ! s'exclama Samuel.

— Ah, bien, répondit Maria avant de s'éloigner.

Samuel remarqua que quelque chose dans l'œil semblait la gêner.

La vie peut être difficile, parfois. Et même, pour être honnête : la vie est *souvent* difficile. Particulièrement quand on est jeune et que l'on cherche sa place dans le grand spectacle du monde. Mais, si cela peut vous rassurer, la plupart des gens finissent par trouver leur place.

Dans un sous-sol de l'usine mère de Spiggit's Inc. (Brasserie, Armes chimiques et Nettoyants industriels), Shan et Gath, vêtus de blouses blanches immaculées, allaient et venaient d'un air sérieux dans un laboratoire équipé d'appareils de brassage dernier cri. À côté du laboratoire se trouvait leur appartement

meublé de lits confortables, de fauteuils, d'une télévision et d'un flipper – un jeu pour lequel, curieusement, Shan s'était pris de passion et qu'il pratiquait
quand il en avait le temps et l'envie, c'est-à-dire pas
si souvent que cela. Car Shan et Gath avaient découvert l'un des secrets du bonheur : trouver une activité qu'on aurait de toute façon choisie comme loisir
et convaincre quelqu'un de nous payer pour nous y
adonner[1]. Ils passaient désormais leurs journées à
mettre au point de nouvelles déclinaisons de la Spéciale de Spiggit's : les bières «Pluie d'été», «Caresse
ambrée du soleil», «Fraise de l'aube»... Des bières
au nez délicat et au bouquet avenant, conçues pour
des amateurs plus raffinés et plus exigeants.

Ou des grosses chochottes, comme le disaient entre
eux Shan et Gath.

Ils supervisaient également une autre gamme de
bières destinées aux consommateurs de constitution,
disons... plus robuste : l'«Ultra Spéciale», la «Particulièrement Violente» et la «Carrément Répugnante»
de Spiggit's, une bière très prisée servie uniquement en
bouteilles de verre extra-épais avec une capsule à cade-
nas pour empêcher la levure de s'enfuir – comme cela
avait été constaté durant les premières phases d'élabo-
ration. Mais Shan et Gath gardaient toujours une place

---

1. Beaucoup de gens passent leur vie occupés à des métiers
qu'ils n'aiment pas spécialement, puis ils parviennent à quitter
ces métiers grâce à l'argent économisé tout au long de leur vie,
et juste à ce moment-là... ils meurent. Ne soyez pas comme eux.
Ne confondez pas *vivre* et *survivre*. Faites quelque chose que vous
aimez et aimez quelqu'un qui aime que vous aimiez ce que vous
faites.
C'est aussi simple que ça.
Et aussi difficile.

dans leur réfrigérateur – et dans leur cœur – pour cette bonne vieille Spéciale.

Parce que la perfection ne peut pas être améliorée.

Quelques jours plus tard, dans un autre sous-sol, bien plus vaste, à distance olfactive de l'usine Spiggit's, un petit bolide rouge partait en dérapage et, échappant au contrôle de son conducteur, percutait un mur de briques si violemment que ses roues arrière se soulevèrent, son capot se plia en accordéon et des morceaux de moteur, de carrosserie et vraisemblablement de pilote volèrent à travers la salle. L'arrière de la voiture parut suspendu en l'air quelques instants, dans les affres de l'agonie, puis retomba dans un grand fracas sur le béton.

Pendant un moment, il n'y eut que le silence.

Puis un grincement résonna dans les profondeurs de la carcasse métallique. La porte du conducteur s'ouvrit – en l'occurrence, tomba – et Nouillh en sortit, l'air étourdi, d'un pas chancelant. Trouillh se précipita vers lui et l'aida à retirer ses gants et son casque. Nouillh regarda, perplexe, en direction d'une longue vitre derrière laquelle l'observaient divers ingénieurs, dessinateurs et experts en sécurité. Ils tendaient la tête, impatients d'entendre le verdict de Nouillh. Samuel Johnson se tenait lui aussi près de la vitre, manifestement soulagé. Ce n'était pas la première fois qu'il assistait à cet exercice, mais il était toujours heureux et surpris que son ami s'en tire relativement indemne.

— Eh bien, déclara enfin Nouillh, la ceinture de sécurité marche parfaitement mais les freins méritent d'être revus…

Je vous l'ai dit : la plupart des gens, et certains démons, finissent toujours par trouver leur place dans le monde.

38

Où la formule « Et ils vécurent heureux » révèle ses limites

Le Pr Hilbert, le Pr Stefan, Ed, Victor et les scientifiques historiques du projet « Collisionneur de Hadrons » étaient réunis dans une salle du CERN pendant que le collisionneur continuait de vrombir autour d'eux.

— Et le garçon prétend qu'il a été attiré en Enfer ? demanda le Pr Stefan.

Le Pr Hilbert acquiesça.

— Le retour de l'Aston Martin, ou plutôt de ce qui en reste, accrédite ce scénario.

— Et là-bas, il aurait retrouvé quatre nains, deux policiers, leur voiture de patrouille, un marchand de glaces ambulant et sa camionnette ?

Le Pr Hilbert acquiesça de nouveau.

— Une camionnette de marchand de glaces ? Vous êtes certain qu'il s'agit d'une camionnette de marchand de glaces ?

— Une camionnette du « Roi des Cônes », confirma le Pr Hilbert.

— Le Roi des Cônes, répéta solennellement le Pr Stefan comme si ce détail revêtait une importance particulière.

— Mais en ce qui concerne les, euh…

— Les démons ?

— Oui, les démons. Ils n'en ont pas ramené avec eux, n'est-ce pas ?

— Les policiers, Samuel Johnson et M. Dan-le-Marchand-de-Glaces, qui désormais occupe apparemment la fonction de manager des nains, confirment tous l'absence de démons.

— Et les nains ?

— Les nains sont extrêmement désagréables. En fait, au début, on pensait que c'étaient eux, les démons. L'un d'eux a même jeté une canette de bière à Ed.

Ed indiqua une grosse bosse sur son front.

— Il a été sympa, quand même : il l'a vidée avant.

— Vous avez examiné le garçon ? reprit le Pr Stefan.

— Sa mère nous l'a interdit, répondit le Pr Hilbert. Elle semble penser que nous sommes en partie responsables de ce qui lui est arrivé, puisque nous avons remis en marche le collisionneur. Elle s'est montrée catégorique à ce sujet et a même utilisé quelques formules très… imagées.

— Et les policiers ?

— Ils ont refusé d'être examinés. Mais ils nous ont remis une facture pour leur voiture de patrouille, à régler sous trente jours.

— Et les nains ?

— Nous avons essayé de les examiner, mais ça ne s'est pas très bien passé. Pour faire bref : ces nains n'ont aucun sens de l'hygiène.

— Et malgré les déclarations de tous ces gens, vous m'affirmez qu'ils n'ont pas été en Enfer ?

— Où que ça ait pu être, ce n'était pas l'Enfer. L'Enfer n'existe pas. Ils ont simplement dû atterrir dans un autre monde, un autre univers. Probablement un univers de matière sombre. Nous touchons au but, professeur, nous touchons au but! C'est pourquoi nous ne pouvons pas fermer le collisionneur, pas maintenant. Notre perception de notre place au sein du Multivers est sur le point de changer radicalement. Nous savons désormais que nous ne sommes pas seuls dans le Multivers. À présent, le devoir nous impose d'explorer la nature des formes de vie avec lesquelles nous le partageons.

— Qu'est-ce que vous suggérez?

— Rien. On ne dit rien. On ne fait rien. On ignore le garçon et son histoire. On poursuit l'expérience.

— Et s'ils parlent à la presse?

— Ils ne le feront pas.

— Vous semblez sûr de vous.

— Je le suis. La mère est déjà assez angoissée comme ça pour son fils, elle n'a pas envie de voir les médias camper devant chez elle − à supposer que les journalistes croient l'histoire du gamin, et on peut s'arranger pour les en dissuader. Les policiers ont reçu de leur hiérarchie l'ordre de ne rien raconter à personne de leur mésaventure. Le marchand de glaces, lui, veut juste toucher l'assurance de sa camionnette. Quant aux nains… ma foi, on ne peut pas dire qu'ils fassent des témoins très fiables.

Le Pr Stefan paraissait toujours mal à l'aise.

— À combien évaluez-vous les risques?

— À cinq pour cent. Maximum.

— Cinq pour cent qui englobent la menace d'une invasion, la destruction éventuelle par des entités inconnues et l'anéantissement possible de toute la planète?

— C'est une hypothèse.

Le Pr Stefan haussa les épaules.

— Ça me va très bien! Quelqu'un veut du thé?

Au plus profond de la montagne du Désespoir, le Mal Suprême rongeait son frein. Le temps de sa folie était révolu, de nouveau la clarté s'était faite dans son esprit.

— UN GARÇON. UN GARÇON ET UN DÉMON.

Le Seigneur du Mal prononçait ces paroles comme s'il avait du mal à y croire. À ses pieds, le Guetteur restait silencieux, attendait les ordres de son maître. Le portail avait disparu. Mme Abernathy avait disparu. Le seigneur Abigor et ses alliés étaient prisonniers pour l'éternité du lac Cocyte. Le Mal Suprême seul régnait.

— LE COLLISIONNEUR EST-IL TOUJOURS EN MARCHE ?

Le Guetteur hocha la tête.

— PARFAIT.

Le Guetteur avait l'air perplexe. Le lien entre l'Enfer et le monde des hommes n'existait plus. Le pouvoir accumulé par Mme Abernathy pour créer le portail s'était évanoui avec elle. Il faudrait encore beaucoup de temps pour trouver un moyen d'accéder au collisionneur, d'autant que les humains responsables de cette machine risquaient de se montrer bien plus méfiants cette fois-ci. Pour le Guetteur, il était évident que le royaume se retrouvait une fois encore totalement isolé.

Comme s'il avait lu dans les pensées de son serviteur, le Mal Suprême reprit :

— IL EXISTE UN AUTRE ROYAUME.

Le Guetteur, cette créature presque aussi vieille que son maître, comprit aussitôt. Il existait effectivement un royaume parallèle à celui dans lequel vivent les hommes. Un royaume peuplé d'entités obscures, d'êtres qui haïssent les humains avec la même virulence que le Mal Suprême.

Le Royaume des Ombres.

— METS-TOI EN ROUTE!

Le Guetteur partit sans tarder et le Mal Suprême ferma les yeux, laissant sa conscience parcourir les univers, effleurant ceux de leurs habitants qui lui ressemblaient le plus, des créatures maléfiques portées par le besoin vital d'infliger la souffrance. Dans l'esprit de chacune d'elles, il laissait un ordre :

— CHERCHE LES ATOMES. CHERCHE LES ATOMES NIMBÉS DE LUMIÈRE BLEUE. TROUVE-LA !

TABLE

1. *Où l'on se retrouve en Enfer — mais on n'y fait que passer, donc pas de panique* 7

2. *Où l'on apprend combien il est difficile de tomber amoureux* 19

3. *Où l'on pénètre dans le fondement de l'Enfer, au risque d'effrayer les parents qui vont tomber par hasard sur ce titre* 31

4. *Où l'on refait connaissance avec Nouillh, anciennement connu comme « le Fléau des Cinq Démons », ce qui n'était au fond qu'un gigantesque malentendu* 41

5. *Où l'on rencontre les nains — ou les elfes — de M. Jolitemps, et où on le regrette* 51

6. *Où Samuel retrouve Boswell et où l'on apprend qu'il ne faut jamais se fier aux miroirs* 65

7. *Où l'on visite la (pas du tout) charmante maison de Mme Abernathy* 75

8. Où l'on se demande si les gens intelligents sont vraiment si intelligents que ça.................... 83

9. Où les elfes de M. Jolitemps repartent vers une nouvelle aventure........................ 93

10. Où les nains de M. Jolitemps font une désagréable découverte.................... 101

11. Où Samuel arrive tandis que Nouillh repart............ 109

12. Où Roupillard joue les messagers de mauvais augure 117

13. Où l'on rencontre un bélier et quelques amis de nouveau réunis......................... 125

14. Où les forces de l'ordre font régner leur loi.............. 133

15. Où le Vieux Bélier révèle certains aspects de ce monde 137

16. Où l'Enfer devient de plus en plus bizarre et les scientifiques de plus en plus curieux........................ 147

17. Où le vrai visage des conspirateurs est dévoilé – et ce n'est pas joli à voir........................ 161

18. Où ceux qui pourraient aider Samuel commencent à se rassembler........................ 171

19. Où l'on croise certains des malheureux habitants de l'Enfer 183

20. Où l'on rencontre le Forgeron.................... 191

21. *Où Nouillh songe à se rebaptiser «Nouillh, malheureux dans toutes les dimensions»*.. 197

22. *Où l'on apprend qu'il y a toujours de l'espoir dès lors qu'on ne renonce pas à y croire*.................................... 205

23. *Où Mme Abernathy perd son sang-froid et où l'on retrouve un personnage désagréable apparu au début de ce conte*... 215

24. *Où l'on spécule sur ce qui pourrait être pire que le Mal, si c'est possible*.. 223

25. *Où une odeur familière propulse les nains au Septième Ciel*.. 231

26. *Où l'on apprend que reconstituer un goût vraiment répugnant n'est pas à la portée de tout le monde*.............. 241

27. *Où l'on assiste à une confession surprenante*............ 249

28. *Où la situation devient brusquement critique*............ 257

29. *Où plusieurs personnages passent à l'action* 263

30. *Où le Guetteur est en proie à un dilemme*................ 269

31. *Où l'on découvre que commander entraîne des responsabilités et qu'obéir expose au danger*.................... 277

32. *Où Samuel et Mme Abernathy se retrouvent, pour le plus grand plaisir de seulement la moitié des personnes concernées* 285

33. *Où une troisième force prend part au conflit*............ *291*

34. *Où l'on découvre certains déguisements particulièrement habiles*.. *299*

35. *Où la bataille commence, tandis qu'une mission de sauvetage s'organise*... *307*

36. *Où une certaine personne se réveille avec un terrible mal de tête*.. *311*

37. *Où arrive la partie «Et ils vécurent heureux»...* *321*

38. *Où la formule «Et ils vécurent heureux» révèle ses limites* *331*

DU MÊME AUTEUR
CHEZ LE MÊME ÉDITEUR

LES PORTES

Samuel a 11 ans et c'est un petit génie. Quelques jours avant Halloween, il se déguise en fantôme et va frapper aux portes des maisons de son quartier. S'il passe le premier, il va rafler tous les bonbons ! Malin, non ?

Mais ses nouveaux voisins, les affreux Abernathy du 666 Crowley Avenue, l'envoient méchamment bouler. Dépité, Samuel s'assied sur le muret de leur jardin. Et c'est alors qu'une lueur bleue s'échappe d'un soupirail de leur cave… Samuel n'en croit pas ses yeux. Les Abernathy se livrent à une expérience satanique. Le 666, au fait, ne serait-ce pas le chiffre du diable ? Et ne viennent-ils pas de réussir à ouvrir les portes de l'Enfer ?

Bien entendu, personne ne veut croire Samuel quand il parle de crânes volants ou d'un monstre avaleur de chaussettes. Heureusement, pour contrer le Mal Suprême, il va pouvoir compter sur son chien Boswell et sur Nouillh, un démon un peu trouillard mais franchement rigolo.

ISBN 978-2-8098-0393-8 / H 50-7848-0 / 320 pages / 18,50 €

LE LIVRE DES CHOSES PERDUES

David a 12 ans et plus de maman. Son père s'est remarié et il a maintenant un demi-frère. C'est pour oublier tout cela qu'il se réfugie dans la lecture.

Une nuit, David entend sa mère l'appeler et découvre un passage caché derrière les buissons, au fond du jardin. Il se retrouve alors propulsé dans un univers parallèle, un monde étrange peuplé de trolls, de Sires-Loups et de créatures effrayantes…

Grâce à l'aide du Garde Forestier et d'un chevalier, David, après bien des épreuves − énigmes à résoudre, pièges à déjouer, combats à livrer −, rencontrera un vieux roi qui conserve ses secrets dans un livre mystérieux, *Le Livre des choses perdues*, clé qui lui permettrait de regagner le monde réel.

Mais l'Homme Biscornu, être maléfique qui épie David depuis son arrivée, ne l'entend pas de cette oreille. Il a pour le jeune garçon bien d'autres projets…

ISBN 978-2-8098-0154-5 / H 50-6208-8 / 352 pages / 18,50 €.

*Cet ouvrage a été composé
par Atlant'Communication
au Bernard (Vendée)*

*Achevé d'imprimer sur Roto-Page
par l'Imprimerie Floch à Mayenne
en septembre 2012
pour le compte des Éditions de l'Archipel
département éditorial
de la S.A.S. Écriture-Communication*

Loi n° 49-956 du 16 juillet 1949 sur les publications destinées à la jeunesse.

Imprimé en France
N° d'impression : 83220
Dépôt légal : octobre 2012